历史转型

与中国当代文学思想理论研究

吴玉杰 等 著

社会科学文献出版社

SOCIAL SCIENCES ACADEMIC PRESS (CHINA)

2012 年辽宁省教育厅重大人文社会科学研究专项项目

前　言

　　历史转型不是历史表面现象的变化，而是社会政治、经济、思想、文化、心理等方面的变化与发展。所谓转型（Transition），是指"从农业的、乡村的、封闭的半封闭的传统型社会，向工业的、城镇的、开放的现代型社会的转型"。转型期人们的价值观念和文化诉求呈现出丰富性与复杂性特点，"是社会进步与社会代价共存、社会优化与社会弊病并生、社会协调与社会失衡同在、充满希望与饱含痛苦相伴"①。中国当代三个主要的历史阶段主要指1949年新中国成立至1978年、1978年改革开放至1992年、1992年社会主义计划经济到市场经济的转型至今。历史转型期文学在社会结构调整与文化变迁中也发生了较大的变化。文学的变化从来不单单是受文学内部的因素制约，有时候在更大的程度上是由社会历史变化的外部因素所致。历史转型期的文学尤为如此。

　　我们把学术目光对准历史转型与文学思想，在对文学思想主旋律、文学现象、文学思潮、文本呈现以及作家生存哲学、创作理念、创作体式等理性观照中探求当代文学思想理论发展与历史转型的内在关联。一方面聚焦影响表现，另一方面注重追根溯源，即开掘中国当代文学思想理论的发生、发展与演变、动态与流向和历史转型的密切联系，在追踪求解中揭示其历史根据与时代根据。这不仅会拓展历史转型与当代文学

---

① 郑杭生：《改革开放三十年：社会发展理论和社会转型理论》，《中国社会科学》2009年第2期。

思想理论研究的话语空间，而且可彰显历史转型与当代文学思想理论研究的互为意义。

历史转型期，文学思想主旋律——人民主体性具有不同的时代话语表征。人民主体性是党的文艺思想的核心，1942 年毛泽东发表《在延安文艺座谈会上的讲话》，1979 年邓小平发表《在中国文学艺术工作者第四次代表大会上的祝词》，2011 年党的十七届六中全会通过《中共中央关于深化文化体制改革 推动社会主义文化大发展大繁荣若干重大问题的决定》，2014 年习近平发表《在文艺工作座谈会上的讲话》，从 1942 年至今，人民主体性思想贯穿始终。文艺源于人民、为了人民，在不同的历史时期，人民主体性呈现的样态虽有不同，但都显示出以人为本的精神向度，将人民主体性进行到底。从创造之维、表现之维、接受之维与精神向度四个方面更可以看出人民主体性思想的不断发展。人民主体性思想经过历史的检验，被证明是党领导文艺的正确思想；而且这 70 年间，人民主体性思想与时俱进，在历史的演进中不断丰富和发展，逐渐成为具有时代性的话语表征。

作家生存哲学、创作理念、创作体式、人物形象塑造等随历史转型而转型。"转型引起的一系列变化，最终引发社会价值观震荡。……人们感受到一种从未有过的精神失落、价值迷乱和道德心理的困惑，从而导致一种社会意识的迷惘。"[1] 历史转型期，作家在生命认知、生存体验、生活情致等方面发生变化，形成不同的生存哲学，影响他们对作品人物形象的塑造。当然，作品中形象载体的生存哲学并不是作家生存哲学的同构体，但至少可以反映作家对形象体生存哲学的看法，而且形象体的生存哲学往往具有历史转型期的普遍性特点。作家的生存哲学融入文本创作，彰显新文化的生命指证、新启蒙的内涵诉求、后新时期的目的能指以及后现代的意义解构，凸显历史转型、生存哲学与创作思想之

---

① 赵渭荣：《转型期的中国政治社会化研究》，复旦大学出版社，2001，第 168～169 页。

关联。五四时期，"人必生活着，爱才有所附丽"。鲁迅在《伤逝》中以涓生之口道出生活与爱之间的关系，成为新文化的生命确证。新中国成立之后，作家的写作成为政治生活的一部分，他们的生存或曰写作之目的是为社会主义革命与建设做出贡献。1978 年之后，中国知识分子不仅感受到从政治束缚中解放出来的自由之重，同时也意识到承担新启蒙任务的生命之重，"人要有点东西，才叫活着"（阿城《棋王》）成为 1980 年代知识分子自觉的生命追求。

1990 年代，邓小平南方讲话之后，中国社会从计划经济转向市场经济。1990 年代的转型彰显出与 1980 年代完全不同的时代表征。"如果说 80 年代前期是一个充满了旧与新、中与西、善与恶、公与私、义与利、灵与肉、个体与集体、理想与现实、文明与野蛮等等从政治到文化、从道德到经济、从情感到观念的多层交织着的冲突，那么，到 90 年代，一切都有了分晓，私有化与现代化以其无法抗拒的'唯物'主义力量决定了历史的走向，赋予了社会以新的存在形态。文学的可能性与不可能性、现实主义的可能性与不可能性都受到了这种新的社会存在的制约，都只能是这一现实土壤上的生长。"[①] 作者的生存哲学与创作心态发生了根本性的变化。如果说，1990 年代历史转型前的中国作家大多站在社会主义革命与建设的大我立场或 1980 年代的启蒙立场上，那么历史转型之后的中国作家更多的是关注自我的生存。活在当下，"为活着而活着"（余华《活着》），"冷也好热也好活着就好"（池莉《冷也好热也好活着就好》）成为很多人的选择。对于作家来说，写作是精神生活的一部分，但同时也是物质生活的重要保证。

与此同时，新时期文学经历了从"文学的解放"到"文学的自觉"的过程。"前者是把文学从政治等束缚、限制禁区中解放出来，但艺术上还走了旧的路子，不够自觉，后者开始从艺术创造上拓宽了

---

① 张德祥：《九十年代：社会转型与现实主义衍变》，《文艺评论》1996 年第 6 期。

思路。"① （朱寨语）1978 年之后，在经历以揭示伤痕、反思政治、描写改革等现实主义为主的创作之后，在现代主义思潮涌动的文化语境中，作家逐渐获得文学的自觉，创作理念与真实观发生变化。一方面，追求朦胧美与形式美，用人性回归对抗异化现实，以语言实验对抗言语失真，在真实与虚构之间徘徊。另一方面，他们从民族文化中汲取营养，开始寻根之旅。从政治之维到文化之维、从群体问题意识到个体审美意识、从国家民族一隅到现代世界之维，中国作家树立民族文学的自信，由主体自觉到自我超越，并试图与世界文学对话。1990 年代市场经济转型，除了国家干预与市场调节之外，社会结构的转型被看作第三只"看不见的手"②。转型促进各个方面的发展与变化，但同时也带来利益再分配的压力、社会结构分化的压力、竞争的压力，转型的代价是失业、两极分化、社会贫富差距加大，底层问题凸显。转型期的底层写作成为非常重要的文化景观，进入 21 世纪更是如此。在有的作家幽闭在自我的狭小空间中孤芳自赏、充满"小资"情调的同时，也有作家经由"为老百姓写作"到"作为老百姓写作"的变化，彰显民间立场与人文情怀。与创作理念相适应，作家的真实观历经本质真实的追求、文化真实的突转、精神真实的穿透与生活真实的还原，真实观的"蜕变"透露出主体焦虑的深化与变异、现实传统的延续与反叛、话语权力的争夺与交替。

历史转型、理念转型影响文学创作体式与人物形象主体性的不断演变。新中国成立给中国作家带来了从未有过的热情。在激情燃烧的岁月，歌颂社会主义革命和建设的颂歌体与"向困难进军"的战歌体成为主要的创作体式。进入新时期之后尤其是 1990 年代以来的历史转型期，创作体式呈现多元化样态，私密空间自赏的私语化、日常生活还原

---

① 参见刘春《转型期的中国小说——中国小说学会第二届年会会议纪要》，《小说评论》1995 年第 6 期。

② 李培林：《另一只看不见的手：社会结构转型》，《中国社会科学》1992 年第 5 期。

的闲聊体与主体间性互动的对话体等创作体式各具特色。每种创作体式都可以在一定程度上揭示文学的主体性问题。主体性问题是历史转型期中国当代文学思想中凸显的重要理论问题。主流意识形态影响作家主体性的历史性变化，由此导致人物形象主体性的历史性演进，主体性的压抑、丧失与回归，使人物形象从严格规范化、极致样板化过渡到审美多元化，从扁平过渡到圆形。

历史转型全方位地影响了中国当代文学思想的生成与发展。历史转型对文学发生作用，同样的，文学也参与历史的建构。文学思想是历史的一部分，它参与当代中国民族国家形象的建构。本尼迪克特·安德森说："事实上，民族属性（nation-ness）是我们这个时代的政治生活中最具普遍合法性的价值。"[①]所以研究历史转型与中国当代文学思想理论具有特别的意义与价值，促使我们不断思考历史转型与文学建构的互为性。一方面，历史转型影响文学建构，但遵循文学自身规律、尊重文学的主体性是文学发展之必要前提；另一方面，有效地利用历史转型的特殊契机繁荣文学、建设中华民族共有的精神家园、建设文化强国，是文学建构的最终指向。

---

① 〔美〕本尼迪克特·安德森：《想象的共同体——民族主义的起源与散布》，上海人民出版社，2003，序。

目　录

第一章

历史转型与人民主体性的话语表征

1942 年毛泽东发表的《在延安文艺座谈会上的讲话》（以下简称《讲话》）奠定了解放区文学以及中国当代文学发展的理论基础；1979 年邓小平发表《在中国文学艺术工作者第四次代表大会上的祝词》（以下简称《祝词》），提出文艺为人民服务，文艺为社会主义服务；2011 年党的十七届六中全会通过《中共中央关于深化文化体制改革　推动社会主义文化大发展大繁荣若干重大问题的决定》（以下简称《决定》）。《讲话》《祝词》与《决定》在党的文艺思想发展中具有里程碑意义。人民作为创造主体、表现主体与接受主体是人民主体性的三个维度，从《讲话》《祝词》到《决定》，人民主体性思想贯穿始终。人民主体性是党的文艺思想的核心，在不同的历史时期，人民主体性呈现的样态虽有不同，但都显示出以人为本的精神向度，其叙事立场与最终指向源于人民、为了人民，将人民主体性进行到底。人民主体性思想经过历史的检验，被证明是党领导文艺的正确思想；而且这 70 年间，人民主体性思想与时俱进，在历史的演进中不断丰富和发展，逐渐成为具有时代性的话语表征。

一　人民主体性的创造之维

人民主体性的创造之维是指人民作为创造主体（与刘再复所讲的

文艺的创造主体即作家有所不同），它是历史的动力与创造者，是文艺工作者的母亲，是文艺的唯一源泉。人民主体性的创造之维具体体现在以下三个层面。

首先，人民是历史的创造主体。毛泽东说，"人民，也只有人民，才是创造世界历史的动力"。"人民，这个人类世界历史的创造者。"① 这是以人民为历史主体的观念，是对英雄创造历史观念的颠覆。人民在《讲话》中得到重视，被给予新的历史内容，展现出新的历史风貌。《讲话》通过对人民创造历史的再认识，建构了自我的人民主体性思想。《决定》继承《讲话》精神，继续强化"必须牢固树立人民是历史创造者的观点，坚持以人民为中心的创作导向"，从而得出"一切进步的文化创作生产都源于人民、为了人民、属于人民"② 的结论。人民是历史的创造主体，文艺作为历史的一部分，同样是由人民创造的。没有人民就没有文艺。

其次，"人民是文艺工作者的母亲"③。这是邓小平发表的《祝词》中的重要观点，是《讲话》中具有普泛性的人民主体性思想的具体化。从文学主体性的角度考察，文艺工作者是创作主体，那么作为"文艺工作者的母亲"的人民则是主体的生命之源，是主体之主体。同时，作为人民主体性思想的形象化表述，从"母亲说"中可以看出人民主体性思想在新文化语境中的演进，在继承中发展。《讲话》中强调的是"为群众"与"如何为群众"的问题，在当时的历史情境中可以看到人民需要文艺，人民对文艺的渴望；文艺的任务是教育人民，其以民族化、大众化解决"如何为"的问题。《祝词》则为我们提供了另外的维度，"一切进步文艺工作者的艺术生命，就在于他们同人民之间的血肉联系。

---

① 毛泽东：《在延安文艺座谈会上的讲话》，《解放日报》1943 年 10 月 19 日。
② 胡锦涛：《中共中央关于深化文化体制改革　推动社会主义文化大发展大繁荣若干重大问题的决定》，《求是》2011 年第 1 期。
③ 邓小平：《在中国文学艺术工作者第四次代表大会上的祝词》，《中国文艺年鉴》1981 年 1 月。

忘记、忽略或是割断这种联系，艺术生命就会枯竭。人民需要艺术，艺术更需要人民"①。进步文艺在人民的孕育中获得生命，在人民的滋养中延续生命，艺术更需要人民。从人民需要文艺到文艺更需要人民，进一步凸显人民主体性，强调人民在文艺创作中的重要地位。虽然作家作为创作主体具有自身的主体性，但是这一主体性存在的前提是人民主体性的存在，从中可以看出人民主体性对于创作具有非常大的意义与价值。

最后，人民生活是文艺的唯一源泉。自五四以来，一些作家或漠视或忽视或远离人民生活，倡导"为艺术而艺术"，着重表现小资产阶级知识分子的自我情绪。虽然解放区有些作家也试图有意识地去表现人民生活，但是这种主动性似乎更像是迎合主流话语，在潜意识中仍然存在对人民、对人民生活的轻视，因而这种表现实际上是一种被动的表现，在文本中人民处于不在场状态。这时的创作主体姿态是一种俯视，而不是建立在尊重与对话基础上的平视。《讲话》从根本上批判了这种现象，"如果把自己看作群众的主人，看作高踞于'下等人'头上的贵族，那末，不管他们有多大的才能，也是群众所不需要的，他们的工作是没有前途的"。《讲话》从三个层面肯定了人民生活：一是人民生活最生动、最丰富、最基本，因而使艺术相形见绌；二是人民生活是艺术之源，取之不尽、用之不竭；三是人民生活是艺术唯一之源。所以，"人民生活中的文学艺术的原料，经过革命作家的创造性的劳动而形成观念形态上的为人民大众的文学艺术"②。《讲话》发表之后，人民主体性思想在解放区作家的创作中有所体现，如赵树理的《小二黑结婚》《李有才板话》等。但是在当代"十七年"和"文化大革命"时期，《讲话》的人民主体性思想出现被误读的现象。

"十七年"时期"领导出思想、群众出生活、作家出技巧"三结合

---

① 邓小平：《在中国文学艺术工作者第四次代表大会上的祝词》，《中国文艺年鉴》1981年1月。
② 毛泽东：《在延安文艺座谈会上的讲话》，《解放日报》1943年10月19日。

的创作方法一度流行，表面上是对人民性、人民主体性的尊重，实际上违反了文艺的创作规律，是对人民主体性的"误读"。"领导出思想"，是用大一统的文艺观规约创作主体，从而使创作主体失去主体能动性，结果领导的思想在文本中成为空洞的能指；"群众出生活"，表层的意思似乎和《讲话》中人民生活是艺术唯一之源的精神保持一致，但其实质割裂了文艺与生活的联系，让作家远离了生活的原生态，远离了实践性的生命体验，因而群众的生活在文本中只是一个生活的外在存在，而不是艺术化的内在存在。对于作家来说，仅仅有技巧并不能创作出具有人民性的文学作品，作家对宇宙人生的沉思与丰富独特的生命体验是不可或缺的。三结合的创作方法是对国家政策与领导思想的图解，也是对群众生活的浅表性再现，即人民生活只是一个"招牌"，并没有成为创作主体审美的对象化存在。因而，三结合的创作方法是对《讲话》精神的背离，对人民主体性的"误读"。

人民是历史的创造者，人民是文艺工作者的母亲，人民生活是艺术的源泉，也就是说，文艺创造的整个过程都离不开人民，离不开作为创造主体的人民主体性。江泽民在第六次全国文代会、第五次全国作代会上的重要讲话中指出，我们的文艺工作者应该"在人民的历史创造中进行艺术的创造，在人民的进步中造就艺术的进步"[1]。胡锦涛的《在全国文联第九次全国代表大会、中国作协第八次代表大会上的讲话》中再次指出："把艺术才干的增长、艺术表现力的增强深深植根于生活、植根于人民，用人民创造历史的精神奋发哺育自己，从社会生活中汲取营养、挖掘素材、提炼主题，在人民的创造性实践中进行艺术创造、实现艺术进步。"[2] 这是把《讲话》精神与《祝词》思想凝结在一

---

[1] 江泽民：《在第六次全国文代会、第五次全国作代会上的讲话》，《人民日报》1998年12月27日。

[2] 胡锦涛：《在全国文联第九次全国代表大会、中国作协第八次代表大会上的讲话》，《当代电视》2011年第12期。

起的历史确证，党的文艺思想始终坚持人民主体性。离开人民、忽视人民主体性，不可能有真正的文艺；植根于人民，才有可能进行文艺的创造。

二 人民主体性的表现之维

人民主体性的表现之维包括两个方面，一是人民作为表现主体；二是如何表现人民主体性。

文艺表现人民，首先面临的问题是何为人民？《讲话》关于人民是这样表述的："什么是人民大众呢？最广大的人民，占全人口百分之九十以上的人民，是工人、农民、兵士和城市小资产阶级。所以我们的文艺，第一是为工人的，这是领导革命的阶级。第二是为农民的，他们是革命中最广大最坚决的同盟军。第三是为武装起来了的工人农民即八路军、新四军和其他人民武装队伍的，这是革命战争的主力。第四是为城市小资产阶级劳动群众和知识分子的，他们也是革命的同盟者，他们是能够长期地和我们合作的。这四种人，就是中华民族的最大部分，就是最广大的人民大众。"[①] 基于对人民的这种认识，文艺表现人民就是要表现这四种人的生活，在《讲话》中逐渐被具体化为"表现群众"、"表现工农兵群众"："一切革命的文学家艺术家只有联系群众，表现群众，把自己当作群众的忠实的代言人，他们的工作才有意义"；文艺工作者应该"去参加工农兵群众的实际斗争，去表现工农兵群众，去教育工农兵群众"[②]。从逻辑上看，"表现工农兵群众"，在无形中已把作为人民的"城市小资产阶级劳动群众和知识分子"排除，所以作为表现主体的人民的外延逐渐缩小。

---

① 毛泽东：《在延安文艺座谈会上的讲话》，《解放日报》1943 年 10 月 19 日。
② 毛泽东：《在延安文艺座谈会上的讲话》，《解放日报》1943 年 10 月 19 日。

这种理论表述影响了文艺创作，即表现人民在实际创作中存在问题，作为人民的城市小资产阶级劳动群众和知识分子没有得到恰当与充分的表现。《讲话》理论上对人民主体性的尊重并没有真正广泛地付诸实践。在解放区中，它强化了工农兵的主体性，而忽视、遮蔽了知识分子等作为人民的主体性；"十七年"中，很多文学作品中的人物都失去了自己的主体性，成为扁平的概念化人物，文艺成为领导的思想与作家的政治倾向的传声筒；富有意味的是，真正反映人民主体性的作品却遭到了批判，"中间人物"论的倡导者邵荃麟被迫害而死，赵树理的作品《锻炼锻炼》等是人民立场的曲折表达，而命运又真是曲曲折折，在历史中沉浮。从中可以看出，党的文艺思想、人民主体性的表达在当代文艺发展中并不是一帆风顺的，从而证明真正富有人民主体性的文艺思想与文艺作品经得起历史的检验与艺术的检验。

基于历史的经验与教训，邓小平的《祝词》提出，"在正确的创作思想指导下，文艺题材和表现手法要日益丰富多彩，敢于创新。要防止和克服单调刻板、机械划一的公式化概念化倾向"。"我们的社会主义文艺，要通过有血有肉、生动感人的艺术形象，真实地反映丰富的社会生活，反映人们在各种社会关系中的本质，表现时代前进的要求和历史发展的趋势。"① 《祝词》是对中国当代文艺的总结，其内容富有历史与现实的针对性：一、针对艺术形象失血的概念化与扁平化，提出艺术形象的生动性；二、针对文艺反映生活的虚假性、单一性与简单化提出生活的真实性、丰富性与复杂性；三、针对文艺的时代局限性提出表现时代的要求与历史的趋势等方面。2011 年胡锦涛《在全国文联第九次全国代表大会、中国作协第八次代表大会上的讲话》着重指出"要把人民作为表现主体"，"着力歌颂人民生动实践、展示人民精神风貌，走到生活深处，走进人民心中"。②

---

① 邓小平：《在中国文学艺术工作者第四次代表大会上的祝词》，《中国文艺年鉴》1981 年 1 月。
② 胡锦涛：《在全国文联第九次全国代表大会、中国作协第八次代表大会上的讲话》，《当代电视》2011 年第 12 期。

从 1942 年的毛泽东《讲话》至 2011 年胡锦涛的这次《讲话》，都是把人民作为表现主体，是人民主体性思想的重要体现。

人民主体性表现之维的另一个方面，则是如何表现人民主体性。《讲话》认为对于人民只能歌颂，不能暴露。"对于人民，这个人类世界历史的创造者，为什么不应该歌颂呢？"人民是伟大的人民，是历史的缔造者，因而从创造历史的主体性角度来说应该歌颂人民。但"人民大众也是有缺点的"，对于"这些缺点应当用人民内部的批评和自我批评来克服，而进行这种批评和自我批评也是文艺的最重要任务之一。但这不应该说是什么'暴露人民'"。第一次文代会把《讲话》的方向作为新中国文艺的发展方向，并认为除此之外没有第二个方向，如果有的话那也是错误的方向，这样《讲话》就成为新中国文艺思想的宝典。其中关于歌颂与暴露的思想影响较大。第二次文代会指出，塑造工农兵形象可以有意识地忽略他的一些不必要的缺点，"文化大革命"时期被推至极致发展成"三突出"的创作原则，创作为"四人帮"歌功颂德、写与"走资派"做斗争的文艺作品，真正反映人民心声的作品以"地下文学"的方式存在。"在共和国历史中的'文化大革命'时期，只是从形式逻辑的角度来理解'人民'，而不是主要从历史唯物主义视域中的辩证逻辑的角度来理解'人民'；这种理解成为'整体主义'的理论根据，并由此导致了某种专制主义。"① 进入新时期，当伤痕文学出现的时候，竟也引起关于"歌德与缺德"的论争。当工农兵都成为"高大全"式的英雄，就失去了历史真实，失去了人民主体性。这是一个历史的悖论，表现人民，却失去了人民性；把人民作为表现主体，但因为表现的局限，最终失去了人民主体性。因而，如何表现人民主体性是一个非常重要的问题。

关于如何表现，毛泽东强调："中国的革命的文学家艺术家，有出息的文学家艺术家，必须到群众中去，必须长期地无条件地全心全意地

---

① 陈新汉：《论社会主义核心价值体系的人民主体性》，《哲学研究》2011 年第 1 期。

到工农兵群众中去，到火热的斗争中去，到唯一的最广大最丰富的源泉中去，观察、体验、研究、分析一切人，一切阶级，一切群众，一切生动活泼的生活形式和斗争形式，一切文学艺术的原始材料，然后才有可能进入创作过程。"《祝词》指出，"自觉地从人民的生活中汲取题材、主题、情节、语言、诗情和画意，用人民创造历史的奋发精神来哺育自己，这就是我们社会主义文艺事业兴旺发达的根本道路。"而胡锦涛《在全国文联第九次全国代表大会、中国作协第八次代表大会上的讲话》中指出，"希望广大文艺工作者始终坚持以人为本，更加自觉、更加主动地承担起为人民抒写、为人民放歌的历史责任"。由此看出，新中国、新时期、新世纪在如何表现人民主体性上党的文艺思想的发展。新时期以来不再使用歌颂与暴露的对立性表述方式，只是强调从人民生活中汲取丰富的营养，新世纪则提出抒写与放歌是文艺工作者的历史责任。这种表述方式为文艺工作者营造了一种相对宽松的文艺氛围，给予创作主体更大的自由度，拓展了人民主体性的表现空间，避免了文艺思想绝对化的历史局限。

三　人民主体性的接受之维

人民主体性的接受之维是指从接受主体的角度观照人民主体性思想。对人民期待视野的重视，对作家创作动机与人民接受效果的重视，把人民满意作为评价作品的标准等，从《讲话》到《决定》，我们可以清晰地看出接受美学视域中人民主体性的演进。

首先，人民作为接受主体的"普及"、"提高"与"丰富"。五四时期，倡导"为人生的艺术"、倡导平民文学，反对贵族文学，很多作家站在启蒙主义立场上表现了人民大众的生活，但不是为人民大众而表现人民大众生活，精英姿态在文本中时隐时现。就五四时期大众的接受水平来说，站在精英启蒙立场上创作的文学作品不可能被广泛接受，所以，表现人民大众和为人民大众涉及不同层面的主体诉求。此外，仍有一些作家面向自我，徜徉于自我的生命的律动，无视人民大众，或不屑于表现人民大众，人民大众在他们的文本中缺席。《讲话》不仅面对的是这样的历史文化语境，更重要的是，一部分在延安的文艺工作者从这样的文化背景中走来，有一个如何适应新的历史环境进行文学创作的问题，对他们来讲，为人民而表现人民是一个思想观念与创作理念的转型，这意味着徘徊与迷茫，在过去与现在中纠结；同时对于在解放区成长起来的作家来说，虽然他们在主观意图上为人民而表现人民，但是在客观效果上是否能够得到人民的接受与认可（即对他们来讲，如何真正实现为人民大众而表现人民大众）却是一个现实的问题，这意味着困惑与痛苦，意味着在动机与效果中焦灼。毛泽东审时度势，在抗日战争大背景下，针对这些复杂的情势发表《讲话》，提出文艺"为群众"与"如何为"的重大课题。《讲话》的出发点和落脚点是人民大众，人民作为接受主体得到空前的重视。

在延安，文艺作品的接受主体，是工农兵与革命干部。针对当时作为接受主体的工农兵"不识字，没文化"、迫切要求普遍启蒙的实际，毛泽东提出"普及与提高"问题，最重要的是"雪中送炭"，而不是"锦上添花"。《讲话》从四个层面论述了普及与提高的问题，一是普及与提高的对象——工农兵："我们的文艺，既然基本上是为工农兵，那末所谓普及，也就是向工农兵普及，所谓提高，也就是从工农兵提高。"二是普及与提高之间的关系，"我们的提高，是在普及基础上的提高；我们的普及，是在提高指导下的普及"。三是如何找到普及与提高的正确关系，"沿着工农兵自己前进的方向去提高，沿着无产阶级前进的方向去提高"。"只有从工农兵出发，我们对于普及和提高才能有正确的了解，也才能找到普及和提高的正确关系。"四是普及与提高的人民性。"普及是人民的普及，提高也是人民的提高。"《讲话》总是把人民作为中心进行普及与提高的论述。

《讲话》中作为接受主体的人民是普及与提高的对象，而普及更显示出历史的紧迫感，普及本身是一种相对的提高。普及，主要是指对文艺作品的阅读与接受，普及最基础的文化知识；而提高，则是提高人民的欣赏水平与文化水平。随着历史的发展与时代的进步，新时期人民的接受水平普遍提高，普及不再是一个显性的话题。《祝词》指出，"我们的文艺工作者，要通过自己的创作提高人民的精神境界"。《讲话》的提高是文化水平的提高，而《祝词》中的提高则是人民精神境界的提高，由此可以看出在历史的演进中党的文艺思想的发展。党的十七大与《决定》则进一步指出，文艺要满足与丰富人民的精神世界，构建中华民族的精神家园。人民作为接受主体，"普及——提高——丰富"的递进式呈现表明，人民主体性越来越丰富，越来越凸显主体的能动性。

从《讲话》到《决定》，人民作为表现对象，作为服务对象，作为接受对象，也是作为教育的对象。《讲话》谈到，"对于人民，基本上是一个教育和提高他们的问题"。《祝词》中说，"我们的社会主义文艺，……努力用社会主义思想教育人民，给他们以积极进取、奋发图强的精神"。《决定》认为，应该"提高文化产品质量，发挥文化引领风尚、教育人民、服务社会、推动发展的作用"。这些纲领性文艺思想一直把文学家、艺术家称为文艺工作者，而文艺工作者就是在做一项工作，不仅仅是创作文学作品，更是对人民做"教育工作"。无论是普及与提高，还是提高人民的精神境界，还是满足与丰富人民的精神世界，给予人民娱乐与美的享受，都是文艺工作者的工作，这意味着一种责任感和使命感，这是党对文艺的高度重视，党的文艺对人民的高度重视，彰显着人民性与人民主体性。

其次，接受主体的期待视野与接受效果。大众化、喜闻乐见是从《讲话》到《决定》关注接受主体期待视野与接受效果的关键词。

《讲话》以"无产阶级的和人民大众的立场"强调，只有用大众化、民族化的表现方法，才能使文艺作品符合人民的审美期待，也才能达成与创作动机相吻合的接受效果，使人民"惊醒"与"感奋"。"什么叫做大众化呢？就是我们的文艺工作者的思想感情和工农兵大众的思想感情打成一片。而要打成一片，就应当认真学习群众的语言。如果连群众的语言都有许多不懂，还讲什么文艺创造呢？"运用"人民群众的丰富的生动的语言"表现群众的生活，在思想上与群众融在一起，这才是大众化。有理论家在重读《讲话》时对《讲话》的这一点深有感触："一个人讲话，不能想讲什么就讲什么，要想到听众，听众是什么人，他们需要你讲什么你就讲什么。"① 听众的需要、人民的审美期待是文艺创作的出发点和落脚点。大众化是文艺作品符合当时期待视野的必要前提，也是接受效果实现的重要保证。用大众化的方式为人民表现人民，但创作动机和效果之间可能存在一定的差异。《讲话》认为，"为大众的动机和被大众欢迎的效果，是分不开的，必须使二者统一起来。为个人的和狭隘集团的动机是不好的，有为大众的动机但无被大众欢迎、对大众有益的效果，也是不好的。检验一个作家的主观愿望即其动机是否正确，是否善良，不是看他的宣言，而是看他的行为（主要是作品）在社会大众中产生的效果。社会实践及其效果是检验主观愿望或动机的标准"② 。创作动机和接受效果之间的关系在这里得到充分而辩证的阐释。有些作家以动机是好的为自己的创作辩护，《讲话》中对效果的重视使这种辩护显得苍白无力。受大众欢迎、对大众有益的效果才是真正的大众化。《讲话》谈到，文艺就把"日常的现象集中起来，把其中的矛盾和斗争典型化，造成文学作品或艺术作品，就能使人民群众惊醒起来，感奋起来，推动人民群众走向团结和斗争，实行改造自己"的环境。文艺创作达成这样的接受效果，才能和创作动机吻合，才能显现人民的能动性，文艺才能告别"孤芳自赏的独语式"，走出象

---

① 王任重：《重读毛泽东同志〈在延安文艺座谈会上的讲话〉》，《文学评论》1960 年第 3 期。

② 毛泽东：《在延安文艺座谈会上的讲话》，《解放日报》1943 年 10 月 19 日。

牙塔，走向广场与人民大众，张扬人民主体性。

以接受美学的角度观照，"喜闻乐见"是新时期与新世纪党的文艺思想中经常出现的词，也是关注接受主体的关键词。《祝词》中说，创造喜闻乐见的艺术形式；十七大提出"创作更多反映人民主体地位和现实生活、群众喜闻乐见的优秀精神文化产品"①；《决定》倡导创造"思想性艺术性观赏性相统一、人民喜闻乐见的优秀文艺作品"②。"喜闻乐见"，指用喜闻乐见的艺术形式创作人民喜闻乐见的文艺作品与文化产品。

与《讲话》相比，从《祝词》到《决定》在注重接受效果的同时，更加突出艺术上的精益求精与接受主体的多元化需求。《讲话》发表时期，抗日是民族的首要任务，所以接受效果更多的是考虑调动人民革命与斗争的热情与激情。新时期面对"文化大革命"时期伪现实主义的创作以及"十七年"文艺的公式化与概念化倾向，《祝词》告诫对人民负责的文艺工作者，"要始终不渝地面向广大群众，在艺术上精益求精，力戒粗制滥造，认真严肃地考虑自己作品的社会效果，力求把最好的精神食粮贡献给人民"。因此，进一步强调百花齐放，"雄伟和细腻，严肃和诙谐，抒情和哲理，只要能够使人们得到教育和启发，得到娱乐和美的享受，都应当在我们的文艺园地里占有自己的位置。英雄人物的业绩和普通人们的劳动、斗争和悲欢离合，现代人的生活和古代人的生活，都应当在文艺中得到反映"③。《祝词》提倡各种风格文艺的创作是党的文艺政策在新时期的调整，满足人民多元化的需求。"弘扬主旋律，提倡多样化"，奠定十六大以来党的文艺思想基本格局的最为重要

① 胡锦涛：《高举中国特色社会主义伟大旗帜　为夺取全面建设小康社会新胜利而奋斗——在中国共产党第十七次全国代表大会上的报告》，《中华人民共和国年鉴》，中华人民共和国年鉴社，2008，第148~159页。
② 胡锦涛：《中共中央关于深化文化体制改革　推动社会主义文化大发展大繁荣若干重大问题的决定》，《求是》2011年第1期。
③ 邓小平：《在中国文学艺术工作者第四次代表大会上的祝词》，《中国文艺年鉴》1981年1月。

的政策基础，这是对《讲话》中人民主体性的发展。主旋律文艺是指为人民抒写，为人民放歌，这对于构建一个民族的凝聚力与奋发意识，有着重要作用。"五个一工程奖"是弘扬主旋律的重要举措。党的文艺思想在"弘扬主旋律，提倡多样化"中和谐发展，鲁迅文学奖获奖作品、茅盾文学奖获奖作品即是多样化的重要表征。"弘扬主旋律，提倡多样化"，是一个充满辩证的文化战略，既符合中国国情，又符合文学发展实际。它一方面避免了《讲话》中"表现工农兵"对于表现主体的窄化，另一方面满足了接受主体的多样化需求。十七大报告指出："社会主义文化更加繁荣，同时人民精神文化需求日趋旺盛，人们思想活动的独立性、选择性、多变性、差异性明显增强，对发展社会主义先进文化提出了更高要求。"《决定》从中华民族的高度、从人民主体性的角度提倡文艺工作者"准确把握各族人民精神文化生活新期待"，"以满足人民精神文化需求为出发点和落脚点"，使"适应人民需要的文化产品更加丰富，精品力作不断涌现"①，满足人民多样化、多层次、多方面的需求。

从《讲话》到《决定》，人民作为接受主体的期待视野与审美需求逐渐广博，也更加多元，在历史的演进中，党的文艺思想也逐渐发展与丰富，开始倡导文艺工作者创作更多的为人民而表现人民、满足人民的多元需求、真正走进人民心中的文艺作品与文化产品。

最后，接受主体的评价标准："赏识"与"满意"。

关于文艺作品的评价标准，《讲话》提出政治标准第一，艺术标准第二，显示出主流意识形态评价标准文艺作品的现实性与严肃性。但是透过《讲话》的文本表层，我们发现一些散在的、零星的关于接受主体评价作品的言辞与话语，如，《讲话》谈到，"英雄无用武之地，就是说，你的一套大道理，群众不赏识。在群众面前把你的资格摆得越

---

① 胡锦涛：《中共中央关于深化文化体制改革　推动社会主义文化大发展大繁荣若干重大问题的决定》，《求是》2011 年第 1 期。

老，越像个'英雄'，越要出卖这一套，群众就越不买你的账。你要群众了解你，你要和群众打成一片，就得下决心，经过长期的甚至是痛苦的磨炼"①。在谈接受效果时，《讲话》谈到"被大众欢迎"，这里又从反面讲到群众"赏识"的重要性。虽然论述不如政治标准与艺术标准的逻辑严谨，但却从另一个角度证明人民作为接受主体的评价对文艺作品的意义。

人民作为接受主体的评价标准在历史的演进中越来越受到重视，《决定》则把人民作为接受主体的评价标准"满意"定为最高标准。《决定》指出："坚持把遵循社会主义先进文化前进方向、人民群众满意作为评价作品最高标准，把群众评价、专家评价和市场检验统一起来，形成科学的评价标准。"《决定》提出科学的评价标准，显然不同于《讲话》中政治标准第一、艺术标准第二的评价体系。在科学的评价体系中，群众满意被定为最高标准，群众评价也被提到空前的历史地位。

人民作为接受主体，经过《讲话》《祝词》《决定》的普及、提高与丰富，精神世界不断丰富。党的文艺对期待视野与接受效果的重视、对人民评价标准的强调，进一步彰显人民主体性。

四　人民主体性的精神向度

从《讲话》到《决定》，在70年的历史演进中，党的文艺思想始终张扬人民主体性，尤其是新世纪人民主体从革命的、政治的主体逐渐成为精神的、文化的主体，显示出以人为本的精神向度。

《讲话》认为人民是历史的创造主体，在当时的历史语境中人民是作为革命的、政治的主体。《讲话》强调，文艺是从属于政治的，文艺

---

① 毛泽东：《在延安文艺座谈会上的讲话》，《解放日报》1943年10月19日。

为政治服务，文艺为工农兵服务。"革命的思想斗争和艺术斗争，必须服从于政治的斗争。""政治标准第一，艺术标准第二。""政治和艺术的统一、内容和形式的统一，革命的政治内容和尽可能完美的艺术形式的统一"。革命与政治斗争是时代的主旋律，革命文艺自然是唱响时代的主旋律。与此相适应，人民作为创作主体、表现主体与接受主体的现实性身份是革命主体与政治主体，这是由历史文化语境所决定的。

抗日战争期间，国统区和敌占区的文艺工作者相继来到延安，但他们对文艺的看法不尽相同，在有些问题上还存在相当大的分歧，《讲话》在这样的背景下召开，"研究文艺工作和一般革命工作的关系，求得革命文艺的正确发展，求得革命文艺对其他革命工作的更好的协助，借以打倒我们民族的敌人，完成民族解放的任务"。这里，毛泽东特别强调革命的文艺，带有鲜明的战时文艺的色彩。毛泽东《讲话》的目的"就是要使文艺很好地成为整个革命机器的一个组成部分，作为团结人民、教育人民、打击敌人、消灭敌人的有力的武器，帮助人民同心同德地和敌人做斗争"①。在民族危亡时刻，文艺是武器，承担着重要的历史使命，人民是同敌人做斗争的人民，因而在革命文艺中作为创造主体、表现主体与接受主体的人民是革命的主体、斗争的主体。人民主体性体现出革命性与政治性。

战时文艺思想成为当代文艺的指导思想，在"十七年"和"文化大革命"时期，人民主体依旧是革命的主体与阶级斗争的主体，仍然表现出鲜明的政治性。历史环境的变化并没有促使文艺思想做出相应的调整，所以《讲话》思想在当代文艺中出现复杂化的态势。新时期党的文艺政策做了调整，《祝词》认为，文艺不从属于政治，"这当然不是说文艺可以脱离政治。文艺是不可能脱离政治的。任何进步的、革命的文艺工作者都不能不考虑作品的社会影响，不能不考虑人民的利益、

---

① 毛泽东：《在延安文艺座谈会上的讲话》，《解放日报》1943 年 10 月 19 日。

国家的利益、党的利益"①。从此不再提文艺为政治服务、文艺为工农兵服务。"十一届三中全会以后，我们党已经不再使用文艺从属于政治的口号。十八年的实践证明，这是正确的。"②作为主体的人民在现实与文艺作品中也逐渐脱离于简单化的政治主体。

《讲话》时期的中国新文化"是无产阶级领导的人民大众的反帝反封建的"文化。如果说，《讲话》时期考虑的是用我们的文艺团结人民、打击敌人，那么，《祝词》中更加强调的是我们的文艺为人民服务，为建设社会主义服务，到了十七大报告，则是把文艺作为增强文化软实力的重要载体，人民是塑造国家形象与民族精神的主体。《决定》强化"以科学的理论武装人，以正确的舆论引导人，以高尚的精神塑造人，以优秀的作品鼓舞人，在全社会形成积极向上的精神追求和健康文明的生活方式"，人民主体从政治的主体、革命的主体转变为精神的主体、文化的主体。

党的十六大报告对民族精神的阐发、江泽民在中国文联七大对文艺工作者任务的提出以及胡锦涛在中国文联八大对文化软实力的强化、十七大报告对"建设中华民族共有精神家园"思想的强调等成为党的思想发展的指导。按照美国全球战略问题专家约瑟夫·奈的看法，硬实力来自于一个国家的军事和经济能力，"软实力"则是一个国家的文化传统、道德观念和政治制度的影响力。"如何创造民族文化的新辉煌，提升国家软实力，是摆在我们面前的一个重大现实课题。"国家的文化战略对于文艺的要求，突出地体现在它将文艺纳入建设有"中国特色社会主义文化"的宏伟工程之中。文艺思想是民族精神的重要承担，是文化软实力的重要组成部分，在文化软实力的构建中起着重要作用。从

---

① 邓小平：《在中国文学艺术工作者第四次代表大会上的祝词》，《中国文艺年鉴》1981 年 1 月。

② 江泽民：《在第六次全国文代会、第五全国作代会上的讲话》，《人民日报》1998 年 12 月 27 日。

民族精神的弘扬到中华民族共有精神家园的建设，是文化软实力的精神向度渐入佳境的重要体现。十七大报告指出，"要充分发挥人民在文化建设中的主体作用"。人民是历史的创作主体，人民生活是文艺唯一之源，人民是文艺的表现主体和接受主体，所以民族精神的弘扬与建设中华民族共有精神家园不能离开人民与人民生活。人民是民族精神的载体，是精神家园的建设者，是文化软实力构建的主体。

文化是民族的血脉，是人民的精神家园。"精神家园"的提出与阐发是对《讲话》中人民主体性思想的弘扬。《讲话》要求对人民普及基础文化知识，提高人民的欣赏水平与文化水平；《祝词》提出要"提高全民族的科学文化水平，发展高尚的丰富多彩的文化生活，建设高度的社会主义精神文明"；十七大报告提出"建设中华民族共有精神家园"；《决定》指出："文化越来越成为民族凝聚力和创造力的重要源泉、越来越成为综合国力竞争的重要因素、越来越成为经济社会发展的重要支撑，丰富精神文化生活越来越成为我国人民的热切愿望。""没有文化的积极引领，没有人民精神世界的极大丰富，没有全民族精神力量的充分发挥，一个国家、一个民族不可能屹立于世界民族之林。"精神境界、精神世界、精神文明到民族精神、精神家园，民族的凝聚力与感召力逐渐加强，人民作为创造主体、表现主体与接受主体的内涵越来越丰富，越来越具有自觉性、能动性，也就是说，人民主体性也越来越显示出历史的重大意义与价值。

《讲话》时期，中华民族面对的是有形的敌人，所以保持着历史的醒觉；但是当下的国际竞争，是一场文化的竞争，它更像是处于无物之阵，若没有更加清醒的认识，则容易失于无形的陷阱。现在，世界处于大变革时期，各种文化与思想碰撞，若想在世界民族之林中具有言说的权力、话语的权力，增强本民族的文化软实力至关重要。人民是文化的主体，文艺作品正确表现人民、张扬人民主体性有利于国家形象的塑造与传播。正如《决定》所指出的，"把学术探索和艺术创作融入实现中华民族伟大复兴的事业之中",建构"中国特色、中国风格、中国气派"。

从《讲话》到《决定》,党的文艺思想始终围绕着如何充分体现人民主体性而展开,人民主体从政治主体与革命主体到精神主体与文化主体的成功转换,深刻揭示了党的文艺思想以人为本的精神向度。

2001年9月,中共中央在《公民道德建设实施纲要》中正式提出"以人为本"的概念,2003年1月,党的十六届三中全会在《中共中央关于完善社会主义市场经济体制若干问题的决定》中进一步提出"坚持以人为本,树立全面、协调、可持续的发展观,促进经济社会和人的全面发展"。党的十七大报告再次强调"坚持以人为本","促进人的全面发展"。"要始终把实现好、维护好、发展好最广大人民的根本利益作为党和国家一切工作的出发点和落脚点,尊重人民主体地位。""以人为本","尊重人民主体地位",充分体现出人民主体性。

"以人为本"的理念反映到文艺思想上,它既是一个表现什么的问题,又是一个如何表现的问题(而后者尤其能体现"以人为本"的思想)。这也是《讲话》以来党的文艺思想一直致力于解决的问题,双百方针、二为方向、三贴近原则等都体现出以人为本,新世纪党的文艺思想更是如此。"以人为本",文艺重在对人的发现,尊重人民主体性,探索人的命运中丰厚的社会内涵、文化内涵与人性内涵,而不仅仅是革命内涵与政治内涵。一方面,表现人的现实复杂性,避免文艺中的"高大全";另一方面,不能刻意丑化国人以迎合西方文化"东方主义"视野。正确表现人民、表现人民生活,使文艺真正体现人民主体性思想。

《讲话》的最大贡献在于它指出文艺的人民立场,尊重人民主体性。虽然发表《讲话》的时代已经成为过去,但是《讲话》中的人民主体性思想却具有永久的历史价值。70年党的文艺思想一直把人民作为创造主体、表现主体与接受主体,把人民主体性作为核心。新时期以来人民主体不再胶着于政治主体与革命主体，而是获得精神主体与文化主体的主体地位，显示出"以人为本"的精神向度。

人民需要文艺，文艺更需要人民。我们的文艺源于人民、为了人民、属于人民，这是对党的文艺思想——人民主体性思想的最好诠释。

（本章吴玉杰撰写）

第二章

历史转型与当代作家生存哲学

历史转型，促使当代作家生存哲学发生了很大的变化。如果时光回溯到五四时期，我们更可以看出这种变化的历史轨迹："生活着" → "有点东西"地"活着" → 为活着而活着 → "活着"就好。

一 新文化的生命指证："人必生活着，爱才有所附丽"

1915 年 9 月 15 日，以在上海创刊的《青年杂志》（从第 2 卷第 1 期开始更名为《新青年》）为标志，由胡适、陈独秀、李大钊、钱玄同、鲁迅、蔡元培等知识分子所倡导与支持的崇尚科学与民主，抨击封建专制迷信思想的文化启蒙运动——新文化运动正式拉开帷幕。作为一场轰轰烈烈的思想革命潮流，新文化运动高举民主与科学两面旗帜，大力提倡民主，反对专制；提倡科学，反对迷信；提倡新道德，反对旧道德；提倡新文学，反对旧文学。

在这一新文化思潮的大力推动下，1917 年知识分子们开始进行"文学革命"：提倡白话文，反对文言文；提倡新文学，反对旧文学。这一革命的兴起是有其历史必然性的。新文化运动的目的是启蒙麻木不仁的国内民众，开阔其思想文化眼界，而在技术层面上的洋务运动以及制度层面上的戊戌变法（其实辛亥革命也并没有成功）相继失败之后，诉求于文化、文学的改革也不失为一种新的尝试途径。可以说，文学革命是新文化运动的具体化和深入化的结果。

1919 年同样是具有转折意义的一年。在第一次世界大战结束后的巴黎和会上，作为战胜方的中国因政府的腐败无能而遭受了莫大的屈辱：失地不但没有被收回，反而被转移给他国。这一外交上的失败引起国内民众强烈的激愤。5 月 4 日，北京大学学生走上街头，高呼"外争国权，内惩国贼"，对政府当局施压，但却遭到镇压和逮捕。五四学生爱国运动的发生既是新文化运动思想准备的结果，反过来又进一步深化和坚定了这一运动的内涵和基础。郑振铎在《中国新文学大系·文学论争集·导言》中说道："五四运动是跟着外交的失败而来的学生的爱国运动，而其实也便是这几年来革新运动所蕴积的火山的一个总爆发。""说是政治运动，爱国运动，其实也便是文化运动。"①

新文化运动、文学革命以及五四爱国运动的发生与发展是中国特定历史时期经济、政治、文化思想等诸因素综合作用的产物，也是国际大环境影响的结果。三者之间是相互渗透、相互影响的，在其共同作用下，引进西方民主、科学、自由的先进思想，打破封建旧文化的壁垒，启蒙民众，启迪民智，对 20 世纪中国反帝反封建的独立、崛起与发展，产生了不可磨灭的意义与价值。

（一）

自 19 世纪中叶以来，具有五千年封建文化历史积淀的中国开始不断遭受西方国家经济、政治、文化以及军事上的巨大冲击。至 19 世纪末 20 世纪初，中西方历史都进入一个波澜壮阔、风云变幻的时代。西方众多国家由"蒸汽时代"跨入"电气时代"，标志着第二次工业革命

---

① 郑振铎编《中国新文学大系·文学论争集·导言》（影印本），上海文艺出版社，1935，第 7 页。

基本完成：国内资本主义飞速发展和壮大，国外开拓的殖民地也在不断扩充。相比较这些处于历史上升时期的西方国家，中国大清王朝的统治在西方国家坚船利炮的不断冲击下已是日薄西山，风雨飘摇，预示着封建统治已行将就木，命不久矣。1912 年，随着中国历史上最后一位皇帝溥仪的下台，中华民国正式成立，这也成为近代中国重要的转型契机。

随着中华民国的建立，中国有机会建设成为一个自由、平等、民主的共和国：民主共和的观念逐渐深入人心，民族资本主义有了进一步的发展，第一次世界大战期间还曾出现短暂的春天。不过中华民国虽然已经建立，旧王朝的背影也渐行渐远，但是中国的社会依然笼罩在黑暗当中，人民依然处于水深火热之中，封建思想也依然根深蒂固地存在着："我们中国多数国民口里虽然是不反共和，脑子里实在装满了帝制时代的旧思想。……这腐旧思想布满国中，所以我们要诚信巩固共和政体，非将这般反对共和的伦理文学等旧思想，完全洗刷得干干净净不可。否则不但共和政治不能进行，就是这块共和招牌也是挂不住的。"① 正如陈独秀所预言的那样，在孙中山辞去临时大总统职务之后，袁世凯推行其"尊孔复古"的历史逆流，随后张勋复辟。面对中国顽固不化的封建思想淤积，一批先进的知识分子开始思考救亡中国的出路应该由器物、制度层面转向思想文化层面来启迪民智、启蒙民众，于是，新文化运动应运而生。

提倡民主与科学，反对封建专制的新文化运动可以称得上是"中国的文艺复兴"。它虽然振聋发聩，但其影响仅限于极少数的精英知识分子，而没有散播到广大民众之中。为了使新文化思想运动从"小众"延伸到"大众"，知识分子们以文学为突破口，发起了"言文一致"的文学革命。1917 年 1 月，胡适在《新青年》上发表《文学改良刍议》，大张旗鼓地要求"改良文学"，紧接着陈独秀于 1917 年 2 月以更加激进

---

① 陈独秀：《旧思想与国体问题》，《新青年》第 3 卷第 3 号，1917 年 5 月 1 日。

的姿态在《新青年》上发表《文学革命论》，提出文学革命的三大目标。内容与形式方面的革新使得文学开始以新的面貌区别于"帝王将相""才子佳人"式的旧文学。而贯穿新文学始终的主题与五四新文化运动的中心——反对封建专制，提倡个性解放是遥相呼应、相得益彰的。

郁达夫在《中国新文学大系·散文二集·导言》中说道："五四运动的最大的成功，第一要算'个人'的发见。从前的人，是为君而存在，为道而存在，为父母而存在的，现在的人才晓得为自我而存在了。我若无何有乎君，道之不适于我者还算什么道，父母是我的父母；若没有我，则社会、国家、宗族等哪里会有？"[①] 对人的重大发现是以皇权、族权为本位的专制社会进化到以个人为本位的社会的前提与保障。对此，周作人也说道："我说的人道主义，是从个人做起。要讲人道，爱人类，便须先使自己有人的资格，占得人的位置。"[②] 将人从国家、社会、家庭的藩篱中解放出来，承认个人的价值，重视个体生命存在的意义，是中国历史上破天荒的第一次。因此，"人的发见，即发展个性，即个人主义，成为'五四'时期新文学运动的主要目标；当时的文学批评和创作都是存意识或下意识的向着这个目标。……个人主义成为文艺创作的主要态度和过程，正是理所必然，而'五四'新文学运动的历史的意义即在此"[③]。

（二）

救亡社会从启蒙民众开始，而启蒙的首要途径即是通过个性解放来确立人的独立主体地位，体认人的个体生命价值。五四新文学中产生的

---

① 郁达夫编《中国新文学大系·散文二集·导言》，上海文艺出版社，1935，第5页。
② 周作人：《人的文学》，原载《新青年》1918年12月第5卷第6号，参见《中国新文学大系·建设理论集》，第195页。
③ 茅盾：《关于创作》，参见《茅盾文艺杂论集》（上集），上海文艺出版社，1981，第298页。

新文学观："人的文学""个性的文学""平民的文学"倡导和传播的正是"人道主义""个性主义"等新的人生观，将新文化运动的思想传播得更加具体化与深入化。个性解放是"立人"的前提，更是对个体生命与生存倾注的极大重视。在这一口号的推动下，妇女解放、男女平等、婚姻自由等诉求也成为新文化运动反封建思想的题中之义。那时的知识分子广泛阅读、译介西方经典的文学作品、理论著作以及思想潮流，其中就包括挪威剧作家易卜生的作品，其在中国文学界产生了广泛的影响，并由此形成了易卜生主义。这是因为其早期作品所包含的社会批判倾向与个性主义的张扬同五四新文化运动、文学革命的精神内涵不谋而合，所以易卜生的剧作及理论主张被大量译介与阐释。《新青年》于第 4 卷第 6 号刊载出"易卜生专号"，选登了《娜拉》《玩偶之家》《全民公敌》《卜爱尔夫》及胡适的论文《易卜生主义》。之后，《新潮》《小说月报》又刊登了《群鬼》和《社会柱石》，由此而形成易卜生热潮。

受《玩偶之家》类似的倡导个性解放、妇女解放、婚姻自主的剧作影响，早期五四新文学的小说、诗歌、戏剧、散文也主要是以个性解放、自由平等为主题。小说方面，描写男女恋爱的作品占大多数。这些作品或者揭露封建家长对子女自由恋爱的粗暴干涉和阻挠，或者歌颂受新思想文化浸染的男女青年为争取婚恋自由而进行的斗争等。庐隐说："我对于今后妇女的出路，就是打破家庭的藩篱到社会上去，逃出傀儡家庭，去过人类应过的生活，不仅仅做个女人，还要做人，这就是我唯一的口号了。"[①] 她的短篇集《海滨故人》《曼丽》《灵海潮汐》《玫瑰的刺》以及长篇《象牙戒指》都在思考和不断实践着这一口号：通过书写青年男女（尤其是女性）的苦闷、烦恼和憧憬来呼唤人的解放、女人的觉醒。冯沅君的《隔绝》《隔绝之后》等小说是对封建礼教做出

---

① 庐隐：《庐隐自传》，上海第一出版社，1943，第68页。

严峻抗议的斗争史与血泪史，正如《隔绝》中女主人公所宣称的："身命可以牺牲，意志自由不可以牺牲，不得自由我宁死。人们要不知道争恋爱自由，则所有一切都不必提了。"① 除此之外，胡适的《终身大事》、郭沫若的《卓文君》、田汉的《获虎之夜》、周作人的《小河》等都表达了自由、平等前提下对个性解放的向往。的确，个性解放是五四作家们在"立人"方面极力呼求的一个口号，但是黑暗的社会现实使得个性解放成为一纸空文而无法被实践，因此思想深厚的作家进一步思考个性解放与社会解放的关系。

鲁迅《伤逝》中的涓生和子君是乘着个性解放的思潮冲破封建家庭门槛的，尤其是作为女性的子君不顾家庭阻挠与众人非议，毅然决然地宣称："我是我自己的，他们谁也没有干涉我的权利。"② 这种呼声是决绝的，但在半殖民地半封建社会的中国又是过于天真的。因为无论个人、婚姻还是家庭，都不是脱离社会的自我封闭的空间。所以在社会还没有解放甚至独立的情况下，寻求个性解放也只能以失败告终：子君在"她父亲的烈日一般的严威和旁人赛过冰霜的冷眼"下凄惨死去，涓生则怀着愧疚之心一生孤独地生活。其实鲁迅在《娜拉走后怎样》中已经深入浅出地谈论了这个问题，他认为："从事理上推想起来，娜拉或者也实在只有两条路：不是堕落，就是回来。因为如果是一匹小鸟，则笼子里固然不自由，而一出笼门，外面便又有鹰，有猫，以及别的什么东西之类；倘使已经关得麻痹了翅子，忘却了飞翔，也诚然是无路可以走。……然而娜拉既然醒了，是很不容易回到梦境的，因此只得走；可是走了以后，有时却免不掉堕落或回来。否则，就得问：她除了觉醒的心以外，还带了什么去？倘只有一条像诸君一样的紫红的绒绳的围巾，那可是无论宽到二尺或三尺，也完全是不中用。她还须更富有，提包里

① 冯沅君：《隔绝》，选自《卷葹》，人民文学出版社，1983。
② 鲁迅：《伤逝》，选自《彷徨》，人民文学出版社，1973，第116页。

有准备，直白地说，就是要有钱。……所以为娜拉计，钱——高雅的说罢，就是经济，是最要紧的了。……在目下的社会里，经济权就见得最要紧了。"①鲁迅这样的见解独到深刻，一针见血地击中了个性解放背后所潜藏的危机：在没有获得独立的社会里，缺少经济基础的支撑，上层建筑只是一座海市蜃楼。所以，"人必生活着，爱才有所附丽"。

二 新启蒙的内涵诉求："人要有点东西，才叫活着"

所谓启蒙，按照康德的说法，即"人类脱离自己所加之于自己的不成熟状态。不成熟状态就是不经别人引导，就对运用自己的理智无能为力。当其原因不在于缺乏理智，而在于不经别人的引导就缺乏勇气与决心去加以运用时，那么这种不成熟状态就是自己加之于自己的了。Sapereaude！要有勇气运用你自己的理智！这就是启蒙运动的口号"②。对此，我们可以这样理解，启蒙也即"去昧"，人要独立运用自己的理智从蒙昧的泥沼中解脱出来，从而成为一个独立的、自由的自我确证主体。

在欧洲历史上，"启蒙运动是欧洲文化和历史的现代时期的开端和基础，它与迄至当时占支配地位的教会式和神学式文化截然对立……启蒙运动绝非一个纯粹的科学运动或主要是科学运动，而是对一切文化领域中的文化的全面颠覆，带来了世界关系的根本位移和欧洲的完全更改"③。而在20世纪初的中国，新派知识分子以"重估一切价值"的激进姿态冲击、反叛"吃人"的传统，高举科学和民主两面大旗，以个性主义和人道主义为主要思想武器，宣扬"人的解放"，从而掀起一场

① 鲁迅：《娜拉走后怎样》，选自《鲁迅全集》（第1卷），人民文学出版社，1981，第159、160、161页。
② 〔德〕康德：《答复这个问题："什么是启蒙运动?"》，选自《历史理性批判文集》，何兆武译，商务印书馆，1996，第22页。
③ 刘小枫：《现代性社会理论绪论》，上海三联书店，1998，第175页。

现代性的启蒙运动。这场启蒙运动给 20 世纪初的中国思想文化界涂上了浓墨重彩的一笔，但却因历史环境的动荡，使之在此后的进程中屡遭打击和挫折。直至"文化大革命"，五四启蒙运动的成果在极度扭曲的时代环境中全军覆没。

经过"文化大革命"的十年浩劫，中国于 20 世纪 70 年代末（1978 年前后）步入新时期，预示着在被"文化大革命"破坏的废墟上重新开启新时代、新纪元。"在 80 年代，从'文化大革命'中走出的人，普遍认同'文化大革命'是'封建主义'的'全面复辟'，实行的是蒙昧主义的'封建法西斯专制'，是对人性、个体尊严、价值的剥夺和蹂躏。因此，'新时期'存在着如'五四'那样的将人从蒙昧、从'现代迷信'中解放的'启蒙'的历史任务，在思想文化上，'新时期'也因此被看成是另一个'五四'。"[1] 因此，借用五四的精神话语——启蒙主义传统来反封建成为新时期面临的首要任务。但是，新时期与五四所面临的生存空间与历史—文化语境毕竟时异事殊，所以它所承续的启蒙传统以其新的特质而被称为"新启蒙"。"作为对'文化大革命'封建性逆流的强烈反弹，它以现代理性精神为主体，以科学理性及人本理性为旗帜，构成了持续整个 80 年代的以文化开放与自省为特征的思想解放运动。"[2] 这一思想解放潮流因新时期前期与中后期历史环境相异而呈现出所立之"人"的内涵不同，"人要有点东西，才叫活着"（阿城《棋王》）成为 1980 年代知识分子自觉的生命追求。

（一）

"粉碎'四人帮'，对中国社会来说当然是一次历史性的巨大转折。

---

① 洪子诚：《中国当代文学史（修订版）》，北京大学出版社，2007，第 203 页。
② 杜书瀛、张婷婷：《新启蒙：理性精神下的文论话语》，《文艺理论研究》1999 年第 4 期。

但这种转折首先仍然表现在社会结构的表层形态中，而从精神意识和心理思维层次来说，'转折'的到来显然要艰难得多。"① 的确，新时期初期，文学的复苏与时代政治的拨乱反正、思想解放的步调几乎保持一致：政治改革为文学的复苏、进步保驾护航，而文学也吹响了政治意识形态回归正轨的集结号。

1978 年 5 月 11 日《光明日报》发表的《实践是检验真理的唯一标准》引发了全国上下"真理标准问题"的大讨论，而这次讨论却也真正地揭开了新时期思想解放运动的序幕。随后，1978 年 18 日至 22 日召开的中共十一届三中全会实现了思想路线的拨乱反正，批判和否定了"两个凡是"的错误方针，高度评价了关于真理标准问题的大讨论，并且提出把全党的工作重点转移到社会主义现代化建设上来。这场讨论与这次会议为文艺界吹进了一股自由解放之风，在 1979 年 10 月 30 日至 11 月 16 日召开的第四次全国文艺工作者代表大会上，中共中央、国务院致大会祝词中说："党对文艺工作的领导，不是发号施令，不是要求文学艺术从属于临时的、具体的、直接的政治任务，而是根据文学艺术的特征和发展规律，帮助文艺工作者获得条件来不断繁荣文学艺术事业。"② 1980 年 7 月 26 日，《人民日报》在社论《为人民服务，为社会主义服务》中明确提出"文艺为人民服务，为社会主义服务"的新口号。开明的政治改革为文学压抑已久的情绪释放提供了前提与保证，而这种情绪的释放也不可避免地反映了曾经的政治创伤以及目前的政治改革趋向。由此，80 年代初期的新启蒙思潮主要是通过对"文化大革命"的批判与反思以及立足现实的改革来吁求在"文化大革命"中被践踏殆尽的人性、人情和人道主义，以此来重新确立人的主体地位。而无论是告别"文化大革命"还是立足

---

① 吴义勤：《中国新时期文学的文化反思》，江苏文艺出版社，2009，第 13 页。
② 中国文学艺术界联合会编《中国文学艺术工作者第四次代表大会文集》，四川人民出版社，1980，第 6 页。

现实，新启蒙都是在"现代化"与"改革开放"的宏大叙述中展开的，紧跟时代政治的趋向潮流。也就是说，"20世纪80年代初新启蒙主义与国家意识形态有合谋的倾向"①。所以，在这一时期，作家们所极力吁求的"立人"是社会意识形态中大写的"人"，"人"的生存观念、生存目的以及生存处境与方式都有意识形态的投影。

从80年代中期（1985年前后）开始，中国的社会改革更加完善、深入和迅速。这种全方位的改革为80年代中后期的文学发展提供了新变的背景、机遇和动力。"文学界革新力量积聚的旨在离开'十七年'的话题范围和写作模式的'革新'能量，开始得到释放，创作、理论批评的创新出现'高潮'。"②"回到文学自身""文学自觉""文学的本体性"成为备受关注的热门话题，作家开始由"惯性写作"真正地走向"自觉写作"。与此相联系，新启蒙主义思潮所立之"人"的重心也开始发生位移。张光芒认为："作为文学启蒙的逻辑前提，历史带给新时期与'五四'的文化障碍及由此激发的思想反弹力量，具有明显的差异性。对于'五四'文学来说，'救亡'的时代主题与'立人'的启蒙任务是以胶着的状态纠缠在一起的，理想人格的建构与形而上层面上的人性开掘受到过多的救亡与革命因素的干扰，纯粹的唯人主义的人学本体论难以建立起来。时至20世纪70年代末，民族危亡问题退居其次，民族内部的政治—文化问题凸显，在经历了短暂的社会—政治学层面的思想解放运动后，文化—人性层面的现代转型很自然地成为启蒙主义思潮回归与嬗变的首要主题。"③ 对此，我们可以做如下理解，从80年代中后期开始，"唯人主义的人学本体论"才开始真正建立，所立之"人"也开始由"社会结构的表层形态"向"精神意识和心理思维层

---

① 陈萍：《新启蒙主义思潮的演进轨迹》，《重庆大学学报》（社会科学版）2009年第6期。
② 洪子诚：《中国当代文学史（修订版）》，北京大学出版社，2007，第201页。
③ 张光芒：《人性解放"三部曲"——论新时期启蒙文学思潮》，《南京大学学报》2003年第1期。

次"开掘,"人"之生存观念、生存目的以及生存处境与方式具有了超越意识形态的个性色彩。

从文学本体的角度看,80 年代中后期的新启蒙思潮更具有新的特质(80 年代前期新启蒙思潮的国家意识形态性与五四启蒙中强烈的社会责任感形成隔代的历史呼应):"启蒙不是赋予知识者的特权,不是一个人对另一个人、一个群体对另一个群体的教诲和指导,相反,启蒙首先是每个个体自我心灵的启蒙,是去掉虚妄张狂而使自我认清自我,知悉自己存在的有限性和可能性,洞悉自我选择的不可逆性与自我承担选择的结果。"① 这种"在自身领域获得自我确证意识的觉醒"是人回归自身位置与生存于世的价值所在。

(二)

"新时期文学的发展过程,是社会主义人道主义的观念不断地超越'以阶级斗争为纲'的观念的过程。我们可以找到一条基本的线索,就是整个新时期文学都围绕着人的重新发现这个轴心而展开。新时期文学的感人之处,就在于它以空前的热忱,呼唤着人性、人情和人道主义,呼唤着人的尊严和价值。"② "文化大革命"十年由于异化的政治社会环境导致人行尸走肉般地扭曲地活着。进入新时期之后,在启蒙主义思潮影响下,重新"立人"成为亟待解决的首要问题。由此,作家们极力吁求的是人真正活着的自我确证。但在初期,受惯性思维的影响,作家们主要还是在重大的社会政治问题上回旋,着眼于人的外部世界,所吁求的人的尊严、价值与地位也局限于社会政治结构的表层形态。从新时期中期开始,作家们逐渐从对人的外部世界的关注过渡到对人的内心世界的探测,从漫步在国家政治神话的云端降落到民间日常生活的土地

---

① 王岳川:《中国百年学术思想嬗变的基本问题》,《社会科学战线》1995 年第 4 期。
② 刘再复:《论新时期文学主潮——在"中国新时期文学十年学术讨论会"上的发言》,《文学评论》1986 年第 6 期。

上，从而挖掘出隐藏于人内心的生存思考与生存态度。正是因为有作家们对人的内在精神空间的拓展与审视，才能阐释出生存的真正内涵："人要有点东西，才叫活着。""这点东西"可以说是支撑自我存活于世的自我确证与自我实现，是作家们对于生存内涵的一种形而上思考。

新时期初期的"伤痕""反思""改革"三大小说潮流主要体现的是社会启蒙，对"文化大革命"的历史批判与极"左"路线的历史反思以及改革/反改革的二元对立模式是其主要立足点。刘心武的《班主任》、周克芹的《徐茂和他的女儿们》、丛维熙的《大墙下的红玉兰》、冯骥才的《啊！》等"伤痕"作品所展现出的人的精神畸形、痛苦贫困是异化的政治时代造成的，荒诞不经、黑白颠倒的阶级路线斗争是人无奈的生存方式，也是其活着的意义与价值所在。反思小说从单纯地展示伤痕深化为总结历史经验教训，其关注人的主体内涵及表现空间也比前者更为丰富：对基本人性（如张弦的《被爱情遗忘的角落》、张贤亮的《灵与肉》《男人的一半是女人》等）和人与人之间关系（如李国文的《月食》、茹志鹃的《剪辑错了的故事》等）的扭曲有了进一步的开拓与深化。随着经济改革的逐步深入，"回到当下"的改革文学吁求实现现代化的目标。要想实现这个目标，就需要具有现代化思想的人，如蒋子龙笔下的"乔厂长们"。而对于那些处在现代化社会却仍顽固于封建思想的人（如陈奂生、韩玄子等），作者则展现了其生存的可悲、可笑。而1985年前后形成潮涌的"寻根小说"则开始真正形而上思考人的生存内涵，"超越社会政治层面突入历史深处而对中国的民间生存和民族性格进行文化学和人类学的思考"①。

汪曾祺的《受戒》可以看作"寻根文学"的源头，其中主要讲述了小和尚明海与农村少女小英子情窦初开、两情相悦的故事。小说表面上是写明海受戒，实则讲的是明海破戒。对于明海来说，做和尚并不意

---

① 丁帆、何言宏：《论二十年来小说潮流的演进》，《文学评论》1998 年第 5 期。

味着看破红尘、皈依佛门，而仅仅是作为一种职业：可以吃现成饭、可以攒钱。再者，按照佛理，和尚们过的是一种遵从"三戒""五戒"的清心寡欲生活，但"这个庵里（荸荠庵）无所谓清规，连这两个字也没人提起"。他们以和尚的身份过着世俗人的自在生活：杀生、吃肉、喝酒、讨老婆。明海怀着自由的心态进入佛门，在自由的佛门生活中耳濡目染，因此，他的情感并没有被压抑，与小英子坠入爱河也是顺其自然的。正是在其无所拘束、舒适舒展的自由心态的驱使下，明海既不做沙弥尾，也不做方丈，而是选择在自由的世俗生活中皈依心灵家园，执着生命本真。从这个意义上说，明海于"破戒"的自在中获得了七情六欲完备的真正生活。

之后，李杭育的"葛川江"系列、阿城的"三王"（《棋王》《孩子王》《树王》）系列及其"遍地风流"系列等继续在寻根的道路上探寻中国的民间生存。在《最后一个渔佬儿》中，当现代工业文明强烈冲击人们的生存方式与生活方式时，主人公福奎一如既往地坚守着自己所习惯的渔民生活："他从十四五岁起就干这门营生了，叫一个老头改变他几十年的生活方式，他一定很不情愿。对这生活，他习惯了，习惯得仿佛他天生就是个渔佬儿，在他娘肚子里就学会撒网、放钓了。"①打鱼对他来说，不但是种生存方式，而且已经成为生存本身。所以，当他赖以生存的葛川江在新的冲击中摇摇欲坠时，他虽对城市世界有所羡慕，但最终仍以贫困潦倒的生活为代价，固守着"最后一个渔佬儿"的身份意识与生存支柱。他孤独而贫困，但与命运抗争的这份执着却也让他活得痛快淋漓、傲骨铮铮！

阿城"三王"系列中的代表作《棋王》取材于阿城本人的知青生活，但却不同于一般意义上的知青小说，其中饱含着作者对生存的独特体悟。小说围绕主人公王一生叙述了"吃的故事"和"棋的故事"。民

---

① 李杭育：《最后一个渔佬儿》，《小说月报》1983 年第 6 期。

以食为天，"吃"是人类最基本的生存需求。对于处在特殊年代里像王一生一样有过饥饿经历的人来说，"吃"的重要性不言而喻。因此，王一生对"吃"，极其认真、专注与虔诚：吃的动作、吃的话题、吃的故事都会让他精神紧绷。但是，"吃"并不是生存的全部。"衣食是本，自有人类，就是每日在忙这个。可囿在其中，终于还不太像人。"① 所以，"我"虽同意王一生"人要知足，顿顿饱就是福"的看法，可"我隐隐有一种欲望在心里，说不清楚，但我大致觉出是关于活着的什么东西"。"我"还是需要书、电影，画家还是需要画画，同样，王一生还是需要用下棋的方式来解"忧"或者"不痛快"。"棋"对于王一生来说不是谋生的方式，更不是炫耀的资本，而是与"吃"同等重要的生存必需："我迷象棋。一下棋，就什么都忘了。呆在棋里舒服。"正如汪曾祺所评价的："人总要待在一种什么东西里，沉溺其中。苟有所得，才能证实自己的存在，切实地掂出自己的价值。"② 小说结尾处王一生在与九人赛棋的连环大战中"把自己生命的精华都调动出来，倾力一搏，像干将、莫邪一样，把自己炼进自己的剑里"，切切实实地获得了自我身份的认同与自我确证意识。

三　后新时期的目的能指："为活着而活着"

任何事物都是发展变化的，文学也不例外。新时期文学十年无论是在创作方面抑或是在理论批评方面都可称为"伟大的十年间"：眼花缭乱的尝试与引进，井喷式的创作、论争与批判，雨后春笋般的刊物发行等都让文学界、学术界的精神为之振奋。可以说，西方几百年的思想路程，中国只用不到十年的时间就匆匆走了一遍。但是持续的紧张与兴奋

---

① 阿城：《棋王》，《上海文学》1984 年第 7 期。
② 汪曾祺：《人之所以为人》，选自《汪曾祺文集》，江苏文艺出版社，1993，第 9 页。

也会有落潮、松弛的时刻。新时期文学面对不断产生的新质，不可能永远新下去，它终究会被更新的文学形态所替代。

从80年代后半期开始，在文学外部条件的变化与文学内部新质的产生以及中国社会变动的合力影响下，新时期文学渐变式地由"前"向"后"发生转型。1992年9月12日，在由北京大学中国语言文学研究所及《作家报》联合举办的"后新时期：走出八十年代的中国文学"的研讨会上，与会者普遍认同"后新时期"这一指称。这次大会也被看作后新时期文学的命名大会。而在此之前，张颐武在自己的文章中已经开始使用"后新时期"的概念："进入90年代，作为第三世界文化中具有最悠久的文学传统和最丰富的文本存留的汉语文学正在发生着深刻的转型。'新时期'文化向'后新时期'文化的转移过程已经清晰地显示了出来。驳杂的、零散的、扑朔迷离而瞬息万变的80年代已经逝去。我们面对的是一个新的话语空间。"①

由此，文学界一般把延续了80年代新时期文学，但又产生了新质的90年代文学指认为后新时期文学。它属于世纪末的文学，也是处于社会转型期的文学。

（一）

进入90年代之后，尤其是在邓小平南方讲话以来，中国商品经济步入蓬勃发展的高潮阶段，成为引导社会生活方方面面的一个核心动力，使中国社会迈进继80年代之后的又一富有活力但充满矛盾的转型期。经济的持续增长、技术的不断提升以及全球化过程的深化使得90年代与80年代在诸多方面都截然相异，如经济体制、意识形态、社会制度、公众心理与观念等。"如果说80年代的特点是思想启蒙、狂飙突

---

① 谢冕、孟繁华、张颐武、李书磊、张志忠：《"文学走向九十年代"笔谈》，《当代作家评论》1991年第5期。

进，那么90年代以来的格局就体现为市场主导、多元分化。""80年代更体现着一种浪漫主义的精神化追求，而90年代更显示着一种现实主义的世俗化倾向。"① 的确，随着90年代以后的社会转型，在市场化大潮的影响下，中国社会从以政治意识形态为中心转向以经济建设为中心。在金钱、娱乐、消费、欲望等新的社会风尚逐渐占据人们的视野时，"文学'轰动效应'的丧失和文学热的降温，大众的文化心态和作家的创作心态都发生了很明显的变化——大众对文学的消费性需求压倒了教化性和认识性的需求，作家对生存的需求超越于精神的需求"②。文学界、思想界、学术界的宣言、潮流、运动也不再似80年代如火如荼地进行着，其社会影响力也开始由中心滑向边缘，似乎瞬间丧失了指点江山、激扬文字的一呼百应的号召力："人们渐从激情的天空落到理性的大地，渐以平和、平实、平静的心境审视中国与世界、传统与未来、理论与现实。"③

作为世纪末的文学现象，这一特定的时代历史环境为后新时期文学提供了有别于新时期文学的特质。90年代经济秩序、文化结构的多元、多样变化，为人和文学的发展创造了更多维度上的可能性：在提供一种新的想象，拓展思想自由、精神独立空间的同时，随之而来的也会出现写作的困境和艰难的处境。所以说，后新时期在某种意义上是扑朔迷离、矛盾模糊的。

新时期文学（至少是80年代初期文学）与国家、社会的主导意识形态基本保持一致：为群体代言，抒写民族寓言、国家神话。而从80年代中后期开始，直至进入后新时期，文学与国家的主流意识形态关系开始发生变化：从政治化走向生活化。这些生活化的文学作品在淡化政治功能、疏离意识形态化的过程中有意规避宏大叙事，躲避崇高，提供给读者一种非主流历史与文化所认同、处于民间"草根"边缘地带的

---

① 李彬：《中国新闻社会史》，清华大学出版社，2009，第474、475页。
② 陈骏涛：《后新时期，纯文学的命运及其他》，《当代作家评论》1992年第6期。
③ 李彬：《中国新闻社会史》，清华大学出版社，2009，第477页。

"他者"历史书写,并且通过此种书写方式来反思人类的命运与生存处境。这一时期很少有作家去主动弘扬"主旋律",以深沉的历史感、责任感去热情呼唤、爱憎分明,更多的是从文化的角度揭示人在社会生活中的心理困惑与障碍,表现历史与民族的精神枷锁。对此,谢冕也提出"它(后新时期文学)与社会功利以及启蒙使命等的脱节,不仅疏离意识形态并且疏离群体代言性质。后新时期文学极端个人化的结果,使文学既与反映无关,也与表现无关,文学只是个体生命的某种状态。极度张扬个体生命的结果,使文学既与现实人生也与理想空间相互隔绝,这一文学形态经常表现对于严肃话题的揶揄态度,它嘲弄他人也嘲弄自己"①。

文学(或者说纯文学)迅速地边缘化是后新时期不得不面对和承认的事实。作家们可以在有形的政治压力面前坚守自己的信仰,维护自己的尊严,坚持自己的写作,但当他们被市场经济浪潮反复拍打的时候,坚守自己的领地反而会变得异常困难。在商品经济大潮的推动下,"市场经济和消费越来越多地决定了生活和人的思想。知识分子以及作家失去了作为警惕者和呼唤者的社会地位。他被排挤到了边缘,在过去的理想丧失之后,一时还找不到新的非物质性的替代品"②。文学在挣脱了政治的枷锁之后又不可避免地落入了市场的圈套之中。对于有些作家来说,为了重新回归文学旋涡的中心,戴上文学的灵光圈,商业炒作成为引起文学轰动的主要手段。明星文人、商业文人已由最初的引起巨大争议到如今的屡见不鲜,这是因为"商品社会的性质和中国社会的历史积淀,构成了中国现有文学的多形态共生杂陈的特性。中国文学在现阶段消解中心规范的同时,生长出明确的无序状态,各行其是的主张和实践,最终取代了长达数十年的指令性运作。这种状态显示了文学获得一定自由度的宽松气氛,同时也包含着无约束的随意性带来的混乱"③。

---

① 谢冕:《论二十世纪中国文学》,中国人民大学出版社,2009,第209页。
② 顾彬:《二十世纪中国文学史》,范劲译,华东师范大学出版社,2008,第345页。
③ 谢冕:《论二十世纪中国文学》,中国人民大学出版社,2009,第209页。

（二）

"新时期的文学狂欢节的谢幕，宣告激情时代的终结。伴随着90年代而来的是建立在冷静反思基础上的静悄悄的调整。"[①] 这次调整并不是一件坏事，而是属于"良性阵痛"。因为"从根本上看，文学的轰动是反常的。文学之引起轰动，多半是由于文学做了别的什么，而文学的常态则是受到社会中心的冷淡"[②]。所以，后新时期之后的文学的沉寂与热情的冷却能够给曾经热闹喧哗的文学提供冷静思考的时间与空间，而在此时空内，安于思考的作家也有创作思维与方式上的调整。

一般来说，社会环境的大变动常常会引起对生存问题的关注，所以历史转型时期也时常伴随着作家对生存问题的重新思考与审视，文学由新时期向后新时期的转型也不例外。相较于80年代被社会尊奉为"人类灵魂的工程师""现代化设计的参与者""大众精神生活的导师"，知识分子们进入90年代以后的落差是显而易见的，而包括一部分文学读者在内的大众也随着商品经济大潮专注于世俗化的生活当中，这就造成了自新时期以来知识分子与社会稳定的链条的中断与脱节。而正是因为这样的脱节，作家要以异于以往的方式来重新考量人类的生存处境。

90年代的时代特征可归结为"实"，因其商品市场经济所追逐的就是"实利"。在这样"崇实"的社会大环境中，作家关注人的生存的角度与之前也存在着明显的差异。80年代初期作家思考人的生存问题主要是从社会外部环境入手，以最终消除种种扭曲的人生现象为目的。中后期的作家则开始突入文化历史深处，形而上地探讨人生存的内涵——何谓真正的活着，并给出了自己的答案。而处于物欲横流、金钱至上的

---

① 谢冕：《论二十世纪中国文学》，中国人民大学出版社，2009，第239页。
② 谢冕：《论二十世纪中国文学》，中国人民大学出版社，2009，第239页。

后新时期作家在"崇实"的背景下，面对形形色色的为金钱、欲望、权力而极力向上攀爬的人们，对于生存的思考又进入另一个境界。他们试图于喧哗的大千世界中找寻人生存的终极目的，所以只是关注与探究人的生存目的本身——为什么而"活着"。

余华对人生存图景的描绘与关注在 80 年代中后期与后新时期是有着明显差异的。通过阅读他的作品我们可以发现，新时期的余华对人的生存充满了一种绝望的态度，其作品展现的是一种暴力死亡哲学。人的生存困境牢笼里充斥着险恶、暴力、阴谋、血腥与死亡，就像一张挥之不去的"网"把每个人都笼罩其中，难逃此生劫数。《一九八六年》《现实一种》《河边的错误》《古典爱情》等小说是最能展现余华阴郁、冷酷的死亡暴力哲学的。这些小说中的人物是暴力的受害者，同时也是暴力的实施者，以暴制暴，循环往复。所以说，新时期余华笔下人的生存只是一个看不到出路的绝望深渊。从进入后新时期开始，以《在细雨中呼喊》为分水岭，余华对人的生存思考又进入另一番境界。《活着》中福贵的生存方式与人生态度表现出了与余华暴力死亡哲学截然相反的"活着"哲学。福贵的一生可谓大起大落、跌宕起伏，在从一个不学无术的富家子弟到有责任、有担当的儿子、丈夫、父亲角色的蜕变与转换过程中，他经历了家业的颓败，亲人的接连死亡：父亲被气死，母亲与妻子病死，儿子失血过多而死，女儿难产而死，女婿意外死亡，孙子被撑死。经历了如此多的苦难，福贵最终还是一个人活了下来，即便孤独。那么福贵为何能够活着？又是为了什么而活着呢？余华自己给出了答案："人是为了活着本身而活着的，而不是为了活着之外的任何事物而活着。"① 在余华眼里，活着本身就是一种巨大的原始强力。人从出生的那一天起，就已经知道终点会是死亡，虽然明知会有一死，可每个人都还是努力地、拼命地，如经历战争般、咬紧牙关地生活

① 余华：《活着·韩文版自序》，上海文艺出版社，2004。

着，因为人不是为了死亡而活着。福贵在目睹了亲人、朋友甚至仇敌的死亡之后，更加意识到了活着就是一种馈赠、价值和意义。如果结束生命，其实也就终止了一切价值和意义。所以，即使命运充斥着悲剧、不幸，也还是要直面生存困境，以活着的态度和姿态去抗拒死亡。所以"《活着》讲述了一个人和他的命运之间的友情，这是最为感人的友情，因为他们互相感激，同时也互相仇恨；他们谁也无法抛弃对方，同时谁也没有理由抱怨对方。他们活着时一起走在尘土飞扬的道路上，死去时又一起化作雨水和泥土"①。

《许三观卖血记》作为余华在后新时期的另一部力作，同样也是对"人性—生存模式"的描摹。较之于《活着》，《许三观卖血记》少了些偶然性、传奇性，而多了几分日常化、生活化，但是"人生在世就要受苦"的主题依然贯穿其中。同改邪归正后的福贵一样，许三观也把"家"看作活着的全部。他初次卖血的钱就用在他所谓的大事上——成家，而之后的每一次卖血基本上都是为了帮家里渡过灾祸与困难。"本质上，血是'生命之源'，但许三观恰恰以对'生命'的出卖完成了对生命的拯救和尊重，完成了自我生存价值和生存意义的确认。他的血是越卖越淡，但他的生命力却越来越强盛，他的血是为家庭、为子女、为妻子而卖的，他的生命力自然在他们身上得到了延续。"② 所以，许三观的十二次卖血，无论是其主动抑或被迫，都是"用透支生命来维持生存"，为活着而拼命挣扎。

与余华相异，苏童在《米》中从反面揭示了另一种"活着"哲学。"米"是具有象征意指的。作为粮食的代名词，它是生存的支柱，也是生命的直观形象。《米》中的主人公五龙即是因"米"而逃荒、发迹以及幻灭。为了能够活下去，五龙只身一人从乡村奔波到城市，但首先迎

---

① 余华：《活着·韩文版自序》，上海文艺出版社，2004。
② 吴义勤：《告别"虚伪的形式"——〈许三观卖血记〉之于余华的意义》，《文艺争鸣》2000 年第 1 期。

接他的就是死亡阴影的笼罩和屈辱的讨吃，由此而令他对城市产生恐惧、厌恶及仇恨的情绪。而在阿保的不断欺凌、六爷的终日威胁、织云的放荡挑逗、绮云的侮辱秽骂以及冯老板的奸诈残忍的刺激下，仇恨的情绪成为他开拓自身生存空间的动力。"对于他最重要的是活着，而且要越活越像个人。"① 所以五龙靠着仇恨的激发，一步步地实现自己的欲望：粮食、女人、身份、地位与权力，以其乖戾的生存方式显示出生命的扭曲。但是当其意识到自己唯一的也是真正的恐惧——死之后，五龙不断地用米来安慰、提醒自己活着的事实，因为米是实在的，"更加接近真实"。在五龙弥留之际，他说自己唯一剩下的是两排金牙，因为金子不会腐烂，但是他却遗忘了金子是可以被偷走、抢走的。五龙靠着仇恨为钱财、为女人、为身份、为地位、为权力在城市处心积虑地不断奔波、立足和生存，但为了实现这些欲望，也最终导致了其不断地缩短自身生命的旅程。最终米堆成为五龙的生命终结栖息地，这是具有象征意味的：生存本身最重要。

四 后现代的意义解构："冷也好热也好活着就好"

"现代性是作为能够把人类从愚昧和非理性状况中解脱出来的进步力量而登上历史舞台的，但在实现现代性计划的过程中，现代性自然成为消极、压迫、压制之源，异化之本。从这个意义上说，后现代主义继现代主义理想的破灭而出现。"② 所以说，后现代主义是相对于现代主义而言的，它是在对现代主义的反叛中延续与发展起来的。"后现代主义"这一术语最早出现于费德利科·德·奥尼斯在1934年出版的《西班牙与西班牙语美洲诗选》一书。1942年达德莱·费兹编辑的《当代

---

① 苏童：《米》，江苏文艺出版社，1991。
② 杜以芬：《后现代主义兴起的社会背景分析》，《济南大学学报》（社会科学版）2011年第1期。

拉美诗歌选》中再次使用了这一术语。1947 年在英国历史学家汤因比的《历史研究》中也出现了这一词语（此书中的后现代主义与目前论者所谈的后现代主义不是同一范畴）。20 世纪 50 年代以后，后现代主义广泛出现于文学、哲学、艺术、建筑等各个领域，70～80 年代，在西方形成一股颇为壮观的后现代主义思潮。至 20 世纪 90 年代，这一思潮在西方逐渐沉寂。

80 年代初，后现代主义思潮已经登陆中国，只不过当时学术界与理论界都在满怀欣喜、热火朝天地进行"现代性建设"与现代主义引进而无暇顾及其他（其中有不少理论与创作属于后现代主义却未被加以区分而当作现代主义一并引进，如朱虹的《荒诞派戏剧述评》、施咸荣的《萨罗特谈"新小说派"》等介绍的即是后现代主义流派）。董鼎山于 1980 年 12 月在《读书》杂志上发表了《所谓"后现代派"小说》一文，首次将"后现代主义"概念引入中国，并且介绍了后现代派小说。1982 年袁可嘉在《国外社会科学》上发表的《关于"后现代主义"思潮》对后现代主义进行了比较详细的介绍。除此之外，马丁·埃斯林的《荒诞派之荒诞性》、约·巴思的论文《后现代派小说》、罗兴·罗德威的论文《展望后期现代主义》等理论文本都被翻译成中文。从 80 年代中期开始，随着像哈桑、杰姆逊、佛克马等一批西方后现代主义理论家陆续到中国高校巡回演讲，传播后现代主义理论，现代主义的热潮也逐渐退却。至 20 世纪 90 年代，作家、理论家、批评家对后现代主义思潮有了明确的认识和把握，并从中寻找到了精神上的契合点。

（一）

20 世纪 90 年代处于一个世纪的末端，同时也意味着一个崭新的世纪即将开启。这个时代的急遽变化使知识分子们对以往所把握的社会感到陌生。商品经济大潮的侵袭、大众传媒消费文化的迅速崛起、主流意识形态的逐渐隐退，使得 20 世纪支撑知识分子的精神支柱面临猛烈的冲击。这种冲击使"文人普遍有失落感，不知道自己是什么，干点什么好。好坏过去精神上还有个支柱，现在叽叽一下垮了，又没有新的拐杖可以支撑"①。从中可以看出世纪末的临近带来的不是即将步入新世纪的兴奋与激动，而是迷惘与困惑："世纪初期、中期的崇高感或优越感、先进感丧失了，代之而起的是贫乏或荒谬感和无可奈何感。"② 知识分子的这种迷惘不安和困惑与后现代主义有着精神上的契合点："在后现代主义时代，我们也面临着一种具有同样的破坏力，而且同样是灾难性的情感，我们也有后现代主义的悲剧人物，但也许和'焦虑的时代'的悲剧人物有所不同。从 60 年代以来人们遇到的似乎不再是这种以自我毁灭告终的'神圣的疯狂'，而是另外一种形式，美国人称之为'耗尽'（burn-out），连续的工作，体力消耗得干干净净，人完全垮了。这在现代是具有同样的消极意义的经验。但这已不再是焦虑。在焦虑里你仍然有一个自我，仍然感到孤独，你想缩回到自我里保持自我的完整，也就是说，你知道该做什么。而在后现代主义的'耗尽'里，或者用吸毒者的语言，'幻游旅行'中，你体验的是一个变了形的外部世界，你并没有自己的存在，也就是说，你是一个已经非中心化了的主体。这和焦虑中的体验是不一样的，这种噩梦和现代主义的噩梦是不一样的。现代主义和后现代主义各有自己的病状，如果说现代主义时代的病状是彻底的隔离、孤独，是苦恼、疯狂和自我毁灭，这些情绪如此强烈地充满了人们的心胸，以至于会爆发出来的话，那么后现代主义的病状则是'零散化'，已经没有一个自我的存在了。"③ 这种非自我存在的"耗尽"感受表明"后现代主义不再具有超越性（transcendence），它不再对精神、价值、终极关怀、真理、善美之类超越价值感兴趣，相反，

---

① 殷国明：《话说正统文学的消解》，《上海文学》1993 年第 11 期。
② 刘再复：《告别诸神》，《21 世纪》（香港）1991 年 6 月（总第 5 期）。
③ 杰姆逊：《后现代主义与文化理论》，唐小兵译，陕西师范大学出版社，1986，第 177 ~ 178 页。

它是对主体的内缩，是对环境、对现实、对创造的内在适应。后现代主义在琐屑的环境中沉醉于形而下的愉悦之中"①。世纪末的社会环境变化以及由此产生的情绪体验使得后现代主义成为影响中国 20 世纪 90 年代最为广泛且深远的一支文化、文学潮流。在哈桑那里，"不确定内在性"被概括为这一思潮的特质。"不确定性"是中心与本体消失的结果，无中心、无本体意味着对一切秩序与构成的解构和消解，从而处于一种动荡的否定和怀疑之中。内在性则指称的是中心与本体被消解之后人类心灵适应现实本身的倾向。总的来说，不确定性与内在性是相互关联的，矛盾的同时又相互作用，体现出后现代主义广泛的包容性。而在陈晓明看来，后现代主义思潮具备八方面的特征："（一）反对整体和解构中心的多元论世界观；（二）消解历史与人的人文观；（三）用文本话语论替代世界（生存）本体论；（四）反（精英）文化及其走向通俗（大众化或平民化）的价值立场；（五）玩弄拼贴游戏和追求写作（本文）快乐的艺术态度；（六）一味追求反讽、黑色幽默的美学效果；（七）在艺术手法上追求拼合法、不连贯性、随意性、滥用比喻、混淆事实与虚构；（八）'机械复制'或'文化工厂'是其历史存在和历史实践的方式。"②

从哈桑和陈晓明对后现代主义思潮特质与特征的概括和总结中可以看出，后现代主义以具有颠覆、破坏等为特征的解构主义为自身强有力的批判武器，消解主体、真实以及意义的确定性，从而使其走向不确定的平面。主体的零散化、历史真实与现实真实的被虚构，造成的直接后果即是意义本体的危机：世界上并不存在客观、先验的意义，现象之下必有本质的惯常思维被打破。"深度模式削平"是后现代主义对形而上意义的生成与阐释的深度解构，它拒绝提供任何作品所包含的意义。

---

① 王岳川：《后现代主义文化研究》，北京大学出版社，1992，第 257 页。
② 陈晓明：《无边的挑战》，时代文艺出版社，1993，第 12 页。

"作品的意义不需要寻找，书的意义就是书的一部分，没有所谓隐藏在语言背后的所谓深层意义。作品不可阐释，只能体验。它提供给人们的只是在时间上分裂的阅读经验，无法在解释的意义上进行分析，书的意义在不断阅读的阐释中。"①

（二）

"后现代主义要从根本上动摇现代主义对世界确定性的信念，瓦解由个体信念支撑的精英文化秩序，填平雅俗文化的鸿沟。在后现代主义的文化图式里，没有了等级秩序和在场的优越地位，也没有了真实和虚构、过去和现在、重点和非重点的区别。我们看到的是诸如对假想中心的消解，对某种伟大叙事或'元叙事'的怀疑和对'稗史''新历史'的兴趣，对形而上沉思的摒弃和对平面的反讽与戏拟的使用，对终极意义的不屑一顾和对羊皮纸上书写以获得快乐的迷恋，本体论意义上的确定性已不复存在而代之以失去本体确定性支持后的游移、漂浮和不确定性。"② 从某种意义上说，后现代主义对终极意义的"深度模式削平"与商品市场经济浪潮所推崇和宣扬的价值理念是有着契合、相通之处的。功利实用、等价交换是商品社会的普遍适用准则，它以平凡性、世俗性、趋利性的标签来拒绝乌托邦幻境的营造与形而上的意义追求与阐释。所以说商品市场经济的文化价值理念与体系中包含着后现代主义的解构因素。事实也是如此，市场经济中"优胜劣汰"的生存现实毫不留情地将极具虚幻色彩的"意义"追求消融在"唯利是图"的商品化浪潮中，从而解构了对一切形而上意义的向往。

在商品经济大潮的冲击与后现代主义文化思潮的影响下，一批作家也同样拒绝了"启蒙者"与"救世主"的高蹈姿态，从对遥远的乌托

---

① 王岳川：《后殖民主义与新历史主义文论》，山东教育出版社，2002，第104页。
② 陆贵山：《中国当代文艺思潮》，中国人民大学出版社，2002，第345页。

邦彼岸世界的神圣渴望转向了对赤裸裸的此岸现实世界的日常书写，从追逐理想的实现转为对理想与意义的放逐。具有后现代主义因素的横跨20世纪80、90年代的新写实小说、"二王现象"（王朔、王小波现象）、新历史小说、新状态小说以及大众文化思潮、雅俗合流、网络游戏文学等都体现了作家的此类倾向。在这些作品中，摄取民间不曾被挖掘的原始风景，直面世俗生存的烦恼，还原芸芸众生的生存本相就成为作家们创作上的一种追求。而在这种追求的指引下，作家对生存的思考也由对形而上的内涵与意义的苦苦拷问和追求转向形而下的直接复制与表现。生存就是"一地鸡毛"式的杂乱无章，谁都摆脱不了"柴米油盐""吃喝拉撒"的世俗人生。而且，在这种平庸、凡俗的生存现象之后并不存在抽象虚幻的意义本质、不食人间烟火的理想激情。生存就是你所看到的、接触到的、正在经历着的生存本身，没有现象与本质的鸿沟，也就无所谓透过现象而去努力地追寻本质。因为生存自身是现象的同时也是本质，生活中所留下的每一处具体的足迹都成为其意义与价值所在。所以，在宣告生存的深层内涵、目的与意义都无效之后，如何生存、怎样活着就成为作家对生存问题探究的新的立足点。

"世界不再是'高雅清新'的大写的'人'的世界，而是一个俗人的世界，一个非主体的世界，一个反诗意化的'一地鸡毛'式的存在时空体。世界之中的'人'，也只不过抽空了人的主体内容，而只徒有人的有限形式而已。于是，'活着就好'成为90年代人的成人仪式化奠基。"[1] 这也正是池莉在《冷也好热也好活着就好》中所描写的生存样态。

王朔及其小说创作无疑是当代中国20世纪80、90年代之交非常值得注意的文化现象。他的小说创作具有典型的后现代主义文化投射的痕迹：反中心、反文化、反深度和反整体。从1984年的《空中小姐》在

---

[1]　王岳川：《中国九十年代话语转型的深层问题》，《文学评论》1999年第3期。

文坛一炮打响之后，其后的《顽主》《一点正经没有》《一半是海水，一半是火焰》《千万别把我当人》《过把瘾就死》等一系列作品都以插科打诨、油嘴滑舌的戏谑反讽方式解构着严肃、庄重、神圣、使命与责任等具有理想色彩和光环的传统价值观念与规范秩序。我们从王朔塑造的"顽主"们身上捕捉到的是"今朝有酒今朝醉""人生得意须尽欢"式的随心所欲的生活方式。正如《一半是海水，一半是火焰》里张明与王迪的一段看似调侃却意味深长的一段对白："活着嘛，干嘛不活得自在点。开开心，受受罪，哭一哭，笑一笑，随心所欲一点。""我抓得挺紧，拼命吃拼命玩拼命乐。活着总要什么都尝尝是不是？每道菜都夹一筷子。"① 在他们看来，生存就是"受活"，其他一切都无足轻重。高尚是虚伪的，信仰也是唬人的，所以他们拒绝诸如理想、道德、精神等这些虚幻的、没有任何实在意义的东西，因此也就谈不上积极向上的人生激情追求，仅有的只是世俗乏味生活的点滴表现。王朔的这种深度模式削平所造成的平面感将现实主义的宏大历史书写与现代主义的深层意义建构都消解得一览无余。如《过把瘾就死》中，王朔就将神圣、无私、崇高的爱情体验解构得体无完肤。在方言与杜梅相识、相知、恋爱、结婚、破裂、离婚的整个过程中，我们已经看不到传统理想价值理念中的爱情建构，呈现在我们眼前的是无休止的调侃、怀疑、猜测与吵闹。当杜梅得知方言决意要与她离婚时，不惜以死来威胁自己甚至方言，表面上看是杜梅爱得痛彻心扉，实则她已经失去了爱人的能力，甚至这种能力已经被扭曲。准确地说，方言对杜梅而言不是丈夫，他更像一根救命稻草被她紧紧抓住不放，即使是同归于尽，走向灭亡，也在所不惜。杜梅就是以这种令人窒息的"爱"的名义亲手葬送了两人所谓的爱情。在王朔这里，爱情其实就是"对他人的需求"，是一种自私的占有，而无所谓意义的确认。

---

① 王朔：《一半是海水，一半是火焰》，选自《王朔文集》，华艺出版社，1995。

在 20 世纪末 80、90 年代之交，除了王朔现象吸引文坛的注意外，新写实小说潮流的出现与壮大也是文坛不可忽略的一道风景线。《钟山》与《文学评论》在 1988 年 10 月联合召开了"现实主义与先锋派文学"的讨论会，会上就讨论了"新写实小说"这一重要的文学现象。从 1989 年第 2 期开始，《钟山》开辟了"新写实小说大联展"的专栏，其中"卷首语"写道："这些新写实小说的创作方法仍以写实为主要特征，但特别注重现实生活原生形态的还原，真诚直面现实，直面人生。"从卷首语中我们可以窥探出，新写实的"实"既不同于现实主义所要求的揭开历史现象之后的宏大本质规律，也非现代主义所倡导的个人内心的真实，而是现实生活中鸡毛蒜皮、点点滴滴的平庸、琐屑的真实：普通小人物生存的烦恼、困窘、孤独和无助充斥其衣食住行、生老病死的循环往复之中。"新写实小说为 20 世纪 90 年代文学在另一个价值平面上的展开提供了新的地标。它消解生活的诗意，拒绝乌托邦，将灰色、沉重的'日常生活'推到了时代的前面。"① 而"新写实小说的革新意义，首先就在于使生活现象本身成为写作对象，作品不再刻意追问生活究竟有什么意义，而关注于人的生存处境和生存方式，及生存中感性和生理层次上更为基本的人性内容，其中强烈体现出一种中国文学过去少有的生存意识"②。刘震云的《单位》《一地鸡毛》中主人公小林生活的林林总总可以说是 80 年代末 90 年代初中国社会转型中普通小人物的一缕缩影。在小说中，刘震云为我们展示出人人都认同但却无可奈何的生存现实。小林夫妇都曾是大学生，怀揣着宏大的理想，勾画过理想的蓝图，发愤过，也奋斗过。可这种斗志昂扬的激情在灰色而沉重的现实面前是如此的不堪一击：单位里应付明争暗斗，回家里与老婆争吵，帮老婆调动工作，为孩子办入学，排队买减价豆腐、大白菜，给家

---

① 旷新年：《写在当代文学边上》，上海教育出版社，2005，第 90 页。
② 陈思和主编《中国当代文学史教程》，复旦大学出版社，1999，第 307 页。

里拉蜂窝煤等琐事构成了小林生活的全部。小林夫妇的心情也随之阴晴圆缺、高低起伏，在生活的小舟上左右摇摆、徐徐前行，再无当年幼稚天真的书生意气、美好寄托。刘震云就是通过这些生活琐事的堆积展示来告诉我们，"生活是严峻的，那严峻不是要你去上刀山下火海，上刀山下火海并不严峻。严峻的是那个日复一日、年复一年的日常生活琐事"①。的确，生活就是七零八碎的小事编织的一个大"网"，它使得每个人都挣脱不得，必须慢慢适应。所以，要想生存下去，就得有耐心、不急躁地"熬"，这样"别人能得到的东西，你最终也能得到"。"其实世界上事情也很简单，只要弄明白一个道理，按道理办事生活就像流水，一天天过下去，也满舒服。舒服世界，环球同此凉热。"② 小林的调侃印证了现实生活本身的复杂又简单，但同时也透露出了在日复一日的随波逐流中不断走向平庸。

池莉以《烦恼人生》拉开了她新写实小说写作的帷幕。小说中印家厚的一天其实是小林日复一日、年复一年的浓缩：吃饭睡觉、上下班、工资低、带孩子、解决住房、情感困惑等犹如一团乱麻将印家厚包裹其中。池莉正是通过对日常生活诗意的剥离与解构，还原出社会转型期普通人的生存本相：理想已逝，意义不在，无可奈何但又必须接受。因为"现实是无情的。它不允许一个人带着过多的幻想色彩，那现实琐碎、浩繁、无边无际，差不多能淹没销蚀一切，在它面前，你几乎不能说你想干这，或者想干那，你很难和它讲清道理"③。如果说平庸、琐碎、烦恼还能引起印加厚"生活一梦"的情绪波动，那么在《冷也好热也好活着就好》里，这些已经无法在人们的心中激起任何涟漪。能够使他们感到"好有意思"的是"许许多多奇怪的话题"："体温表爆了"成为见人必谈的"重大新闻"；男人之间谈吃、搓麻将；女人之

---

① 刘震云：《磨损与损失》，《中篇小说选刊》1991 年第 2 期。
② 刘震云：《一地鸡毛》，《小说家》1991 年第 1 期。
③ 池莉：《我写〈烦恼人生〉》，《小说选刊》1988 年 2 月。

间谈论歌星、影星的花边新闻，黄金首饰的价格，议论各自的男朋友等。他们基本上就是在无聊、无趣当中寻找乐趣，"没玩什么她们就开心极了"。可以说这里的生存方式已经成为一种机械式地运转，无论是冷抑或热，好还是坏，有趣或是无趣，反正就是乐天知命地活着。这样的生存方式作者只是原生态地展现，而无明确的褒贬倾向。这也是新写实小说的一种策略："通过对意义（主题观念）的消解，从而对生活进行纯粹的客观还原，以最大限度地接近生活的真实性。"①

（本章宋拓瑞撰写）

---

① 王干：《近期小说的后现代主义倾向》，《北京文学》1989 年第 6 期。

第三章

历史转型与当代作家创作理念

经历"十七年"文学斗志昂扬的颂歌、战歌和"文化大革命"时期文学的斗争形式，新时期文学以其自身迅速的发展变化、全新的审美观念、多样化的创作理念、大胆而颠覆的创作手法、众多的文学现象、自由的文学论争与丰富多彩的文学作品，展现了其独特的风格，成为当代文学史上最为重要的组成部分。新时期历史转型促使作家的创作理念发生变化。

新时期文学的奠基就是从批判"文化大革命"十年中"左"的文艺政策与文艺观念开始的。从1977年开始，全国各地文艺界召开各种座谈会，很多全国性文艺组织开始恢复工作，从思想上批判清算"文化大革命"时期"左"的文艺政策，如"四人帮"提倡的"阴谋文艺""根本任务论""三突出原则"等，这一场规模壮大的批判运动，彻底否定了文化专制主义理论体系，解放了思想，为文学的全面复苏打下了良好基础。在此之后，1978年关于"真理标准问题"的大讨论促使思想解放运动的深入开展；1979年召开的第四次文代会在政策上促使文艺全面"解冻"；1979~1982年"关于文艺与政治关系"的争鸣及"现实主义的论争"等一系列文艺争鸣"既是理论界对新的创作成果的及时评价，又是对新时期文学发展历史的归纳、总结和升华，真实地记录了文艺观念拨乱反正的历程"①。在20世纪80年代初，全国农村普

---

① 朱栋霖主编《中国现代文学史（1917~1997）》（下册），高等教育出版社，1999，第73页。

遍推行家庭联产承包责任制，城市也进入全面改革时期，生产关系的调整与改革使中国的社会格局发生了翻天覆地的变化，中国文学也开始进入探索和重建阶段。

一　民族文化与文学寻根

1980 年代中期，当伤痕文学、反思文学、改革文学等文学思潮或淡出人们的视野或让人们习以为常时，寻根文学浮出水面。可以说，这是新时期文学中声势最为浩大、同时也是充满着最多争议与论辩的文学思潮，批评家们从文化人类学、心理学、中外比较文学等多个角度，对其精神指向、内在属性、审美价值等予以全面的阐释。在多元声音的回响中，掺杂着含混、歧异的概念和论争话语不对接的矛盾。发展到后来，论争甚至超出了文学范畴，进入文化、民族传统文化的讨论话语之中。

事实上，抛却批评界关于寻根文学的各种论争，作为问题主体的寻根小说作家的构成、寻根作品的类别本身就有着各种不同的分类方法。季红真认为，寻根文学作为文学创作潮流的缘起，可追溯至汪曾祺的《受戒》等作品。[1] 陈思和认为，"文学中的文化寻根意识，不知有意无意，最初起于 1982～1983 年王蒙发表的一组在伊犁系列小说"[2]。李庆西按照作者"精神归属的导向"划分，划出两类，"一种是以传统文化精神为依托，带有重建民族精神的意向，这类作家如汪曾祺、张承志、张炜、郑义、莫言等；另一种是以民间自然生存状态为取向，追寻文明法则之外的自由人格，这类作家如韩少功、李杭育、乌热尔图、扎西达娃、阿城等"[3]。由此可以看出，是寻根作家以及作品本身的复杂状态

---

[1]　季红真：《历史的命题与时代抉择中的艺术嬗变——论"寻根文学"的发生与意义》，《当代作家评论》1989 年第 1 期。

[2]　陈思和：《当代文学中的文化寻根意识》，《文学评论》1986 年第 6 期。

[3]　李庆西：《寻根文学再思考》，《上海文化》2009 年第 5 期。

与巨大张力导致批评界的"众声喧哗"。

就连寻根作家本身，也存在前后言论自相矛盾的现象。作为公认的寻根文学的发起人和倡导者，韩少功在发表于 1985 年的《文学的根》中，大声呼号，"贾平凹的'商州'系列小说，带上了浓郁的秦汉文化色彩，体现了他对商州细心的地理、历史及民性的考察，自成格局，拓展新境；李杭育的'葛川江'系列小说，则颇得吴越文化的气韵。杭育曾对我说，他正在研究南方的幽默与南方的孤独。这都是极有兴趣的新题目。与此同时，远居大草原的乌热尔图，也用他的作品连接了鄂温克族文化源流的过去和未来，以不同凡响的篝火、马嘶与暴风雪，与关内的文学探索遥相呼应。他们都在寻'根'，都开始找到了'根'"①。而从 1990 年代开始至今，韩少功反复申明，"有些主流是批评家和记者虚构出来的，是刻意筛选事实以后的结果"②。"弄出一个流派来，在我的意料之外。我觉得所谓流派是不存在的。""'寻根'这个简化了的提法，浓缩了很多意识也掩盖了很多分歧。"③ 韩少功在 1980 年代对寻根的确证表明，在当时的文学现场中确实有很多作家"寻根"，这是一个不争的事实。而他 1990 年代之后的言论，"弄出一个流派"，说得也是事实。确实这个流派是批评家弄出来的，寻根作家自己并没有自觉的团体，韩少功不承认寻根文学作为流派的存在，也正是从这个层面上考虑的。另外，韩少功发现，"寻根"的命名"简化"，1980 年代所谓"寻根"小说作家的创作是多元化的，对根的认识可能也有所不同，在他看来，"寻根"并不能包含被称为"寻根"小说作家的所有作家。但是他们有相似或相近的文学理念、具有相似或相近的文化追求与形式诉求等。尽管对根的解释和表现可能略有不同，但在批评家的视野中，这

---

① 韩少功：《文学的根》，《作家》1985 年第 4 期。
② 韩少功、〔意大利〕罗莎：《一个棋盘，多种棋子——关于中国文学与文化的对话》，《花城》2009 年第 3 期。
③ 王尧：《1985 年"小说革命"前后的时空——以"先锋"与"寻根"等文学话语的缠绕为线索》，《当代作家评论》2004 年第 1 期。

样一个创作群体的出现就意味着一个流派——寻根文学的诞生。

面对寻根小说作家构成的种种说法，我们亟须确立自己的原点，确定本文中的寻根小说作家的主体定位。我们按照以下两条思路追根溯源：第一，参与作为寻根文学重要标志性事件即"1984 年杭州会议"的部分作家；第二，在创作谈、访谈、信件中谈及与寻根文学相关联的作家。回到 1980 年代的文学现场，我们力求客观真实地把握作家们的"寻根"理念，多角度阐发这一理念形成 1980 年代中期中国小说创作理念的转型。而这一转型在文学史上具有非常重要的意义和价值。

1. 群起反抗：从政治之维到文化之维

1980 年代中期中国小说创作理念的转型在文化转型与文学转型的语境中发生。新时期文学发展初期，相对于"十七年"文学，文学创作在艺术自觉方面取得了一定进展，但依然裹挟在主流意识形态的大框架里，占主导地位的创作方法仍然是所谓的"传统的现实主义写法"，模式化、概念化以及对政治的图解痕迹依然附着在文本之中。文学仍然停留在政治话语的言说时代，政治价值、社会价值和历史价值依然是替代文学的艺术价值的评价文学作品的最高标准。1980 年代中期，一部分作家不满政治对文学的越界入侵与捆绑性束缚，强烈要求尊重文学自身的发展规律，以文学话语替代政治话语。恰逢新儒学兴起，具有民族文化特征的拉美魔幻现实主义作家马尔克斯获得诺贝尔文学奖，文化，这个曾经和"文化大革命"胶着在一起的文化，刷新了自我，成为那个时代"最热点""最时尚"且最具冲击力的符码。此时寻根作家在民族文化断裂的焦灼与文学表意的饥渴中努力寻找一种不同于政治话语的言说方式，寻找一种新的表达的可能性，而文化自然而然地成为批判与反抗、言说与重建的武器。由此可见，文化成为 1980 年代中国小说创作转型的话语方式，寻根小说作家通过寻根的文化话语实现对文学中主流意识形态的政治话语的反拨，与此同时，文学中的文化话语解构革命文化，建构他们要寻找的根的文学和根的文化。

倡导寻根是作家对中国文学现状的不满与批判，而寻根也遭到当时政治话语的批判。阿城常被人定义为文化守成的代表，他的起点显然也是对小说仅观照社会学的不满，"我们的文学常常只包涵社会学的内容却是明显的。社会学当然是小说应该观照的层面，但社会学不能涵盖文化，相反文化却能涵盖社会学以及其他"。① 阿城有一个观点，"希望通过'寻根文学'找到另外一种文化来解构革命文化"②。韩少功在回忆杭州会议时称，伤痕文学和改革文学"在审美和思维上都不过是政治化'样板戏'文学的变种和延伸，因此必须打破"③。"某些批'文化大革命'的文学，仍在延续'文化大革命'式的公式化和概念化，仍是突出政治的一套，作者笔下只有政治的人，没有文化的人；只有政治坐标系，没有文化坐标系。'寻根'话题就是在这种语境下产生的。"④ 倡导寻根的作家对文学现状不满显而易见，还有的作家借阐发古人之文，表达对当时文坛求"思想和主义"的作家的不满。李杭育认为中国文学的传统并不很好，因为中国的文化形态以儒学为本，"重实际而黜玄想的传统，与艺术的境界相去甚远"，"两千年来我们的文学观念并没有发生根本的变化，而每一次的文学革命都只是以'道'反'道'，到头来仍旧归结于'道'，一个比较合时宜的'道'，仍旧是政治的、伦理的，而绝非哲学的、美学的"⑤。何立伟在《美的语言与情调》中肯定苏轼、张岱的两篇文章"是中国的传统文学作品中，最具生命力，艺术品位最高，而审美价值远在其他载道的和寓言体的文章之上的。情调是骨子里对于人生与自然诗意般的热爱和把握，而貌似超脱散淡的心态的流露，也是同一味想在作品中

① 阿城：《文化制约着人类》，《文艺报》1985 年 7 月 6 日。
② 吴亮、李陀、杨庆祥：《八十年代的先锋文学和先锋批评》，《南方文坛》2008 年第 6 期。
③ 韩少功：《杭州会议前后》，《当代作家评论》2001 年第 2 期。
④ 王尧：《1985 年"小说革命"前后的时空——以"先锋"与"寻根"等文学话语的缠绕为线索》，《当代作家评论》2004 年第 1 期。
⑤ 李杭育：《理一理我们的"根"》，《作家》1985 年第 9 期。

求思想和主义的一类作家完全两样的审美态度"①。在这些表面上谈文学传统的论断之下，暗含着作家对当时文学创作环境的不满和变革的内在诉求。李陀谈到乌热尔图小说的缺点时说："我觉得你在今后的写作中是否应当注意表现时代的变化，以及这种变化对处于狩猎经济阶段上的鄂温克人的影响。当然，由于他们毕竟至今生活在大兴安岭的森林里，他们的生活跟不上内地的城市、农村的巨大变化。但是，他们到底不是生活在真空里。你其实也和我谈到今天的鄂温克人的生活方式、民族心理都正在发生种种变化。我以为这种变化在你的小说中反映不足。我们中国今天正处于一个新旧交替、充满巨大和剧烈变革的伟大时代，鄂温克人的前途和命运，也应放在这个变革中加以考察和表现。"② 李陀是以中心意识或主流意识对乌热尔图的小说提出看法，这正是当时改革、伤痕、反思中的意识。而乌热尔图的小说对政治的疏离，正是他的特点。

寻根，是一种新的小说创作理念，是一种从政治之维到文化之维文学理念的转型，蓄积着巨大的反拨力量和批判力量，当然也是一种巨大的自我建构的力量。但转型不可能顺利地在瞬间完成，它往往会遭遇反拨的反拨、批判的批判或新的批判。寻找文化之根、文学之根的寻根思潮，在当时遭到了强烈的批评，"一是来自当朝的左翼人士"，"指'寻根'背离了'革命现实主义'和'社会主义现实主义'，是回到'封建主义文化'的危险动作"；"二是来自在野的右翼人士"，"指'寻根'是'民族主义''保守主义'的反动"③。有意味的是，作为一种文学理念，却受到政治话语层面的批评，这种论辩双方语境与所指的不对接，正体现出在当时的文学创作界和文学批评界，政治思维模式仍然占据主导地位，反向印证了部分作家主体强烈要求文学创作从政治之维

---

① 何立伟：《美的语言与情调》，《文艺研究》1986 年第 3 期。
② 李陀、乌热尔图：《创作通信》《人民文学》1984 年第 3 期。
③ 韩少功：《寻根群体的条件》，《上海文化》2009 年第 5 期。

转向文化之维的迫切与必然。

当然，文化之维是批判的武器，作家要寻找的还有文学。郑万隆在《文学需要什么》中谈到，"文学需要的是，从总体上说，对人类生活未知世界的探究和发现。要知道，未知世界比已知世界更充满了魅力和生气。而且，换一个角度来说，文学的根本力量在于提供事实，提供更多的认识的可能性"①。对未知世界的探究和发现，寻找新的写作资源，成为作家们的当务之急，而文化作为开发写作资源的一剂药引，起到了推波助澜的作用，为这种探究与发现提供了巨大的资源支持。王安忆曾经回忆阿城跑去上海宣传"寻根"意义的情景，"他谈的其实就是'文化'，那是比意识形态更广阔深厚的背景，对于开发写作资源的作用非同小可，是这一代人与狭隘的政治观念脱钩的一个关键契机。当然，当时认识不到这么多，只是兴奋，因为打开了一个新天地，里面藏着新的可能性"②。在这里，"文化"好像只是一个支点，"寻求新的可能性"才是关键。

事实上，无论是何立伟主张取法的古典文化，还是李陀青睐的地域文化，或者李杭育崇尚的非传统的规范之外的各少数民族的文化以及中原规范之外的汉民族文化，作家们或把文化作为一种创作资源，或把文化作为一种批判的武器。他们一刻也没有离开文学。寻根虽倡导文化，但却始终是在文学的语境中进行的。韩少功认为，"乡土中所凝结的传统文化，更多地属于不规范之列"，"更多地显示出生命的自然面貌。因此，从某种意义上说，不是地壳而是地下的岩浆，更值得作家们注意"③。书写"生命的自然面貌"，这显然是与政治典范的对抗，是一种写作策略的转移。对此郑万隆有相近的表达，"如若把小说在内涵构成上一般分为三层的话，一层是社会生活的形态，再一层是人物的人生意

---

① 郑万隆：《文学需要什么》，《文学自由谈》1985 年第 1 期。
② 王安忆：《谈话录（六）：写作历程》，《西部》2008 年第 1 期。
③ 韩少功：《文学的根》，《作家》1985 年第 4 期。

识和历史意识，更深的一层则是文化背景，或曰文化结构。所以，我想，每一个作家都应该开凿自己脚下的'文化岩层'"①。"地下的岩浆"、脚下的"文化岩层"，仍然是借助文化的力量，要求复归、找寻被主流意识形态遮蔽的文学本相。李陀对乌热尔图的少数民族书写的评价也道出了寻根的真意，"小说不是文化史。你的小说也不是鄂温克文化的调查报告。你写这一切毕竟是为了写人，是为了创造人物形象"②。

　　作家们进入文化范畴的角度不同，但在文化的大范畴中都寻找到了自己最为认同和亲近的那一部分，殊途同归，寻找的都是新的写作的可能性、文学的超越性和普世性。当然，寻根作家用文化话语反拨主流意识形态的政治话语，努力推动小说理念与文学理念的转型，这一理念转型的过程也正是对传统文化的重新思考、对民族文化的重新审视、对民族命运的深切关怀。而这一理念具体化的实践则表现与揭示了中国精华与糟粕并存的传统文化、多元化的民族文化、多样态的地域文化。寻根，寻找被政治话语遮蔽的真实的文化，发掘被历史漠视的原生的文化。它不是恋旧，而是自醒与自省，文学的、文化的、民族的自醒与自省。正如韩少功在《文学的根》中对那些批判和误读的反拨，"这大概不是出于一种廉价的恋旧情绪和地方观念，不是对方言歇后语之类浅薄的爱好；而是一种对民族的重新认识、一种审美意识中潜在历史因素的苏醒，一种追求和把握人世无限感和永恒感的对象化表现"，"目光开始投向更深的层次，希望在立足现实的同时，又对现实进行超越，去揭示一些决定民族发展和人类生存的谜"③。李杭育认为，大作家"耳边常有'时代的召唤'，而冥冥之中，他又必定感受到另一个更深沉、更深厚因而也更迷人的呼唤——他的民族文化的呼唤"④。李陀对乌热尔

---

① 郑万隆：《我的根》，《上海文学》1985 年第 5 期。
② 李陀、乌热尔图：《创作通信》，《人民文学》1984 年第 3 期。
③ 韩少功：《文学的根》，《作家》1985 年第 4 期。
④ 李杭育：《理一理我们的"根"》，《作家》1985 年第 9 期。

图的少数民族书写如此评价，他"并不是出于民俗学或民族学的兴趣，而是对这个民族的命运的思考和关切"①。由此可以看出，寻根，是寻找一种新的可能性的文学的寻根，当然也是文化的寻根。文化之于寻根，是1980年代中期文学反拨的武器，同时，也是寻根的目的。

2. 主体自觉：从群体问题意识到个体审美意识

中国当代文学在相当长的时期内，重思想内容，轻艺术形式；重群体意识，轻个体意识；重问题意识，轻审美意识。也就是说，审美主体长期处于一种压抑状态。这样的文学理念与创作模式严重抑制着文学创作的生命力。1980年代作家们对主题先行论、题材决定论、"问题小说"、平面化的写实手法、政治话语予以决绝的反抗。同时，他们开始对艺术创作的内在规律做自觉的追求，在艺术上表达个人的观念，个体的主体意识和审美意识开始自觉。他们不但注重写什么，也重视怎样写。如果说，在文化之维中，我们可以看到寻根作家写什么和部分怎样写的表述，那么，这里我们着重要谈的是怎样写的形式诉求。形式的诉求、感觉与直觉的强化、语言的发现，都在表明，寻根作家是在同过去的具有群体问题意识的文学理念告别，倡导一种新的富含个体审美意识的文学理念。所以，他们的寻根是文学理念的转型。

首先，形式的诉求。提到形式，人们通常会想到新潮文学、先锋小说，事实上，在寻根作家那里，已经开始注重谈论艺术形式问题并追求独特的艺术形式。

新时期初期，文学形式问题仍然是一个较为敏感的问题，直言形式创新还需要很大的勇气。据作家李陀的口述，在1980年参加《文艺报》的座谈会时，他谈了文学形式的变革在文学发展中的重大作用问题，认为"当前文学创新的焦点是形式问题"②，他的这一言论尽管被

---

① 李陀、乌热尔图：《创作通信》，《人民文学》1984年第3期。
② 王尧：《1985年"小说革命"前后的时空——以"先锋"与"寻根"等文学话语的缠绕为线索》，《当代作家评论》2004年第1期。

许多文章不点名地批评，"形式"却被先锋小说和寻根文学同时发扬光大。王尧在 21 世纪初的几年里，通过访问部分作家、学者、编辑家等，以口述史的方式还原了 1985 年前后小说界的生态图景，特别强调"寻根文学"和"先锋文学"思潮之间"并不构成时间的定义，并不构成一个单一的线性的文学史秩序，是多元共生、冲突交融、必然又偶然的存在"①。韩少功也注意到这一现象，"很多作家与批评家对'寻根'摩拳擦掌之日，恰恰是他们对西方文学与思潮如饥似渴狼吞虎咽之时"，"他们在另一些场合常被指认为'先锋派'和'现代主义'，也能旁证这一点"②。李陀的言论更加简化而清晰，"先锋小说和寻根小说在中国是互为表里的，寻根小说里有先锋小说的成分，先锋小说里有寻根小说的成分"③。而共有的成分，就与文学形式相关联。这不禁让我们想到，与寻根文学联系密切的批评家李庆西，在寻根思潮过去 24 年后，重新对这一现象进行的思考，"我认为，在对'寻根'的研究中，不要把'根'与'文化'看得太重要，重要的是'寻'，而不是'根'"④。那么，作家们寻的究竟是什么呢？郑万隆以下的这段话可以作为最好的回答："文学不仅需要真实、准确、生动、优美、崇高、幽默和深刻，它呼唤的是艺术创作的独特性。"⑤

寻根文学正是文学形式创新的一个支流，是追求独特和个人化的文学思潮中的一个代表。据批评家、参加杭州会议的蔡翔回忆，阿城的《棋王》被李陀推荐给编辑后，被认为是非常好、很难归类的小说，而 80 年代对作品的评价最高的就是难以归类，不好归类，可能就会是影

---

① 王尧：《1985 年"小说革命"前后的时空——以"先锋"与"寻根"等文学话语的缠绕为线索》，《当代作家评论》2004 年第 1 期。
② 韩少功：《寻根群体的条件》，《上海文化》2009 年第 5 期。
③ 王尧：《1985 年"小说革命"前后的时空——以"先锋"与"寻根"等文学话语的缠绕为线索》，《当代作家评论》2004 年第 1 期。
④ 李庆西：《寻根文学再思考》，《上海文化》2009 年第 5 期。
⑤ 郑万隆：《寻找你自己——〈青年小说选〉序》，《朔方》1986 年第 3 期。

响最大的。"当时好多小说都很难归类，后来才发展成理论上创作上的一个潮流"，"新的创作特征出现了，对文化的问题的关注"①。《棋王》被编辑青睐是出于"不好归类"，"新的创作特征"也即是"形式"的本意。由此可见，寻根能成为潮流，除了文化之维，还有形式诉求。

与其他文学潮流中的作家群相类似，被标注上寻根文学标签的作家们大多不承认这种所属关系，韩少功反复申明，拒绝划流派，谈主义，"我一般来说不愿意提什么'寻根派'和'寻根文学'，因为被插上标签的这些作家其实千差万别，不是一个什么队列方阵"②。王安忆也曾说，"到底什么是文学的'根'？俚语？风俗？还是野史？我创造时根本没想到去'寻根'"③。反对归类，恰恰验证了作家们对创作独特性的追求。语言、情调、感觉、形式、小说的本体意识等词汇开始出现在寻根文学作家的创作谈和访谈中，他们以个人的审美经验和审美趣味，探索全新的艺术形式，貌似集结在寻根大旗下的一派群体作家们其实更具有彼此独立的个体审美意识，旨在构建形态各异的艺术世界。正是在这一时期，文学开始成为一种相对独立的审美形态。而从文化的角度追求艺术的独特性，又使得这些作家在艺术形式变革这个层面上获得了内在的一致性。

其次，感觉与直觉的强化。

中国当代文学在相当长的一段时期内，创作中注重客观的再现，忽视主观的表现，以概念代替经验，作家们的主体性审美经验缺失，艺术感觉迟钝、僵化，理性的强化导致审美知觉和审美想象的弱化。而寻根小说作家特别注重感觉、直觉，甚至把它们推到"至尊"的地位，含蕴着小说创作理念的转型。

---

① 王尧：《1985 年"小说革命"前后的时空——以"先锋"与"寻根"等文学话语的缠绕为线索》，《当代作家评论》2004 年第 1 期。
② 韩少功：《文学史中的"寻根"》，《南方文坛》2007 年第 4 期。
③ 王安忆：《从现实人生的体验到叙述策略的转型——一份关于王安忆十年小说创作的访谈录》，《当代作家评论》1991 年第 6 期。

寻根小说作家对感觉与直觉的强化也是从批判开始的，他们批判当代文学感觉的异化与僵化。李杭育在《小说自白》中，认为"真正好的小说都应当是'特异身材'。真正好的小说，不仅是'神'，'形'也有个性。何为'标准'？何为'匀称'？这是感觉的僵化、异化，它只存在于我们的僵化了的感觉中，因而也异化成只对理念有意义"[①]。感觉的僵化与异化束缚了主体的审美感知，造成艺术表现的模式化。当代作家往往想通过文学表现重大的社会问题，或是通过文学揭示一个革命性的真理，主动迎合主流意识形态，政治话语的理性干预弱化了主体的生命感觉，导致了文学的单一化，缺少艺术形式的独创性。1980 年代中期，寻根作家意识到感觉对文学创作的重要性，正如何立伟所言，"一个作家必须发展自己的感觉力。感觉力便是作家的创造活力，丧失感觉的作家是徒有虚名的作家"[②]。也有作家倍加推崇"超感觉"的作家，郑万隆说，"福克纳那样的作家追求事物背后某种'超感觉'的东西，也就是那些理想的内容与本质上的意义。我暂且还说不清这些东西是否实在。但他们认为，这是支配着现象世界更高的真实。拉丁美洲一些国家的作家这样做了。他们是有着深厚的现实主义基础的，但他们不满足于那艺术史上'实实在在的模仿'，他们也不再相信那种故事型小说的完美性了，而是创造了'魔幻现实主义'，运用一种荒诞的手法去反映现实，使'现实'变成一个'神秘莫测'的世界，充满了神话、梦和幻想，时间观念也是相对性的、循环往复的，而它的艺术危机感正是存在于它的'魔幻'之中"[③]。寻根作家关于感觉的言说犹如利器，刺痛业已麻木的审美神经，呼唤个体主体意识和审美意识的觉醒。

寻根小说作家从自我的感觉与创作体验出发，实证性地论述感觉、生命与文学的内在关系。郑万隆对感觉的言说更充满神秘与生命的意

[①] 李杭育：《小说自白》，《上海文学》1985 年第 5 期。
[②] 何立伟：《作家的感觉》，《文学自由谈》1987 年第 4 期。
[③] 郑万隆：《我的根》，《上海文学》1985 年第 5 期。

味，"重要的是感觉。相较于理性的理解，它能在记忆中留下更深的刻印"，"那里的一切都妥善地保藏在我小时候对它们的感觉里。说实话，在处理这种题材时，我常常凭着这种遥远、朦胧甚至有点神秘的感觉来写"，"这些感觉在我的记忆中是有生命的。在我的小说中，我竭力保持着这些有生命的感觉"①。然而，寻根作家没有在自我的感觉中迷失，而是清醒地认识到"他的个人的感觉体现着某些人类所共有的感觉"②。因此，从个体生命体验出发的自我感觉就获得普遍性的价值。

寻根小说作家的可贵之处在于，他们不但以自我的感觉体现人类的共有感觉，而且从自我生命的感觉出发，形成对感觉的形而上的思考，具有诗学的意味，或曰文学本体的意味。郑万隆认为，"有生命的感觉是整体性的感觉。这种整体感觉不是以机械的逻辑分析来进行把握，而是把客体视为有生命的有机整体来进行审美观照，是一种直觉与理解"③。感觉在他这里是一种"思维方式"，一种"生命现象"，"一个历史运动过程"，"一种文化形态"。文学作为一种审美的观照世界的方式，强调的是"丰富的个性、主观性和具体性"，而这一切来自于"把握世界的独特感觉和独特理解"。从这个意义上说，没有感觉与直觉就没有文学。李杭育也强调："发达的直觉恰恰是文学最珍贵的'神思'"，"从更高的哲学层次（哲学的哲学）上讲，观念、理性、哲学，都是片面的，而恰恰是经验、直觉、想象力构成的智慧，才是大彻大悟的，是至尊的。"④寻根小说作家把直觉推为至尊，颇有克罗齐"艺术即直觉"的味道。

寻根小说作家批判感觉的异化，表述自我的生命的感觉，以自我的感觉体现人类共有的感觉，进而把感觉与直觉升华为诗学的高度。这样

---

① 郑万隆：《我的根》，《上海文学》1985 年第 5 期。
② 何立伟：《作家的感觉》，《文学自由谈》1987 年第 4 期。
③ 郑万隆：《我的根》，《上海文学》1985 年第 5 期。
④ 李杭育：《通信偶得》，《文学自由谈》1986 年第 2 期。

的逻辑性表明，寻根小说作家不是简单地说明自己的创作体验，他们的言论中深深地镌刻着小说创作的理念。相对于弱化感觉而强化群体问题意识的文学理念来说，感觉与直觉的强化体现出的审美意识是一次文学理念的转型。

最后，语言在传统与民间中的发现。

语言是文学的第一要素，而从新中国成立到新时期以前，语言在一定程度上遭到破坏，它是作为工具和载体而存在的，强化政治功能与表达情感功能要大于语言自身的审美功能。直到 1980 年代，作家们才积极探索，开始突破语言工具论的思维框架，上升到对语言本体论的认知。同时，新时期文学由于受西方现代派文学的影响，文本的晦涩与读者传统的接受心理不相适应，因此发现与本民族文化心理相契合的语言成为寻根小说作家在艺术探索上的起点。

寻根小说作家强调文学是语言的艺术，认为当时的大量作品无艺术的语言，大量的文学批评忽视语言批评，而语言"即艺术个性，即风格，即思维，即内容，即文化，即文气，即……"[1] 省略号在这里具有特殊的意味，表明"语言"具有无限的含义。"一个作者或读者，若完全属于审美型的，于他的第一的要义，我想应该就是语言。"[2] 但作为"第一要义"的语言却遭到破坏。曾参加杭州会议的批评家吴亮称，阿城与他见面时，常谈到"中国这么多年的革命对基本的生活造成了伤害，这是一个方面，另外是对语言的破坏"[3]。意识到语言的重要性固然重要，但是最重要的是如何从被破坏的语言瓦砾与碎片中发现语言、重拾语言、修复语言，充分地、个性化地表达自我。

寻根小说作家从两个方面发现语言。一是走向民间中的发现。王安忆、李杭育、郑万隆、韩少功等与主流意识形态语言相对抗，采取语言

---

① 何立伟：《美的语言与情调》，《文艺研究》1986 年第 3 期。
② 何立伟：《美的语言与情调》，《文艺研究》1986 年第 3 期。
③ 吴亮、李陀、杨庆祥：《八十年代的先锋文学和先锋批评》，《南方文坛》2008 年第 6 期。

的民间立场。王安忆说，民间"在那种社会、历史发展相对独立的、自成一体的地方，确实有着非常独特的语言，比我们日趋统一的意识形态语言更有活泼的生气。一旦被发现，便强烈地吸引了我们，使我们欣喜非常，好像看见了一个丰富的矿藏，纷纷走向民间"①。民间的语言具有原生的气息，也更具有生命的活力。虽然当代小说作家不乏对民间的重视，但是有的作品表现的却是虚假的民间，所使用的语言也是被过滤掉的民间语言。当民间话语与主流意识形态的政治话语发生冲突时，民间话语便让位于政治话语，就如同《创业史》中的梁生宝一切都为了互助组、自己个人的私事不断地被修改与"悬置"。王安忆在《小鲍庄》中走向民间发现了语言的丰富性，发现了比"雯雯系列"更广阔的天地。二是回望传统中的发现。何立伟追求文学作品的文学味，认为由新文学史大师鲁迅、沈从文、废名、朱自清等人开启的美文的传统似乎是断裂了多年。何立伟最为欣赏的作家是汪曾祺，认为他是当时作家中艺术纯度最高的，语言富于音乐的流动美，而他所佩服的好友阿城，语言就是绘画的质感的美。② 这样的品评，在历经了"十七年"文学和"文革"文学后的新时期文学初期，实为新鲜，好像从这一时刻开始，语言成为语言，文学成为文学，美成为美。

在寻根小说作家这里，形式被当成一个突出的问题提出，感觉与语言被放到至尊与本体之位，被群体问题意识遮蔽的个体审美意识得到彰显，这些都标示着小说创作理念的转型。

3. 自我超越：从国家民族一隅到现代世界之维

1980 年代中期，中国的新时期文学充满了强烈的与世界文学对话的渴望，想要填补由于历史原因造成的断裂与空白，急于在世界文学格局中确立自我的位置。中、西文化的碰撞与交流在此相遇，文学界掀起

---

① 王安忆：《小说的技术》，《花城》1997 年第 4 期。
② 何立伟：《美的语言与情调》，《文艺研究》1986 年第 3 期。

了继五四之后又一轮向西方学习的热潮。在此之前，由于特殊的文化语境，中国当代作家或是故步自封，或是忙于抚摸伤痕、反思悲剧、关注改革，还没有来得及在世界文学中思索中国文学，还没有自觉意识到与世界文学对话的重要性。寻根小说作家在向本土文化寻根的过程中彰显出的世界文学观念、与世界文学对话的渴望与自觉，表现出与以往不同的创作理念，是对旧有理念的超越。

"寻找你自己"，这成为寻根小说作家"标语"式的宣言。然而，在最初的现代派探索中，存在大量复制与仿造的问题。这引起了寻根小说作家们的普遍不满，韩少功非常反对现代派小说创作中的"横向移植"现象，认为"以模仿代替创造，把复制当做创造"，"其实也失去了西方现代文化中可贵的创造性精神"①。郑万隆认为，小说创作"从思想，到材料，到语言"，"一切都应该是丰富和新颖的"，也就是说，都应该是自己的。"而用人家用过的思想，用人家用过了的材料，用人家用过了的语言，只能制造出一堆和垃圾一样的赝品。"② 模仿，没有创造力，当然也就没有竞争力，不可能走向世界。"寻找你自己"，是走向世界文学格局的基本前提。

既反对横向移植，又要进入世界文学的格局，如何对中西文化资源进行创造，使中国文学找到自我、获得自我的主体性、具有独特的品格是当时寻根小说作家最为关心的问题。选择之后，他们将本土资源作为与西方"对抗"的武器。这不但是受到外来文化的启示，而且是作家们的自觉追求。在发现横向移植的那些作品缺少主体性、无法走出独特的文学道路之后，诺贝尔文学奖获奖者特别是所谓的第三世界国家文学或是亚洲邻国获奖者的经验更为作家们所关注。何立伟和贾平凹推崇1968 年获奖的日本作家川端康成，从他身上得到启示和借鉴，他的作

---

① 王尧：《1985 年"小说革命"前后的时空——以"先锋"与"寻根"等文学话语的缠绕为线索》，《当代作家评论》2004 年第 1 期。
② 郑万隆：《寻找你自己——〈青年小说选〉序》，《朔方》1986 年第 3 期。

品是"初看是极日本性的，细品却是极现代的，不管他借用了西方的何种创作手法，那手法无不重新渗透着日本民族的精神"，正因为其作品是"东方的，日本的"，因此才"赢得了世界的声誉"①。更多的作家青睐在1982年凭借《百年孤独》获奖的马尔克斯，李陀回忆1984年到解放军艺术学院讲课的情形时称，"我就讲了两个斯，马尔克斯和博尔赫斯。当时给他们说的时候，他们都没听说过马尔克斯。我就说我们要重视南美的作家，他们给我们提供了一个完全新的视野，把现代主义和他们本土的文化有一个很好的结合，形成拉丁美洲既是现代小说——符合我对现代小说的想象——又不是现代派小说的再版，不是欧洲现代派小说的再版，是拉丁美洲自己的小说"②。无论是川端康成还是马尔克斯，他们的作品都是现代主义与本土文化的有机融合，而这两点也成为中国小说作家进入世界文学格局的两张王牌，韩少功、贾平凹等如此，莫言、余华、阎连科等也是如此。莫言获得诺贝尔文学奖进一步说明现代主义与本土文化、民族精神的融合能够实现中国文学走向世界。

寻根小说作家对本土文化的寻根，更主要的动因在于他们发现中国本土资源的独一无二性，这和川端康成、马尔克斯找到独一无二的本土文化是一样的。寻根小说作家在自己的视域中都找到了属于自己的"独一无二"，这在一定程度上和他们的知青身份有关。韩少功认为，"一种另类于西方的本土文化资源，一份大体上未被殖民化所摧毁的本土文化资源，构成了'寻根'的基本前提"③。李陀回忆，"我一直在考虑中国的文化资源，如何跟中国的小说结合起来"④。正是基于本土资源的独特性与唯一性，作家们选择了寻根。在寻找的过程中，作家们的

---

① 贾平凹：《四月二十七日寄友人书》，《上海文学》1985年第11期。
② 王尧：《1985年"小说革命"前后的时空——以"先锋"与"寻根"等文学话语的缠绕为线索》，《当代作家评论》2004年第1期。
③ 韩少功：《寻根群体的条件》，《上海文化》2009年第5期。
④ 王尧：《1985年"小说革命"前后的时空——以"先锋"与"寻根"等文学话语的缠绕为线索》，《当代作家评论》2004年第1期。

取向不同，有的主张做"纵的继承"，像何立伟在《美的语言与情调》中谈"美的情调"，他分别以汪曾祺和贾平凹为例，认为这种情调在"做横的移植的作家的作品中难以觅到。而只有对于中国文学传统的审美趣味，做纵的继承的作家的笔下，我们方能偶有所见"①。郑万隆在地域文化中寻根，"独特的地理环境有着独特的文化。黑龙江是我生命的根，也是我小说的根。我追求一种极浓的山林色彩、粗犷旋律和寒冷的感觉"②。乌热尔图着力于少数民族文化的表现，李陀称对方的小说是"地地道道的鄂温克族文学。它们绝不会和任何其他少数民族作家的小说相混同，也不会和任何其他用汉语写作的汉族作家的小说相混同，更不会和世界其他国家的小说相混同"③。韩少功则经常谈到知青资源，认为通常顶着"寻根"标签的作家，比如贾平凹、李杭育、阿城、郑万隆、王安忆、莫言、乌热尔图、张承志、张炜、李锐等人都是知青，"他们曾在西方与本土的巨大反差之下惊讶，在自然与文化的双轴坐标下摸索，陷入情感和思想的强烈震荡，其感受逐步蕴积和发酵，一遇合适的观念启导，就难免哗啦啦地一吐为快"。所以"他们成为'寻根'意向最为亲缘与最易操作的一群"④。对于寻根小说作家而言，知青身份成为一种财富，让他们与本土文化"亲密接触"，让他们在本土文化的土层与岩浆中发现他们从未发现的东西，促使他们进一步以自我的感觉直接体味中国的传统文化、民间文化、民族文化与地域文化。最终，他们都找到属于自己的"独一无二"的本土文化，找到了"根"，并对它们进行审美观照与艺术表现。

现代性视域中的寻根，是寻根小说作家为中国文学走向世界的理论自觉。寻根小说作家对"根"有着特殊的情感，自然也有充满情感的

① 何立伟：《美的语言与情调》，《文艺研究》1986 年第 3 期。
② 郑万隆：《我的根》，《上海文学》1985 年第 5 期。
③ 李陀、乌热尔图：《创作通信》，《人民文学》1984 年第 3 期。
④ 韩少功：《寻根群体的条件》，《上海文化》2009 年第 5 期。

言说与表达。不过他们的言论与创作也由此招致了认为其具有强烈的"复古倾向"和保守主义的批评论断，而这似乎有悖作家们的初衷。第一，寻根本身就是一种现代性现象。韩少功始终强调寻根与现代性的关联，"'寻根'是一个现代现象，是全球化和现代化所激发的现象，本身就是多元现代性和动态现代性的应有之义"①。如果不是在现代性视域、不是在欧风美雨之中，寻根文学就无从产生。第二，寻根是开放的时空观。几乎所有的寻根小说作家对外来文化都采取"拿来主义"。阿城在1986年时曾表明自己对寻根的态度，"寻根这东西，最后是打开时空，不是要回复一个旧的时空，而是要打开这个时空"②。打开时空，是为了与外界接触，是为了了解外来文化。这种时空观念具有开放性。贾平凹也宣称，"我不是反对对外来文学的吸收，而是强调大量的无拘无束的吸收"③。这种表述足以说明寻根小说作家的开放态度。第三，寻根的开放是为了充实与再造。郑万隆在宣称"我的根是东方。东方有东方的文化"的同时，也认为，"世界各个区域的文化已经不可阻挡地相互渗透"，"我们的文学现实也应该用开放性的眼光进行研究"④。李杭育也有着开放性的视角，"理一理我们的'根'，也选一选人家的'枝'，将西方现代文明的苗壮新芽，嫁接在我们的古老、健康、深植于沃土的活根上，倒是有希望开出奇异的花，结出肥硕的果"⑤。韩少功认为寻根"丝毫不意味着闭关自守，不是反对文化的对外开放，相反，只有找到异己的参照系，吸收和消化异己的因素，才能认清和充实自己"⑥。而且，在寻根的过程，也重视再造。向来被视为具有传统士大夫气质的贾平凹，极为推崇30年代的作家，原因是那些作家两脚踏

① 韩少功：《文学史中的"寻根"》，《南方文坛》2007年第4期。
② 李欧梵、李陀、高行健、阿城：《文学：海外与中国》，《文学自由谈》1986年第6期。
③ 贾平凹：《四月二十七日寄友人书》，《上海文学》1985年第11期。
④ 郑万隆：《我的根》，《上海文学》1985年第5期。
⑤ 李杭育：《理一理我们的"根"》，《作家》1985年第9期。
⑥ 韩少功：《文学的根》，《作家》1985年第4期。

中西文化，"一方面他们的古典文学水平极高，一方面又都精通西方的东西"①。由此可见，寻根小说作家想要达到的寻根，不是复古与保守，而是在现代性视域中保持主体性的前提下充实自己、提升自我的寻根。

世界文学的坐标设置是寻根小说作家为中国文学与世界文学对话提供的文学参照。寻根小说作家深入本土文化，植根本土文化，但他们又超越本土文化，从国家民族一隅到现代世界之维，世界文学为其提供参照，提供营养，在现代性与世界文学中观照中国的文学与文化。

寻根小说作家在世界文学经验的启发下观照本土文化，进行自我的文学创作，同时又把观照本土文化的自我创作放在世界文学的视域中考察。少数民族作家乌热尔图之所以对边疆文学给予更多的注目，也是受世界文学经验的启发，"从苏联文学的发展来看，西伯利亚边远而神奇的森林地带，为苏联的文学界一批一批输送了多少有影响的作家；美国的'南方文学'，不光冲击了美国文坛，而且产生了具有世界影响的作家；从世界角度看，拉丁美洲可以被称为边缘地带，她的'爆炸文学'，震惊了世界"②。世界文学经验表明，越是民族的越是世界的，深深打上民族与地域烙印的小说才能真正走向世界。作家站在世界角度看问题，反观本土文化与文学，一种对话的渴望与民族的自信油然而生。阿城就表达出与世界文化对话的渴望，"人类的封闭意识是普遍的，只是中国文化须与世界文化封闭到一起，才是我们所要求的先进水平"③。在《跨越文化断裂带》中，通篇痛感民族文化断裂的郑义最终坚信，"一代人能跨越民族文化之断裂带，终于走向世界"④。世界文学经验对中国作家是富有启发性的，促使中国作家不仅有对话的诉求，而且对中

①　贾平凹：《四月二十七日寄友人书》，《上海文学》1985 年第 11 期。
②　李陀、乌热尔图：《创作通信》，《人民文学》1984 年第 3 期。
③　阿城：《文化制约着人类》，《文艺报》1985 年 7 月 6 日。
④　郑义：《跨越文化断裂带》，《文艺报》1985 年 7 月 13 日。

国文学走向世界、对对话本身也充满自信。

世界文学经验不是本土文化的单一维度，还必须有现代性之维，这双重维度是世界文学的经验，当然也成为中国作家设置的世界文学坐标，使"寻找你自己"成为可能。所以，寻根小说作家"对现代意识和民族文化的交融有了新的认识和理解"，"走向了对民族文化更深的层次的开掘，寻求具有现代意识小说的根"。他们"沿着五四文学的开拓者的足迹，学过了乔伊斯、卡夫卡、艾略特、海明威、福克纳、马尔克斯和略萨之后，寻找属于自己的文学范式，来对自己脚下的'文化层'进行考察。他们认为，只有这样才能建立属于自己的艺术世界"，"如果同人们都能敞开胸怀向西方学习，又能扎扎实实地'寻根'，我看我们文学的未来是大有希望的"①。寻根小说作家一直在本土文化与现代性的双重维度中观照中国文学，从这个意义上说，寻根不仅是寻找文化之根，也是寻找"具有现代意识小说的根""寻找属于自己的文学范式"。这样的寻根理念超越民族国家一隅进入现代世界之维，使中国文学真正走向世界、与世界文学对话成为可能。

1980 年代中期，寻根标示出与以往完全不同的小说创作理念。从政治之维到文化之维的群体反抗，从群体问题意识到个体审美意识的自觉构建，从国家民族一隅到现代世界之维的对话与超越等，所有这些表明，寻根，不仅是寻找文化之根，寻找文学之根，而且是寻找文学之为文学之根，寻找属于自己的具有个性化表征的文学范式。同时，寻根也是寻找中国文学在世界文学中的立足之根。

寻根是 1980 年代中国小说创作理念的转型，它为文化成为文化、文学成为文学、美成为美、中国文学走向世界等都做出了可贵的探索与努力，在文学史上具有重要的意义与价值。寻根的理念，不仅发生在寻根小说内部，更重要的是，对其后的小说发展也起到了多方面的影响。

---

① 郑万隆：《文学需要什么》，《文学自由谈》1985 年第 1 期。

个人叙事、新写实小说以及新历史小说等文学潮流，都曾受到寻根理念的启发和影响。"'寻根'本身就是一个没有终点的无限过程。"[1] 从这个意义上说，寻根是文学史上一次具有无限意义的寻找与发现。

（本节吴玉杰、张枫撰写）

二 朦胧美与形式美追求

"文化大革命"的严冬刚刚过去，面对着现实世界的异化和语言的失真，年轻的诗人们强调"诗的自觉"，在回归诗歌的本真的同时拷问自我灵魂，审视命运与存在的意义。与"朦胧诗"相呼应的是，文艺理论也开始全面复苏。80 年代中期文艺理论领域开始对"左"倾思想进行大规模的清算和多维度的辨识，中国文学开始对世界文学敞开大门，并积极地在西方文学中寻找新时期文学发展的途径。

1. 现代主义思潮涌动的文化语境

积极推介西方各种现代主义文学，20 世纪以来西方各种重要的现代主义流派悉数亮相于中国文坛。从事西方现代派文学研究的学者如袁可嘉、陈光孚、董鼎山等集中发表大量论文，介绍和讨论了西方现代派文学的问题。随后，西方现代派问题开始被更广泛地关注，上升成为文坛的热点话题。徐迟于 1982 年在《外国文学研究》上发表了《现代化与现代派》一文，由此引发了大规模关于西方现代派文艺的大讨论，文艺评论家及作家各抒己见，各种不同乃至对立的意见直接碰撞交锋，为后期的文艺思潮提供了更多的话题，促使人们开放眼界、拓展视野，建立多元化、全球化的思维，推动了具有我国特色的"现代主义"的发展。

---

[1] 韩少功：《文学史中的"寻根"》，《南方文坛》2007 年第 4 期。

与此同时，中外名著的翻译出版也逐渐被放开。"十七年"文学和"文革"文学时期，出版的书都是经过意识形态筛选后具有"高度选择性"的图书，并且为了与意识形态保持一致，这些书对传统文化都进行了断章取义和牵强附会的阐释。而"从70年代末开始，出现了本世纪不多见的大规模译介西方文化思想、现代文学作品的持久热潮"①。人民文学出版社、上海译文出版社和中国对外翻译出版公司等出版公司纷纷大量译注西方现代主义文论和西方现代主义文学创作。

对于西方现代文学的大讨论和大规模译注西方现代文学思想和文学创作，现代主义以其独特的形式吸引年轻的作家，并为他们所选择。80年代的西方现代主义文学思潮不仅仅在形式技巧、叙事策略上影响着中国文学，而且在文学的性质、功能上浸染着中国文学。可以说，新时期文学理念的嬗变正是在西方现代主义文学思潮的激发下由文学形式到文学本体的嬗变。

孕育在"文化大革命"时期的"地下文学"在80年代由地下状态转为公开状态，其后身"朦胧诗"首先登上新时期文学的历史舞台。80年代中期朦胧诗进入成熟阶段，成为"历史的见证"，1983年，徐敬亚在《崛起的诗群》一文中一开始即声明："我郑重地请诗人和评论家记住1980年，这一年，带有强烈现代主义文学特色的新诗潮正式出现在中国诗坛，促进新诗在艺术上迈出了崛起性的一步，从而标志着我国诗歌全面生长的新开始。"②

诗歌在艺术表现上也迅速成熟起来，北岛在《致读者》一文中谈到"朦胧诗"的创作理念时，曾热情洋溢地宣称："历史终于给了我们机会，使我们这代人能够把埋藏在心中十年之久的歌放声唱出来，而不至再遭到雷霆的处罚。我们不能再等待了，等待就是倒退，因为历史已

---

① 洪子诚：《中国当代文学史》，北京大学出版社，1999，第196页。
② 徐敬亚：《崛起的诗群》，《当代文艺思潮》1983年第1期。

经前进了。……今天，当人们重新抬起眼睛的时候，不再仅仅用一种纵向的眼光停留在几千年的文化遗产上，而开始用一种横向的眼光来环视周围的地平线了。只有这样，才能使我们真正地了解自己的价值，从而避免可笑的妄自尊大或可悲的自暴自弃。"① 这说明诗人们在进行诗歌创作时不仅纵向继承了中国传统诗歌的艺术手段，而且横向借鉴了西方现代派的表现手法，"以朦胧诗而论，80 年代中国的新现代主义既有别于西方的现代派，也不同于二三十年代的新月派旧现代主义。他们既没有西方某些现代主义文人的玄学味和典故癖，也没有新月派某些诗篇的贫血症。他们既是正统的文艺观的叛逆者，又有意无意地继承了古老文化传统的精华"②。

随着西方思想的文化浸染越来越深入，继"朦胧诗"之后又出现了"现代派"小说和"先锋小说"，虽名称不同，但其精神内核是一致的，"先锋文学"实际上就是把对文本和叙事进行实验的"现代派"小说加以抽离，马原就曾这样看待现代派小说和先锋小说之间的关系，"先锋小说实际上是继承了西方小说二十世纪第一个十年开始的现代派运动"③。北岛在接受查建英的采访时曾说："现在看来，小说在《今天》虽是弱项，但无疑也是开风气之先的。只要看看当时的伤痕文学就知道了，那时中国的小说处在一个多么低的水平上。很可惜，由于《今天》存在的时间太短，小说没有来得及真正展开，而诗歌毕竟有十年的'潜伏期'。而八十年代中期出现的'先锋小说'，在精神血缘上和《今天》一脉相承。"④ 无论是"朦胧诗"还是"现代派""先锋派"小说，历史转型的烙印深深印刻在他们的创作理念中，他们在创作中追

---

① 谢冕：《20 世纪中国新诗》（1978～1989），《诗探索》1995 年第 2 期。
② 吴千之：《看不懂？使劲看！——读几首朦胧诗兼谈现代派艺术》，原载〔美〕《知识分子》1985 年第 4 期，《中国》1986 年第 2 期摘引。
③ 马原：《虚构之刀》，春风文艺出版社，2001，第 55 页。
④ 北岛、查建英：《对话北岛》，节选自《八十年代访谈录》，凤凰网，http://book. ifeng. com/yeneizixun/special/beidaonuobeier/detail_ 2009_ 10/07/314245_ 3. shtml。

求人性以对抗"文化大革命"造成的现实异化,通过形式探索来对抗"文化大革命"后语言的失真。余华说:"作为一个中国作家,我却有幸让外国文学抚养成人。"① "影响过我的作家其实很多……可能成为我师傅的,我想只有威廉·福克纳。我的理由是做师傅的不能只是纸上谈兵,应该手把手地传徒弟一招。威廉·福克纳就传给我了一招绝活,让我知道了如何去对付心理描写。"② 马原说:"博尔赫斯是二十世纪一位具有非凡影响力的作家,中国有很多作家,包括余华、格非、残雪,他们都为博尔赫斯所着迷,很多批评家也非常喜欢博尔赫斯。"③ 残雪回忆:"在80年代中后期的文学圈子里,博尔赫斯这几个字仿佛是吸附了某种魔力,闪耀着神奇的光辉,其威力与今天的村上春树大致相当。"④ 莫言也毫不讳言自己的写作受到了马尔克斯的影响:"我早期的中篇小说《金发婴儿》《球状闪电》,就带有明显的魔幻现实主义色彩。"⑤ 福克纳之于余华,博尔赫斯之于马原、残雪、格非,马尔克斯之于苏童、莫言……西方现代主义大师们在中国的集体亮相,在先锋作家的创作理念上打下了深深的烙印,为他们在文学贫瘠的时期提供了可以借鉴的范本。

2. 用人性回归对抗异化现实

十年前,信仰狂热,社会扭曲,一代青年人的命运和生活由此改变。十年后,严冬终于过去,留下的却是狂热后的伤痛,激进后的失落。面对这满目疮痍的世界和理想的土崩瓦解,青年们由困惑到反思再到觉醒,寻找着生活的出口,人生的出路。

"文化大革命"结束,新时期开始,在这样的历史转型背景下,文学为适应时代、社会的要求必然会产生一种新的思想潮流,而在一定的

① 余华:《我能否相信自己——余华随笔选》,人民日报出版社,1998,第193页。
② 余华:《奥克斯福的威廉·福克纳》,《上海文学》2005年第3期。
③ 马原:《阅读大师》,上海文艺出版社,2002,第248页。
④ 格非:《博尔赫斯的面孔》,《十月》2003年第1期。
⑤ 莫言、王尧:《从〈红高粱〉到〈檀香刑〉》,《当代作家评论》2002年第1期。

历史时期内，新的文化潮流的兴起必定要与旧的思想潮流产生碰撞与对抗。1976 年，天安门诗歌运动标志着新时期诗歌的觉醒，拉开了"新诗潮"的大幕，它以空前的规模和表现力度展现了人民群众压抑十年的感情和意识，使诗歌重新获得了它的政治价值和文化价值。那些成长于"文化大革命"时期，受到"地下文学"熏陶的诗人处于对时代的忧虑中，他们用自己敏锐的洞察力重新观察世界，为了灵魂的自我拯救，他们开始以时代精神先驱的探索者姿态进行创作，开启了文学史上一个独特的诗歌流派——朦胧诗。这些诗人的思想处于文化断层，心灵处于彷徨游离的状态，他们对于时空因素格外敏感；他们高扬主体意识，在匆匆岁月中，能够敏锐地抓住瞬间的感受；在与传统文化的断裂中，他们"向内转"去表现大时代下人的内心世界，以意象化的方式追求主观感受，而摒弃对客观的真实再现；他们高扬人道主义精神、人本主义思想，追求人的自我价值的重新确认，呼唤人性的复归和心灵的自由。

这一时期最显著的特点就是对五四精神的回归，这种回归是"人的回归"，人作为人重新回归到文学中和历史中，文学中"人性、人情、人道主义"的呼唤成为时代最强音，"人的文学"首先登上历史的舞台。"人的价值观念的重新确定，给诗歌创作从思想到艺术的解放带来的影响是广泛的。首先是出现在诗歌中的人的形象不同了，不再是像一棵草、一个螺丝钉那样受着历史的驱使和等待救星的拯救，而是一个充分意识到只有自己才能拯救自己的历史主人形象。诗歌不再像过去造神运动那样把主宰历史的命运归结为救世主的恩赐。"①

正如舒婷自己所言："我愿意尽可能地用诗来表现我对'人'的一种关切。"② 在文学从属于政治的年代，政治利益高于一切，人的价值

---

① 刘登翰：《一股不可遏制的新诗潮》，《福建文艺》1980 年第 12 期。
② 舒婷：《人啊，理解我吧》，《青年诗人谈诗》，北京大学五四文学社，1985，第 3 页。

被政治遮蔽，个人价值湮没于集体利益之中，自我丢失在社会洪流中，人被政治异化、被集体异化。"文化大革命"结束，集权政治瓦解，社会地位产生巨大落差，坚信不疑的价值观念瞬间崩塌，处在混乱的社会生存秩序中的青年们对人生、对信仰、对意识形态都在普遍且深刻地进行怀疑和审问。他们开始疑惑，也开始探索，开始大量接受西方的哲学和文化思想，他们苦苦寻找抚平伤口的慰藉和冲破现实牢笼的手段，寻找失落的理想。

"写诗最初只是拯救自己的一种手段，它令我在失学失业以及超负荷的体力劳动轧压得心力交瘁的岁月里，坚持了最低限度的自尊。"[①]"上山下乡"是那个时代青年们都无法逃避的命运，出生于南国的柔弱女子舒婷也不能避免。1969 年，17 岁的舒婷被下放到闽西山区插队，她做过纺织女工、焊锡女工，她经历了亲人同胞的离散，社会秩序的崩溃，时代变革的坎坷，在那个人被异化的年代，舒婷的生活充满了孤独、彷徨和理想主义者理想失落的忧伤。舒婷在散文《生活、书籍与诗》中写道："不被社会接受，不被人们理解，处于冷窖之中，感到'沉沦的痛苦'，但'觉醒的欢欣'正如春天的绿液一样，不引人注目地悄悄流向枝头叶脉。""这种觉醒是什么呀？是对传统观念产生怀疑和挑战心理。要求生活恢复本来面目。不要告诉我这样做，而让我想想为什么和我要怎样做。让我们选择，能感觉到自己也在为历史、为民族负责任。"于是，年轻的诗人开始用文字来关注人的内心世界，在呼唤人性、呼唤爱的进程中去深刻地挖掘自己、认识自己，进而探索到更广泛的人的本性。她大声呼喊："人啊，理解我吧。"她要用人本主义思想去实现自我心灵的救赎，以对抗异化的现实。[②] 在舒婷看来，诗歌的创作不应该是大而空的颂歌，而应该是敏锐地感受到内心情绪激荡时冲

---

① 舒婷：《舒婷文集·凹凸手记》，江苏文艺出版社，1997，第 209 页。

② 孙绍振：《新的美学原则在崛起》，《诗刊》1981 年第 3 期。

动的情感表达，是在生命历程中渗透出的情感积淀，"对事物一触即发的敏感，纯粹语言防不胜防的突袭，是我与诗最重要的亲缘……写什么？怎样写？都听从内心不可抗拒的召唤，永不背叛的唯有语言，星星点点地分布在经验的土壤里，等待集结，等待惊蛰"①。因此，她始终保持着对"纯粹语言的敏感，永不背叛的是独到而深刻的经验"，即"内心不可抗拒的召唤"的创作理念。

　　成长于"文化大革命"时期的诗人，面对异化的现实，北岛自称："自青少年时代起，我就生活在迷失中：信仰的迷失，个人感情的迷失，语言的迷失，等等。我是通过写作寻找方向，这可能正是我写作的动力之一。"② 而青少年时期的北岛接触的西方文学作品则为他打开了另一个世界的大门："我最初读到的那几本印象最深，其中包括卡夫卡的《审判及其他》、萨特的《厌恶》和艾伦堡的《人·岁月·生活》等，其中《人·岁月·生活》我读了很多遍，它打开一扇通向世界的窗户，这个世界和我们当时的现实距离太远了。现在看来，艾伦堡的这套书并没那么好，但对一个在暗中摸索的年轻人来说是多么激动人心，那是一种精神上的导游，给予我们梦想的能力。"③ 在西方思想的影响下，对人性的追求同样也是北岛立足于现实世界的理性支点不同于舒婷寻找人性中的"尊重、信任和温暖"，也不同于顾城在诗歌中对人性"纯真"的赞颂，北岛的诗歌中更多的是要表现一种"愤"。这种"愤"是对十年浩劫中人性沦丧和社会秩序颠倒的愤恨和拒绝，面对满目疮痍的异化社会，诗人发出了"我——不——相——信"的呐喊。这种对异化世界的反叛和呐喊是以人性、人道主义作为评价尺度的，北岛要在自己的诗歌中创造一个真正的"人性世界"来对抗异化的现实。

---

① 舒婷：《舒婷文集·凹凸手记》，江苏文艺出版社，1997，第210页。
② 北岛：《我一直在写作中寻找方向——北岛访谈录》，《诗探索》2003年第3~4期。
③ 北岛、查建英：《对话北岛》，节选自《八十年代访谈录》，凤凰网，http：//book.ifeng.com/yeneizixun/special/beidaonuobeier/detail_ 2009_ 10/07/314245_ 3.shtm。

"人道主义"在顾城身上则体现为对"纯真"的坚守。顾城宣称："我是用我的眼睛，人的眼睛来看、来观察我们所感觉的世界的，在艺术的范畴内，要比物的表象更真实。"①"你/一会看我/一会看云。我觉得/你看我时很远/你看云时很近。"这是顾城的一首短诗《远和近》，诗中运用远与近的相对概念来体现诗人在社会中的自我选择：云，代表大自然，代表自然纯真的美，"看云时很近"是对于人"自然性"的亲近；我，则是社会中的一员，"看我时很远"则体现了对人"社会性"的疏离。人作为政治的从属，人的"社会性"则是被现实社会异化的"社会性"，只有摒弃了异化的人性，自然的人性美、人情美才会真正回归。

舒婷、北岛、顾城，迷茫中成长起来的"朦胧诗人"们，要通过自己的创作去寻找人性的不同侧面，在朦胧美中高歌人道主义和人性的复归，他们奠定了新时期文学中"人性回归"的文学基调。

3. 语言实验与朦胧美的契合

在"文学从属于政治"的年代，无论是"十七年"文学还是"文革文学"，无论是小说还是样板戏，语言作为政治宣传的手段和工具，多以叙述性见长，口号式、颂歌式的小说语言掺杂着大量的政治说理和政策宣传，这些语言远离文学性，为实现政治意图而呈现出"假、大、空"的特性，偏离了语言的本真。对于这一点，诗人杨炼回忆："语言中的暴力更彻底：'文言文'连同赋、骈、绝、律（八股文，当然！）——中文全部形式主义追求——等同于封建原罪，一举被反形式的粗俗的'白话'所代替。一场世所仅见的文化虚无主义运动，在态度上，已启'文化大革命'之先河。由此，当代中文诗，一开始就面临绝境：不仅是外在条件的贫瘠，更在内部人为的空白——切断文化传承的有机联系，标榜反文化的'文化革命'。20 世纪的中国，'反智'

---

① 转引自顾工《两代人》，《诗刊》1980 年第 10 期。

导致集体弱智。"① 自古以来，情动于中而行于言，语言就是用来表达内心真实情感的。有学者在总结过去诗歌发展的教训时说："到了《讲话》发表以后，许多诗人一下子还来不及严格地区分小资产阶级的自我表现和诗歌创作中塑造自我形象的特殊规律的界限，事情走向了另一极端，普遍存在的情况是以直接表现英雄斗争和忘我劳动的场景为满足。诗人的真实感受被忽视了，甚至产生了一种回避自我的倾向。朦胧诗在力图突破思想和生活的局限的同时，它的优良艺术传统却遭到了不应有的冷落。通过塑造具有独特个性的自我形象来反映时代的风云变幻的正当途径荒芜了，长期为遗忘的青草所覆盖。"② 语言失真的背后是政治的束缚，为了反抗语言困境，新时期的作家们要挣脱僵化的语言模式，用真话写真情，用文学语言重塑多姿多彩的文学审美世界。于是，明显带有西方先锋性、现代性的语言实验开始在文坛显露。

作为探索先锋的"朦胧诗"的诗人们开始在诗歌意象的塑造上突破语言局限，开始语言实验。北岛自称："诗歌面临着形式的危机，许多陈旧的表现手段已经远不够用了，隐喻、象征、通感、改变视角和透视关系、打破时空秩序等手法为我们提供了新的前景。我试图把电影蒙太奇的手法引入自己的诗中，造成意象的撞击和迅速转换，激发人们的想象力来填补大幅度跳跃留下的空白。另外，我还十分注重诗歌的容纳量、潜意识和瞬间感受的捕捉。"③

在噩梦刚刚醒来的早晨，觉醒的青年们面对的是惨淡的人生和灵魂的萎缩，他们不想放弃内心的艺术良知和对于命运的思索，却又因为十年"文化大革命"的言论压制而心有余悸，于是，对于语言失真的反抗就只能通过含蓄多义的表达方式来进行。正如严力在回忆朦胧诗时所说的："顺便说一句关于所谓朦胧诗的问题，当时我们既想用现代的手

---

① 杨炼：《诗，自我怀疑的形式》，《诗探索》2003 年第 1～2 辑。
② 孙绍振：《恢复新诗根本的艺术传统》，《福建文艺》1980 年第 4 期。
③ 北岛：《我们每天的太阳》（二首），《上海文学》1981 年第 5 期。

法但又下意识地担心因文字而被定罪，所以写的时候会多拐几个弯，但那股被压抑的忧愁气氛在诗里从头贯穿至尾。现代手法或称对西方现代诗的模仿反过来让我们对放入的情感有种慰藉，就好像这种形式才是适合灵魂躺进去休息的躯壳。"① 对于 80 年代"朦胧诗"的形式的实验性，杨炼在接受访问时说道："就像血肉和灵魂一样有着一种完整的内在的关联。说到底，语言形式是用来呈现内涵的，而内涵只有通过独特的语言方式，才能得到完整地呈现。更进一步说，没有形式的独特表述，就无所谓内涵。我们来看艾略特，他的《荒原》《四个四重奏》等，每首诗都被赋予了非此不可的独特形式。正是这些'形式'，把无论多么私密的写作能量提升到普遍甚至所谓'公众'的层次上。"②

4. 先锋实验与形式美的创生

1980 年代中期，关于文学与政治关系的大讨论、关于异化与人道主义和关于主体性的讨论为"先锋文学"的形成奠定了思想基础，同时随着文化大门的敞开，俄国形式主义、结构主义、后现代解构思想等为"先锋文学"的出现奠定了哲学基础。很多作家开始转换文学创作思想，由"写什么"转为"怎么写"，从"内容题材至上"转为语言形式的突破和创新，马原、残雪、苏童、格非、孙甘露、余华等因在"叙事革命、语言实验、生存状态三个方面以前卫的姿态进行艺术探索"③ 而形成"先锋文学"潮流。

"十七年"文学中语言的工具性、集体性和"文化大革命"时期语言的压制及夸大造成了语言自身功能的丧失，青年作家们集体陷入"失语"状态。正如格非所说的那样，"实验小说在文体上进行试验源于表达和交流的障碍。社会现实所赋予它的'真实'，以及寻求表达这

---

① 严力：《我也和白洋淀沾点边》，《诗探索》1994 年第 4 期。

② 杨炼、傅小平：《别让你的一些手势沦为冷漠死寂的美》，《西湖》2013 年第 10 期。

③ 陈思和主编《中国当代文学史教程》，复旦大学出版社，1999，第 291 页。

种真实时所面临的困难构成了双重的压力，敏感的作家意识到了这种压力，不得不一吐为快"①。80 年代文学与政治的关系发生改变，青年作家们开始关注语言的本体性、个人性甚至是游戏性。先锋小说家们将语言提升到本体地位，现实的真实仅仅是语言建构的结果。他们对语言极其认同，认为文本的意义并不在于主题或者内容，相对于现实，语言作为符号系统的内部排列更能生成语言的意义。先锋作家的文本中开始大量使用梦境、呓语、传说和神话，他们开始注重游戏式的语言、迷宫式的结构、主观化的叙事，文本越陌生、对读者造成的阅读障碍越强烈，越能够颠覆传统的阅读习惯，消解宏达叙事的神圣性。这种对于语言的重视，必然会导致"形式主义"创作的冲动。"人们完全有理由将'形式主义'视为语言对现实的反抗。就逻辑前景而言，'形式主义'必将把真实的概念引向语言本身。"② 先锋作家们开始在自己的创作中充分地进行着语言实验，试图通过语言形式的探索寻找对于言语失真的反抗途径。

从"写什么"到"怎么写"不但是一次文学革命，更是一次创作理念的革命。马原曾说："先锋小说实际上是继承了西方小说二十世纪第一个十年开始的现代派运动，就是小说从'写什么'转向'怎么写'，是小说形式和观念上的一场革命。"③ 余华深深地感觉到语言的实验不仅仅是表达方式的创新，它带来的还有更深层次上的观念和思维的更新，"我曾和老师李陀讨论过叙述语言和思维方式的问题。李陀说：'首先出现的是叙述语言，然后引出思维方式。'我的个人写作经历证实了李陀的话。当我写完《十八岁出门远行》后，我从叙述语言里开始感受到自己从未有过的思维方式"④。苏童同样十分重视语言对于作

---

① 格非：《十年一日》，《格非散文》，浙江文艺出版社，2001，第 34 页。
② 南帆：《文学的维度》，上海三联书店，1998，第 89 页。
③ 马原：《虚构之刀》，春风文艺出版社，2001，第 55 页。
④ 余华：《虚伪的作品》，《上海文论》1989 年第 5 期。

家的意义："形式感的苍白曾经使中国文学呈现出呆傻僵硬的面目，这几乎是一种无知的悲剧，实际上一名好作家一部好作品的诞生在很大程度上有赖于形式感的成立。"①

运用语言的实验来表现真实的现实成为先锋小说家们创作的一大特点，余华说，"当我发现以往那种就事论事的写作态度只能导致表面的真实以后，我就必须寻找新的表达方式。寻找的结果使我不再忠诚于所描绘的事物的形态，我开始使用一种虚伪的形式。这种形式背离了现状世界提供给我的逻辑和秩序，然而却使我自由地接近真实"②。在80年代之前，文学从属于政治，文学语言自然在集体性和权威性下成为模式化的工具，真实被遮蔽已久。余华认为，只有用一种变异化语言和陌生化语言，即"虚伪的形式"才能冲破语言失真的重围，重返现实的真实。面对纷繁复杂的现实，以往的文学语言体现出来的更多的是种无力感和苍白感，青年作家们只能用"不确定的语言"进行语言实验来消解这种无力和苍白。"所谓不确定的语言，并不是面对世界的无可奈何，也不是不知所措之后的含糊其辞。事实上它是为了寻求最为真实可信的表达。因为世界并非一目了然，面对事物的纷繁复杂，语言时常显得力不从心，无力做出终极判断。为了表达的真实，语言只能冲破常识，寻求一种能够同时呈现多种可能，同时呈现几个层面，并且在语法上能够并置、错位、颠倒、不受语法固有序列束缚的表达方式。"③

作家先锋实验"主要的问题是'语言'和'形式'"④。他们张扬自由，但"不是在社会学意义上争取某种权力的空洞口号，而是在写作过程中随心所欲，不受任何陈规陋习局限的可能性"。即语言表达与形式创生的自由，他们追求的是独特的语言之美与形式之美。

---

① 汪政、何平：《苏童研究资料》，天津人民出版社，2007，第16页。
② 余华：《虚伪的作品》，《上海文论》1989年第5期。
③ 余华：《虚伪的作品》，《上海文论》1989年第5期。
④ 格非：《十年一日》，《格非散文》，浙江文艺出版社，2001，第23页。

一个时代有一个时代之文学，在 1978 年之后时代社会历史转型的大背景下，作家创作理念的转变是显而易见的。追求人性、崇尚自由，以此对抗异化的现实，作家以语言为武器对言语失真进行突围，追求朦胧美与形式美，消解传统现实主义的庄重感和神圣感，使中国文学进入一个新的阶段。

（本节历达撰写）

三　"底层文学"与"作为老百姓的文学"

与历史转型伴生的文学镌刻时代独一无二的烙印，时代性也成为作家创作思想和文学作品的突出特征。随着 21 世纪的到来，中国当代文学呈现出了"多元化""类型化"的文化景观。但在经济全球化浪潮的席卷下，贫富差距的矛盾也日渐鲜明，社会结构分化乃至断裂，"底层"成为社会阶层中的基础，占据人数的绝大部分。同时"以人为本"的政策思想影响到社会的方方面面，文艺界开始重新定义"人民性"在新世纪的内涵，中国当代文坛的"底层文学"就在这样的大背景下产生了。自 2004 年"底层文学"被提出后，"底层文学"成为当代文学界关注的热点。

1. "底层文学"的提出

何为"底层"？首先，在社会性范畴中，"底层"是属于社会学层面上的术语，是把社会按照一定标准划分成等级之后处于地位较低的阶层。这一概念具有鲜明的"对象化"和"他者化"特征，即把这一阶层中表述对象的社会地位、文化品位、金钱知识等弱势地位强化出来。"底层"这一概念最早出自于意大利共产党人葛兰西的《狱中札记》，原意指"处于被统治地位的社会群体，是马克思意义上的无产阶级、农民阶级和其他被压迫阶级，它被排除在欧洲主流社会之外，底层通过自己的不懈努力取得了无产阶级这一身份，成为社会的'主人'"。

在中国，对于"底层"的阐释各有不同。学者刘旭认为，"底层"一词的出现就说明了社会不平等的存在，"当下中国社会'底层'的主要特征包括：政治上基本无行政能力；经济上一般仅维持生存，至多保持温饱；文化上受教育机会很少，文化水平低，缺乏自我表达能力"①。王晓华则从"政治学层面""经济层面""文化层面"三个方面阐释"底层"概念："1. 政治学层面——处于权力阶梯的最下端，难以依靠尚不完善的体制性力量保护自己的利益，缺乏行使权利的自觉性和有效路径；2. 经济层面——生产资料和生活资料匮乏，没有在市场经济体系中进行博弈的资本，只能维系最低限度的生存；3. 文化层面——既无充分的话语权，又普遍不具备完整表达自身的能力，因而需要他人代言。"② 而作为社会学上的准确概念，中国社会科学院的陆学艺教授在《当代中国社会阶层研究报告》一书中较早地做出了系统化的阐释，所谓"底层"，是指"对经济资源、文化资源和组织资源（政治权利）的占有程度极低的阶层"③。"随着农业劳动者的逐年减少，整个社会结构的中下层（或底层）部分也在逐渐缩小。当然，社会结构的中下层部分不仅包括农业劳动者，通常还包括传统型的，以体力劳动者为主的新的商业服务业人员与产业工人。"④ 陆学艺依据对经济资源、文化资源和组织资源的占有程度将社会人员划分为十大阶层，"那些很少或者基本不占有这三种资源的群体被划为底层，其来源主要是工人、农民、商业服务业人员和无业失业半失业人群"⑤。

其次，在文学领域内，"底层"成为新时期作品中关注着墨最多

① 刘旭：《底层叙述：现代性话语的裂隙》，上海古籍出版社，2006，第3页。
② 王晓华：《当代文学如何表述底层——从底层写作的立场之争说起》，《文艺争鸣》2006年第4期。
③ 陆学艺：《当代中国社会阶层研究报告》，社会科学文献出版社，2002，第42页。
④ 陆学艺：《当代中国社会阶层研究报告》，社会科学文献出版社，2002，第42页。
⑤ 陆学艺：《当代中国社会阶层研究报告》，社会科学文献出版社，2002，第42页。

的写作对象。"底层"最早是由批评家蔡翔在 1995 年发表的散文《底层》中提出的,在蔡翔笔下,"底层"是被特指的对象,他饱含深情地描写生活在苏州河边棚户区的社会最低层面的百姓:"对我来说,底层不是一个概念,而是一道摇曳的生命风景,是我的来处,我的全部的生活都在这里开始。"① "由于历史、地域和现实的原因,中国社会发展的不平衡性构成了中国特殊性的一部分。这种不平衡性向下倾斜的当然是底层和广大的欠发达地区。"② 面对这样的时代背景,作家们把"底层"民众作为写作对象或者立足于底层人民进行写作,用他们的经验和感受表达出对于历史和现实的立场和情感。

20 世纪 90 年代,市场经济体制确立;进入新世纪,消费主义观念影响着社会的方方面面,大众话语权地位上升,大众不再是被启蒙、被教育的对象,大众文学与纯文学、主旋律文学并列为新世纪主流文学。李云雷在《"底层文学"在新世纪的崛起》一文中认为,"底层文学与纯文学、通俗文学、主旋律文学不同,它主要描写底层的生存状态,代表底层发表出声音,即底层文学是作家的独特创造,它不是要迎合而是要提升大众的审美趣味,并使之对真实的处境有一定认识与反思,它对现实是一种反思、批判的态度,希望引起大众对不公平、不合理之处的关注,以发生改变的可能性"③。同时,李云雷在《新世纪文学中的"底层文学"论纲》一文中为"底层文学"下了定义:"在内容上,它主要描写底层生活中的人与事;在形式上,它以现实主义为主,但并不排斥艺术上的创新与探索;在写作态度上,它是一种严肃认真的艺术创造,对现实持一种反思、批判的态度,对底层有着同情与悲悯之心,但背后可以有不同的思想资源;在传统上,它主要继承了 20 世纪左翼文学与民主主义、自由主义文学的传统,但又融入

---

① 蔡翔:《底层》,《天涯》2004 年第 2 期。
② 孟繁华:《新人民性的文学》,《文艺报》2007 年 12 月 15 日。
③ 李云雷:《"底层文学"在新世纪的崛起》,《天涯》2008 年第 1 期。

了新的思想与新的创造。这是我所理解的'底层文学',它在整个文学界基本上还处于弱势的地位。"①

2. "底层文学"的社会背景

在社会学中"底层"这一社会阶层的出现和在文学领域中"底层文学"这一新文学样式的出现,都是与社会历史政治经济转型的大背景密切相关的。自 20 世纪 70 年代末的改革开放,到 21 世纪,经历过二十几年的改革,中国已逐渐步入一个新的历史转型期。"转型的主体是社会结构,转型的标志是:中国社会正在从自给半自给的产品经济社会向有计划的商品经济社会转型;从农业社会向工业社会转型;从乡村社会向城镇社会转型;从封闭半封闭社会向开放社会转型。"② 随着经济结构的调整,新兴产业在如雨后春笋般出现的同时,大量国有工厂、企业面临的是整改、破产、合并重组等命运,在国家建设时期处于主人翁地位的工人阶级纷纷下岗失业,成为社会地位和经济地位上的双重弱势群体,沦为"底层"的重要组成部分。而伴随着社会结构的巨大变化,经济地位也随着社会阶层的改变而发生改变,中国的贫富差距在迅速拉大,整个社会分裂成上层社会与底层社会。

在社会结构的巨大变革下,"底层"出现,到了新世纪初,一些作家则采用"平视"的态度,立足于"底层",关注"底层",描写"底层",为"底层"发声;另外一些作家则用"俯视"的视角去审视甚至批判底层,二者共同构成了"底层文学"。自 2004 年以来,"底层文学"从文学创作到文学批评都受到广泛关注,并逐渐成为当代文坛的学术热点和研讨中心,它因新世纪经济结构转型和社会结构转型的影响而产生,与思想界、文学界的变化密切相关,更是"人民性""以人为本"等文艺思想在新世纪的新风貌。

---

① 李云雷:《新世纪文学中的"底层文学"论纲》,《文艺争鸣》2010 年第 6 期。
② 李培林:《另一只看不见的手:社会结构转型》,《中国社会科学》1992 年第 5 期。

3. "底层文学"的文化背景

新世纪注重底层写作，凸显"以人为本"。在这一理念的影响下，"人民性"这一观念又被重新阐释，很多学者都在新世纪的语境中为"人民性"重下定义。"人民性"这一概念由来已久，最早由维亚捷姆斯基在给屠格涅夫的一封信中首次提到，后经别林斯基定以确切的内涵，到列宁、毛泽东以及五四时期都对"人民性"有过不同程度的阐释。新世纪，孟繁华教授等学者以"民主""公平"为核心，将社会主义核心价值体系与"底层文学"相结合，提出"新人民性"的概念："我这里所说的'新人民性'，是指文学不仅应该表达底层人民的生存状态，表达他们的思想、情感和愿望，同时也要真实地表达或反映底层人民存在的问题。在揭示底层生活真相的同时，也要展开理性的社会批判。维护社会的公平、公正和民主，是'新人民性文学'的最高正义。在实现社会批判的同时，也要无情地批判底层民众的'民族劣根性'和道德上的'底层的陷落'。因此，'新人民性文学'是一个与现代启蒙主义思潮有关的概念。"① 孟繁华将"人民性"当成中国当代文学经验的一个视角，因为"'中国作风'和'中国气派'的经验，可能在近期讨论最多的'底层写作'这一文学现象中表现得最为充分"②。还有一些学者如李云雷提出"'底层文学'与'社会主义文学'两者都具有反抗压迫、追求平等、重视现实、批判人民性的特点"③。张未民认为对新世纪中国当代文学的思考不能脱离政治大环境，近30年的文学研究还要在"社会主义"这一大概念下，必须要把文学与社会体制结合起来。一些学者强调新世纪"底层文学"可以"借鉴1940～1970年代的'人民美学'及其民族化、大众化的发展方向与运作机制"④，同时

① 孟繁华：《新人民性的文学》，《文艺报》2007年12月15日。
② 孟繁华：《新人民性的文学》，《文艺报》2007年12月15日。
③ 王学胜：《底层文学批判》，博士学位论文，吉林大学，2013，第72页。
④ 李云雷：《从"纯文学"到"底层文学"——李云雷访谈录》，《艺术广角》2010年第3期。

保持自身的独特性和独立性，提出"文艺'人民性'与'底层文学'是一脉相承的，后者是前者在新时代的发展"①。

"底层文学"是如曹征路、王祥夫、陈应松等职业作家通过文学手段关注底层人民的生存状态，揭示社会分层背后的文化分层的文学产物，也是如郑小琼、王十月、浪淘沙等打工者出身的代表性作家为自己代言、对生活经历的自述。但总体而言，无论是"底层写作"还是"写作底层"，"对底层生活的关注、对普通人甚至弱势群体生活的书写，已经构成了新世纪文学的新人民性"②，都具有新时期文学人民性的再阐释特征。

4. "作为老百姓"的文学

消费主义在新世纪盛行，"底层文学"也就不可避免地沾染上消费品的特性，如商品一样，它要迎合和刺激消费的欲望，使读者在阅读的过程中感受到消费的快感。"这使底层文学书写中出现了内容上的生活奇观化、主题上的欲望化、情节设置上的偶遇化模式。内容上的奇观化主要体现为对猎奇感的追求，这一方面表现为对底层生活的陌生化领域和独特生活经验的挖掘，如荒山野岭、矿山矿难、民工生涯、国企破产、逼良为娼、风月生涯等边远场所边缘人生成为通行的表现场域；另一方面则是在这些场域中发生事情的夸张化，具体表现为对苦难的猎奇和夸张转化为残酷和悲惨比赛"，所以"苦难叙事转化为残酷叙事"③。

这种"苦难叙事转化为残酷叙事"的写作转向导致了"底层"文学创作上的一些缺陷和不足，如主题倾向于对欲望的书写，而欲望书写又多体现在对于金钱的极度崇拜和对于色情的极端渴求，正如洪治纲所说的："在那里，'女底层'往往是直奔卖身现场，或明或暗地操起皮肉生涯；'男底层'呢，通常是杀人越货，既恶且毒，一个个瞪着'仇

---

① 李云雷：《"底层叙事"前进的方向》，《小说选刊》2007 年第 5 期。
② 孟繁华：《新人民性的文学》，《文艺报》2007 年 12 月 15 日。
③ 白浩：《新世纪底层文学的书写与讨论》，《文艺理论与批评》2008 年第 6 期。

富'的眼神。"他指责说这是"紧紧地拥抱着那些公众传媒中不断报道的故事，在经验和常识中'关怀'着底层，将底层生活弄得没有道德羞耻，不见亲情伦理，甚至是为所欲为"，他说这些带给他的"是惊悚、绝望、凄迷和无奈，间或还有些堕落式的快慰和暴力化的戏谑"，这正是消费文学阅读的典型体验，而洪治纲以精神贵族化的立场称这是要令他"直犯心绞痛"的"苦难焦虑症"①。

新世纪初，关于"民间"的说法非常普遍，到了2004年"底层文学"呼声甚高，"民间"写作和"底层文学"实际上一脉相承，它们的内涵紧密相连。随着"底层文学"由提出到升温成为创作主流和文艺思潮，如何在深化"底层文学"批判现实的积极意义基础上避免"底层文学"的缺陷成为新世纪作家亟待解决的问题。

从《透明的红萝卜》到《天堂蒜薹之歌》《酒国》，莫言几十年的创作都是在描写"底层"，莫言认为"底层写作"实际上在新时期就已经出现了，当时很多小说都符合现在"底层文学"的标准。"底层写作"就是要求作家把眼光放到当下，关注当下，描写当下，成为作家创作的自觉。作为文学实践者，如何才能够保证自己时时刻刻立足于底层？这就需要文学创作姿态和文学创作方向的改变。莫言提出真正的"底层文学"秉承了"作为老百姓的写作"的创作理念。2001年莫言在苏州大学"小说家讲坛"上的演讲提到了他的写作理念，他认为"所谓的民间写作，最终还是一个作家的创作心态问题。这个问题的一个方面是为什么写作……你是'为老百姓写作'，还是'作为老百姓的写作'"②。实际上，"为老百姓写作"与"作为老百姓的写作"都是作家创作姿态的问题，前者是以俯视的视角观察老百姓，后者则把自己当成是老百姓中的一分子，与老百姓平视。"'为老百姓写作'听起来是一个很谦虚很卑微的

---

① 洪治纲：《底层写作与苦难焦虑症》，《文艺争鸣》2007年第10期。
② 莫言：《文学创作的民间资源——在苏州大学"小说家讲坛"上的讲演》，《当代作家评论》2002年第1期。

口号，听起来有为人民做马牛的意思，但深究起来，这其实还是一种居高临下的态度。"①"因此我认为，所谓的'为老百姓写作'其实不能算作'民间写作'，还是一种准庙堂的写作。当作家站起来要用自己的作品为老百姓说话时，其实已经把自己放在了比老百姓高明的位置上。我认为真正的民间写作就是'作为老百姓的写作'。"② 很多作家在创作时都或多或少地会受到外界的影响，金钱、名利、外界的评价等，这些思虑都会影响到作家的创作。莫言认为："'作为老百姓的写作'者，在写作的时候，不会也不必去考虑这些问题。他在写作的时候，没有想到要用小说来揭露什么，来鞭挞什么，来提倡什么，来教化什么，因此他在写作的时候，就可以用一种平等的心态来对待小说中的人物。他不但不认为自己比读者高明，他也不认为自己比自己作品中的人物高明。他们永远不会忘记自己是个普通的老百姓，他们永远不会把自己和老百姓区别开来，去狂妄地充当'人民的艺术家'。"③

"作为老百姓的写作"有着不可替代的价值和意义。第一，把自己当成老百姓才能写出伟大的作品，"写底层"的"底层文学"最重要的一点就是再现真实的生活，而作家的写作姿态恰恰是决定写作是否能够再现百姓生活的一个重要标准。如莫言所言，作家如果放下身段到农民工中生活几个月，只能解决描写农民工的技术性问题，也许能在技术上写出劳动时的精准动作和劳动过程，但永远也写不出劳动者的情感状态，永远也无法体会农民工的孤独、向往、恐惧和理想。莫言以苏州著名的民间艺术家阿炳为例，阿炳之所以能够创作出感人至深的二胡曲，是因为他从来没有把自己当成一个艺术家去创作，他立足底层、心态卑

---

① 莫言：《文学创作的民间资源——在苏州大学"小说家讲坛"上的讲演》，《当代作家评论》2002 年第 1 期。

② 莫言：《文学创作的民间资源——在苏州大学"小说家讲坛"上的讲演》，《当代作家评论》2002 年第 1 期。

③ 莫言：《文学创作的民间资源——在苏州大学"小说家讲坛"上的讲演》，《当代作家评论》2002 年第 1 期。

下，"因为那种悲凉是发自灵魂深处的，是触及了他心中最疼痛的地方的。真正伟大的作品必定是'作为老百姓的创作'，是可遇不可求的，是凤凰羽毛麒麟角"①。

第二，把自己作为老百姓，写作才能减少偏颇，还原生活的原貌。"作为老百姓的写作"，是真正基于民间的写作，作家与民间无距离；而为老百姓写作，有可能化为脱离民间的知识分子写作，写出来的民间可能是"伪民间"。因而作为老百姓的写作，有利于在表现生活真实中达成艺术真实。

作为一名有责任感的知识分子，如何才能够保证自己一直"作为老百姓去写作"呢？莫言认为要时刻提醒着自己，要保持自己"作为老百姓写作"的写作姿态。"要时刻记住我就是一个老百姓，尽管我的工作与泥瓦匠有所区别，但在本质上是一样的。我想必须保持清醒的头脑，不要自己抬举自己，要知道你是谁。"

在新世纪"底层文学"的热潮下，作家应不断地调整自己的创作姿态，这就要求作家必须要立足于底层，放平心态，把自己当作老百姓去写作，选取与老百姓息息相关的题材，同时又不能丧失思考的能力。在生活边缘要冷眼旁观，挖掘琐碎日常生活背后的本质，思考人生的终极问题。正如莫言在中国人民大学接受访谈时提到的，作家要"思想在高处""生活在当下"②。

（本节历达撰写）

---

① 莫言：《文学创作的民间资源——在苏州大学"小说家讲坛"上的讲演》，《当代作家评论》2002 年第 1 期。

② 莫言：《先锋·民间·底层》，《南方文坛》2007 年第 2 期。

第四章

历史转型与 1980 年代真实观的嬗变

文学真实观作为文艺理论的重要问题，由来已久。对文学的"真实性"的概念、内涵等方面的界定，向来是作家和文学评论家讨论最持久、争执最激烈的部分，也因为此，真实观发展到今天，已具备了深厚的理论根源与研究基础。

西方文论界对艺术真实观的理论探究从古希腊时期就已开始。我们所熟知的观点有以下几种。一是"模仿说"。盛行于古希腊、罗马一直到中世纪。它主张艺术的源泉是自然与生活，因此艺术应是对自然和生活的"模仿"，亚里士多德是这一观念的主要代表。二是"镜子说"。这一理论主张从文艺复兴时期开始出现，在 17、18 世纪的文学艺术界占据压倒性的绝对优势，许多大作家、艺术家，如莎士比亚、塞万提斯、达·芬奇等，都倡导该理论。"镜子说"强调应通过艺术形象的塑造揭示事物的本质与真理，为了达到这个目的，作家要与时代和生活保持密切关联。三是"再现说"。流行于 18~19 世纪，主将是俄国民主主义理论家，如车尔尼雪夫斯基、别林斯基、杜勃罗留波夫等。他们倡导主客统一的思想，艺术不仅要表现生活现象，还要揭示本质规律；这些理论家还非常重视艺术对人的教化作用，作家应同时代、社会、人民时刻联系在一起。这一艺术真实观后来对中国的文艺界产生了巨大的影响。20 世纪后，战争的迅速蔓延与西方哲学的发展，使传统真实观逐渐走向瓦解。现代主义理论认为艺术是"异在"的存在，真实不在于艺术与现实契合与否，而在于作家的内心。进入后现代时期，真实进一步变成了"仿真"。波德里亚在《消费社会》中明确指出，商品经济创造出了一种没有现实摹本的"超真实"，它在无形中消解了真实，真实被幻觉所取代①。这是一种异常悲观的看法。至此，西方文论界对真实观的理论探索由真实到异在最终走向了消解。

中国关于真实观的阐释自古以来就有，也出现得非常早。如古代的思想家、文论家们就对真与善、形似与神似、事理真实与情感真实等关系问题做过透彻精要的论述。只不过中国的真实理论关注的更多的是作者主体的思想、情感，较少从外部进行分析。近代以降，五四新文化运动兴起，马克思主义的文艺理论传入中国。由于中国的特殊国情，我们接受的更多的是无产阶级的文艺观、世界观。毛泽东《在延安文艺座谈会上的讲话》的提出和新中国的成立，直接促成 1953 年后"社会主义现实主义"这一终极文艺准则的出台。文学的"真实性"与政治倾向性、典型性、理想性等观念一起形成不可分割的、相辅相成的整体。极"左"思潮、"文化大革命"的爆发则将文学与"真实性"践踏得气息奄奄、几近毁灭。20 世纪 80 年代前期，对真实观的理论探讨再次成为学界一大焦点。这一时期，研究范围增大、覆盖面更广、时间持续更久，而且出现了大量文章、论著，使得文艺真实观问题讨论繁荣一时。争论多集中在"写真实"的口号是否应肯定、"写真实"与社会主义现实主义的关系、"写真实"与"写本质"的关系、真实性与倾向性的关系、真实性与文学流派的关系、生活真实与艺术真实的关系等问题上。据不完全统计，截至 1985 年，关于以上这些方面的理论文章有将近 1100 篇，其中涉及文艺真实性概述的有 500 多篇、"写真实"的有

---

① 〔法〕让·波德里亚：《消费社会》，刘成富、全志刚译，南京大学出版社，2008，第 234～248 页。

80多篇、生活真实与艺术真实的有330余篇、真实性与政治性及倾向性的亦有170多篇……此外,《新时期文艺学论争资料》《新时期文艺论争辑要》等理论书籍,均对这些讨论进行了说明总结。对文艺真实观研究的关注在此时确实达到了顶峰。除以上讨论外,围绕"真实性",还对文艺与政治的关系、艺术典型、歌颂与暴露、人性人道主义等问题展开了论争,也取得了很大的成绩。80年代后期,现实主义衰落,现代主义、后现代主义崛起,"寻根文学""现代派""先锋文学""新写实小说"等文学流派对真实观进行了自己的解读与重构,"真实"概念逐渐淡出人们的视野,鲜有重要论著出现。

由以上介绍可看出,对真实观的探讨,多集中在理论建构与不同观点的整理研究上,缺乏从整体上对这一问题在不同阶段的不同发展状况的连续性把握。特别是80年代中后期真实观的内在转变,经常被研究者所忽略。近年来出现了一些论文,如《重返"真实性"》《颠覆与重构——新时期小说艺术真实性观念的嬗变》《新时期小说"真实观"的嬗变》《真实性话语的建构与新时期文学》等,虽然有所挖掘,但相对较少,内容上也有些雷同。本书希望从这方面入手,在整体上对1980年代的文学真实观加以详细的梳理,使"真实性"概念在这一时期的发展脉络更清晰、更准确地呈现出来。

1980年代文学真实观的流变与时代发展、政治转型、环境变迁、语境转换等,都有着密切的关联。对此阶段"真实性"演变的总体概括与条分缕析,可以帮助我们从真实观的角度切入1980年代文学,了解文学发展进程的整体状况,以及此时文学与时代、政治、文学自身等因素的内在关联。为此,我们将整体研究与局部研究、内部研究与外部研究相结合,把理论梳理与文本细读结合起来,同时兼采哲学、社会学、民族学等相关理论知识与研究方法,对文学真实观的发生、转换机制做了具体细致的剖析,以期对这一文艺理论的重要问题给予重新解读,为真实观的研究带来突破。

一　20 世纪中国文学真实观发展的背景

20 世纪中国文学从五四新文化运动开始，现实主义便成了其贯穿始终的一条主线。五四时期文学研究会的"为人生"派主张文学应表现人生、指导人生；到"左联"时期，左翼作家们大力倡导无产阶级的文学艺术，要求文艺为无产阶级的解放斗争而服务；1942 年的解放区，毛泽东在文艺整风运动中做了著名的《在延安文艺座谈会上的讲话》。《讲话》中，毛泽东明确提出"我们是主张社会主义的现实主义的"。虽然这一提法在当时没有得到广泛的应用，但《讲话》对处于生死存亡期的中国和中国文艺界确实起到了很大的作用。抗日战争和解放战争的胜利将中国从灭亡的边缘上拉了回来，走向了新生。随着新中国的成立和中国与苏联"老大哥"的迅速靠拢，以及毛泽东的《讲话》作为"新中国文艺事业的总方针"① 的确立，"社会主义现实主义"这一起源于苏联的文艺口号很快得到了党中央、文艺界领导及作家们的重视，对这一口号的讨论也逐渐升温。在 1953 年 9 月召开的第二次全国文艺工作者代表大会上，周恩来为大会所做的政治报告《为总路线而奋斗的文艺工作者的任务》最终将"社会主义现实主义"确定为之后文艺创作和批评的最高准则。至此，"社会主义现实主义"已经确立了它在中国文艺界至高无上的领导地位。但紧随而至的，却是文艺界一场新的浩劫。

50 年代，"左"倾错误思想以不可遏制的势头在中国大地迅速蔓延开来，"文艺从属于政治""政治标准第一，艺术标准第二"成了文艺界在进行创作和批评时务必谨记的"金科玉律"。邵荃麟在第二次全国

---

①　朱栋霖、丁帆、朱晓进主编《中国现代文学史》（1917～1997）（上册），高等教育出版社，1999，第 3 页。

文艺工作者代表大会的总结发言中，进一步阐释了"社会主义现实主义"的历史渊源，他认为"社会主义现实主义"的方向是从五四时期就逐渐确立起来的，若不沿着这个方向前进，现实主义就不能发展。① 这样，邵荃麟将这一创作方法以权威的形式与历史联系了起来。秦兆阳则对文艺的政治倾向性做了极端化的表述，"一切的非政治倾向都是对文学事业不利的。一切艺术至上主义者的文学实质上都是反现实主义的。这早已为我国五四以后文学发展的历史所证明了"②。在文学理论家不遗余力地呼号过后，"社会主义现实主义"不仅被赋予了政治的威权，其与五四文学传统一脉相承的特性，更成为它具有历史权威性的明证。

"社会主义现实主义"的着眼点事实上并非在"现实主义"，而在"社会主义"。其先进性也正体现于此。正如姚文元所说的，"马克思主义是社会主义现实主义的灵魂"，"共产主义理想本身在我们这个时代就是最伟大的真实，没有真实性决不会有理想性，抹杀了生活的理想性也就抹杀了真实性"③。姚文元的论述非常典型地以"理想"偷换了"真实性"的真实内涵，真实观作为现实主义最重要的思想维度之一，以不容置疑的口吻被一并纳入了社会主义政治与文学的理想蓝图之中。文学的真实性与政治倾向性相辅相成，共同构筑了共产主义理想的精神大坝。于是，当周扬强调"正确地表现政策和真实地描写生活两者必须完全统一起来"④ 时，大部分作家、文艺理论家都觉得这是理所当然的。尽管当时有些作家对此还存有疑虑，但在强大的政治意识形态的压

① 邵荃麟：《沿着社会主义现实主义的方向前进——在中国文学工作者第二次代表大会上的总结发言》，《人民文学》1953 年第 11 期。
② 秦兆阳：《现实主义——广阔的道路》，王蒙主编《新中国六十年文学大系·文学评论精选》，长江文艺出版社，2009，第 7 页。
③ 姚文元：《社会主义现实主义文学是无产阶级革命时代的新文学——同何直、周勃辩论》，《人民文学》1957 年第 9 期。
④ 周扬：《为创作更多的优秀的文学艺术作品而奋斗》，《人民文学》1953 年第 11 期。

迫下，他们也只能默默地收回这些疑虑。随着文学的政治倾向性和功利性的强化，对"真实"的要求也愈发走向偏执和极端。这在典型人物即新英雄人物的塑造上体现得尤为明显。早在 1950 年，茅盾就曾以高尔基为例，提出人物塑造应采用"革命浪漫主义的手法"①，他要求刻画人物性格时应允许有理想化的成分。之后，关于创造英雄人物的理论探讨逐步升级。周扬明确指出现实主义者与"革命的理想主义者"在很大程度上是等同的，因而在表现英雄人物时，为了突出他们的"光辉的品质"，有必要也必须要"忽略他的一些不重要的缺点"②，只有这样，这些人物才能担负起成为群众的榜样和向往的理想英雄类型的重任。邵荃麟也非常赞同周扬的观点，他认为适当忽略英雄人物的缺点，更有助于增强人物的真实性。此外，许多重要的作家、批评家都发表过类似言论。在此之后，真实观从客观现实疾步跨入了主观理想的行列，"当政治倾向、思想倾向、世界观、本质等等主观见解成为'真实'的前提时，'真实'这个概念所包含的不以人的意志为转移的客观存在性已经被阉割"③。到了"文化大革命"期间，真实更是被"高大全"的三突出原则和"假大空"的"豪迈"叙述挤压得面目全非，"文学变成了瞒天过海、欺世盗名的'瞒''骗'之术，虚假横行，不可一世"④。

经历了一个动荡不安的时期，文学终于在与政治的艰难博弈和苦苦挣扎中迈入了新时代。新时期伊始，在粉碎"四人帮"的欢呼声中，各级文艺机构恢复了工作。乘着政治领域拨乱反正的东风，文艺界也进行了大规模的平反活动，文学事业开始走向复苏。对真实观问题的探讨与实践逐渐向着开放、多元的方向发展。

80 年代是一个思潮迭起、不断更替的时期，没有哪个思潮能长期

① 茅盾：《目前创作上的一些问题——1950 年 3 月在〈人民文学〉社召开的创作座谈会上的讲话》，《群众日报》1950 年 3 月 24 日。
② 周扬：《为创作更多的优秀的文学艺术作品而奋斗》，《人民文学》1953 年第 11 期。
③ 张德祥：《现实主义当代流变史》，社会科学文献出版社，1997，第 208 页。
④ 张德祥：《现实主义当代流变史》，社会科学文献出版社，1997，第 209 页。

占据文坛的主流地位。随着文学思潮的更迭及西方哲学、美学思想迅速涌入中国本土，我们的文艺工作者如饥似渴地借鉴各种文艺理论、思想、创作方法进行本土化的融合与改造，形成了各自不同的文学主张，并相应地创作了各具代表性的文学作品。对文学真实观问题的认识与理解，更是随着文学流派和思潮的此消彼长而发生了深刻的变化。从80年代初伤痕、反思作家对现实主义的文学真实观的重新实践，到寻根派和先锋派对真实观的深化与消解，再到新写实对"原生态"的生活真实的回归，文艺真实观终于走完了它辉煌而坎坷的80年代之路，以默默无闻的姿态迈进了不再属于它的时代，留给人们的只有无尽的思索与反思。

二　1980年代初期现实主义小说真实观的复归

20世纪80年代初期，文学刚刚从极"左"政治的铁蹄下挣脱，整个文艺界都呈现出百废待兴的状态。脱离"四人帮"魔爪的文艺理论家、作家们，还未及独自喘息、舔舐伤口，便又投入新时期文学事业的恢复与建设中去了。为了克服之前"左"的文艺思想的种种流弊，文艺界开展了一系列的争鸣与论争。这些论争围绕文艺与政治的关系、现实主义、真实观、歌颂与暴露等问题，进行了大量的理论探讨和文学创作。其中讨论最热烈、涉及面最广的当属真实观这一现实主义的核心问题。从1978年开始，《辽宁日报》等多家报刊率先开辟了"关于文艺真实性的讨论"专栏，到1979年下半年关于"真实性"问题的讨论在全国文艺刊物上全面铺开。1980年，《人民日报》也开辟了"关于文艺真实性问题的讨论"专栏。[1]许多文艺理论家与作家均参与了这场罕见的大规模的讨论热潮，这些讨论"不仅为新时期文学向现实主义回归探索了道路，而且也初步廓清了新中国成立以来关于现实主义的一系列

---

[1]　张德祥：《现实主义当代流变史》，社会科学文献出版社，1997，第210～211页。

似是而非的观念，对以真实性为核心的现实主义在辨析中达成了共识，从而确立了新时期文艺复苏的导向"①。接受当时文艺主潮引导的现实主义小说家们，相继在各自的创作领域践行了上述观念。

1. 切入点："典型"的塑造与两个"进入"

现实主义要求客观地再现社会现实，其核心的创作方法就是"典型"的塑造，正如恩格斯所强调的，现实主义应"真实地再现典型环境中的典型人物"。典型化也以其重要的理论与创作价值成为备受现实主义作家及理论家重视的创作方法。80 年代初期继承了马克思主义文艺观和现实主义文学传统的作家们，在文学实践中将典型化的方法重新发扬光大，创作出了很多优秀的文学作品。

典型人物的深度刻画。

关于"典型"的研究，一直贯穿于整个西方文艺理论的发展史。在亚里士多德晚年所写的《修辞学》中，就已出现了有关典型的论述，只不过在很长一段时间里，理论家们都把类型等同于典型。随着时代的发展与文艺的进步，经过鲍姆嘉通、歌德、康德、黑格尔等文学哲学大家的不断修正，典型理论发生了巨大的变化。马克思主义的出现与现实主义文学的崛起更是为典型理论注入了新的元素，使其逐渐演变成现实主义最重要、最普遍的人物塑造方法。

早在 19 世纪，法国的现实主义大师巴尔扎克就对"典型"有过精辟的阐释。他给"典型"做了如下定义："'典型'指的是人物，在这个人物身上包括所有那些在某种程度跟他相似的人们的最鲜明的性格特征；典型是类的样本。因此，在这种或者那种典型和他的许许多多同时代人之间随时随地都可以找到一些共同点。"② 他认为要描写社会风俗、

---

① 朱栋霖、丁帆、朱晓进主编《中国现代文学史》（1917～1997）（下），高等教育出版社，2007，第 73 页。

② 〔法〕巴尔扎克：《〈一桩无头公案〉初版序言》，中国社会科学院文学研究所编《古典文艺理论译丛（第十辑）》，人民文学出版社，1965，第 137 页。

展现广阔的社会生活画面,就应该用典型的方式来表现。此外,他还非常重视表现典型人物置身其中的环境,亦即恩格斯后来高度赞扬巴尔扎克时所说的"典型环境"。无独有偶,在俄国革命民主主义美学家别林斯基为"典型"所做的界说中,也提出了与巴尔扎克十分相似的限定条件。他特别强调"典型"是综合了许多人物的一个人。这个人不但要有自己独特的性格特点、行为方式,他是独立的、完整的个体;同时,在他身上还应该包含整个类别的人的共性,通过这个人物可以窥探整类人及其世界。具备以上两点特性的人物形象,才能称为典型人物。① 别林斯基十分重视典型化的问题,认为它是文艺创作的基本法则。从上述两位世界级文学大师的理论阐述中不难看出,他们对"典型"的界定有诸多重叠的部分。首先,他们在定义中都突出了"类"的概念,并不约而同地以类的集合来规定典型人物的属性;其次,他们都要求典型人物的塑造应与时代、社会联系起来,典型应透视出他(她)所处的世界现实。由此可见,如果想要成功地创造出典型人物,就得遵循几点法则:一是坚持以生活为基础,生活是文学艺术的来源,作家必须亲身体验、观察,才能从中发掘出自己需要的素材;二是善于概括和综合,作家得到素材后,应通过提炼、升华将其整合成可以出现在小说中的具有文学性的故事;三是艺术家要将自己的理想和愿望渗透到他所创造的典型中,也就是说,典型不只是一个类的综合,还是作家表达思想与精神的载体。②

新时期初期的文艺工作者通过自己的努力,不仅很好地践行了关于典型的理论主张,更创造出了很多有时代特色、极具代表性的典型人物。高晓声对这一问题做过深入的研究,他曾在多篇文章中阐发了关于典型的看法。如在《扎根在生活的土壤里》一文中,他详细分析了社

① 〔俄〕别林斯基:《别林斯基选集(第2卷)》,满涛译,上海译文出版社,1979,第139~156页。
② 张秉真、章安祺、杨慧林:《西方文艺理论史》,中国人民大学出版社,1994,第431页。

会生活与典型性格的关系，并深刻地指出人物的性格能够反射"社会面貌"的原因是"人的灵魂本来就是一定社会生活的综合性产物"①，生活的形态决定了人的灵魂的状态。因此，真实地、深刻地表现生活，创造出独特的具有典范性的时代灵魂就成了作家的首要选择。但人物不是为了论证概念而存在，即使担负着表现时代的重任，也不能使其流于概念化。高晓声深知这一弊病在过去对我国文学的破坏力，所以他特意在另一篇文章中说明了"原型人物"的重要性，并强烈建议作家创作时要"写心中有底的人物"②，即自己在现实中熟知的人。写不下去了，更要回到熟悉的人事中，从身边挖掘素材。同时还应注意，"描写一个人的性格，往往不能光从一个真人身上取得，常常可以从另外一些人身上找到一些细节，能够更加突出地表现这个人物的性格，这样写出来的人物，既是他自己，又不是他自己，既是这一个，又不仅仅是这一个"③。高晓声的这些论述很明显地带有前述两位西方文豪的观念的影子。而在新时期初期，很多重要作家都发表过关于典型化的相仿言论。陈建功在谈他的短篇小说创作时，结合自己的经验，以举例子的方式形象地总结了典型创作的原则。他认为两个同样外表"老实巴交、蔫乎乎"的人，在"心灵历程"上却可能有着天壤之别，所以写作时就得把握一百个甚至更多老实巴交的人的心灵历程，才可能塑造出那些老实巴交的人的一个典型。"我的并不太成功的作品《辘轳把儿胡同 9 号》，其中韩得来的形象，我就杂取了很多人。"④ 此外，周克芹、蒋子龙、刘心武等作家均在文章中就此问题进行了热烈的讨论。

正是对典型化创作方法的重视以及大量的理论研究、探讨，才使作

---

① 高晓声：《扎根在生活的土壤里》，《文艺研究》1981 年第 1 期。

② 高晓声：《创作思想随谈》，《上海文学》1981 年第 1 期。

③ 高晓声：《小说创作体验——1988 年 5 月 17 日在哈佛大学的演讲》，《上海文学》2006 年第 4 期。

④ 陈建功：《从生活到艺术的若干问题——谈短篇小说的创作》，《山东文学》1984 年第 2 期。

家们创造出了形形色色的深入人心的典型人物形象。如《李顺大造屋》中的李顺大、"陈奂生"系列里的陈奂生等农民形象,《乔厂长上任记》中的乔光朴、霍大道等工业开拓者形象,《班主任》里的宋宝琦、谢慧敏、《伤痕》中的王晓华等深受"四人帮"流毒侵害的青少年形象,以及《灵与肉》里的许灵均、《绿化树》里的章永璘等遭受"反右"和"文化大革命"摧残的知识分子形象……这些形象不仅淋漓尽致地展现了过去和当下的社会生活,更具备了深刻的历史批判与反思意识,填充了新时期初期空旷的文学画廊,为文坛贡献了许许多多的新经典。

典型环境的细节捕捉。

在突出典型人物的同时,还要表现典型环境。这就要求作家必须深入生活、抓细节,这也是典型塑造的最主要手段。胡耀邦在1980年的剧本创作座谈会上就曾号召作家走进最广大的人民生活中,走进人民的内心深处去。他在充分肯定本质真实和典型概括的价值之后,紧接着提出了两个"进入"的主张。"文艺创作应当从一般的日常生活,进入到更复杂的、更有社会意义的生活境界里面去。这是第一个进入。……要有第二个进入。这就是要进入到更深刻的更有重大普遍意义的社会生活里面去,进入到人与人的关系,阶级同阶级的关系中去,进入到社会发展的各种斗争形式和生活形式中去,进入到各种人的内心世界里面去,分析它,解剖它,发掘不同的人们的灵魂。"① 这两个"进入"的提倡就给作家指明了两条创造典型的道路。首先要进入一般的日常生活,这就要求作家下到普通民众的生活中,亲身体验;在熟悉了日常生活的基础上,作家应仔细观察、善于总结、勤于思考,深入挖掘生活深层的重大内容、社会变革的内在联系、人的思想精神的内在变化等,这也就是胡耀邦所说的"第二个进入"。做到这两个"进入",典型的塑造也就水到渠成了。高晓声的《李顺大造屋》《陈奂生

① 胡耀邦:《在剧本创作座谈会上的讲话》,《编创之友》1981年第1期。

上城》等作品就集中体现了上述创作原则。在《李顺大造屋》中，高晓声在 13000 字左右的篇幅里，不仅塑造了"跟跟派"李顺大这样一个亿万农民的典型形象，还以李顺大造屋事件贯穿始末，展示了新中国 30 年的社会变革和心路历程。小说中的多处细节描写都真实地再现了当时的社会风貌和农民的思想意识，如"文化大革命"开始后，李顺大因"反动言行"被关押期间，写到了他"平生第一次研究了建筑学"；放出来后，他莫名其妙地说了两句话："他们恶啊！我的屋啊！"短短几句话，却将"文化大革命"残害民众的事实、官僚主义的不正之风、农民作为弱势群体的可怜以及不醒悟的愚昧等方面都一一展现了出来，这个细节的描写确实胜过千言万语的堆砌。《陈奂生上城》更是如此，此处不再赘述。

细节的抓取和典型的塑造不仅要深入生活，还要求作家必须怀着与人民同甘苦共患难的血浓于水的感情才能创造出来。高晓声对这种感情的领悟无疑是深刻的，如他自己所说："我完全不是作为一个作家去体验农民的生活，而是我自己早已是生活着的农民了。我自己想的，也就是农民想的了。这共同的思想感情，是长期的共同经济生活基础上产生的毫不勉强的自然物。"[①] 正是多年与农民一起生活的共同经历，使高晓声的小说在表现农民的心理、语言、行为时是那样惟妙惟肖、活泼俏皮；在对农民与社会、时代的关系的揭示上，又是那样贴切自然、情真意切。而刘心武能创造出宋宝琦和谢慧敏等形象，一个重要的原因就是多年教师职业的经历使他深入学校教学与学生生活中，亲历"文化大革命"时期的动乱和"四人帮"对学生身心的戕害。出于教师对学生的爱与知识分子的社会责任感，他希望用自己的呼喊揭露历史的罪行、唤醒被洗脑的孩子们，让他们重回正常的思想和生活轨道，所以才急切地发出了"救救孩子"的呼声。可见，这一时期的作家们确实是怀着真挚诚恳的心情在为祖国、为人民进行着创作。

---

① 高晓声：《且说陈奂生》，《人民文学》1980 年第 6 期。

2. 内涵：“体现历史发展规律和时代主潮”的文学之魂

现实主义文学所追求的本质真实是要在广阔、复杂的生活现象中发掘表象背后的深层内涵，找出推动历史进步的深层动因，表现时代发展的本质规律及社会前进的必然方向。诚如郎保东在 1986 年出版的《现实主义美学论稿》中对马克思、恩格斯的现实主义美学观做细致分析时所指出的那样：“恩格斯强调典型人物应是时代的一定思想的代表，就是要作家正确表现这一时代的思想和意识在个人精神上各种复杂微妙的回响和反射”①，“文学这面反映生活的‘镜子’必须要有深广的生活透视力和辐射度，即不仅要反映出生活的现状和已经实现的过程，而且还要反映出生活中正在进行的潜在的矛盾斗争的变化，要展现出这种矛盾斗争的发展趋势和未来美好生活的新曙光。”② 从以上论述来看，在马克思主义的文艺观中，无论是作为生活之镜的文学还是典型人物，它们所真正折射出的应是时代与历史。

与时俱进的时代要求。

新时期之初虽然百废待兴，但经历了漫长的政治“严冬”的政府与社会正向着积极的方向努力调整政策、推进改革。文学艺术自然也应与时俱进，适应新的社会现实。

1979 年的第四次全国文学艺术工作者代表大会上，邓小平首先在《祝词》中明确继承了马克思等人的文艺理论观：“我们的社会主义文艺，要通过有血有肉、生动感人的艺术形象，真实地反映丰富的社会生活，反映人们在各种各样社会关系中的本质，表现时代前进的要求和历史发展的趋势，并且努力用社会主义思想教育人民，给他们以积极进取、奋发图强的精神。”③ 邓小平对社会主义文艺的定义同样突出了塑

① 郎保东：《现实主义美学论稿》，南开大学出版社，1986，第 49 页。
② 郎保东：《现实主义美学论稿》，南开大学出版社，1986，第 21 页。
③ 邓小平：《在中国文学艺术工作者第四次代表大会上的祝词》，《文艺研究》1979 年第 4 期。

造典型人物和表现社会本质的两大要求。只是在万物更新的新时期，这些传统的概念也被赋予了全新的含义与内容。一方面，邓小平在典型人物的创造上，特别指出应以更大的努力去描写"社会主义新人"，刻画"四个现代化建设的创业者"形象，通过新的典型的成功塑造可以更全面地展现新时代、新社会的风貌，有助于激发民众投身建设的积极性。另一方面，"四个现代化"作为衡量一切工作的新的、根本的是非标准被正式提出、确立，"实现四个现代化"成为之后一个较长时期内国家建设的中心任务。所有人都要为这一目标的达成而团结起来、共同奋斗，所有部门也要为这一宏伟蓝图的实现而全力配合、真诚服务，在意识形态领域具有举足轻重地位的文学，也不例外。这样，"四个现代化"就成为一切文艺创作必须遵循的根本准则。

随后，胡耀邦在 1980 年的剧本创作座谈会上所做的讲话，用较大的篇幅对上述观点做了更加全面的阐释和引申。他首先热情地赞颂了当下的社会生活，认为粉碎"四人帮"后，我们党已经摆脱了危机，特别是三中全会后我们的党、国家、社会主义和马克思主义都充满着生机，正所谓"春已归来，春回大地"！随后，他指出在这春意盎然的背景之下，我们社会主义文艺要表现"社会主义本质的东西"。而在他看来，本质就是"社会发展的内部规律"，要正确反映本质，"不仅要反映出新旧事物的矛盾斗争，而且要反映出它的发展趋势，反映出我们这个新社会里占主导地位的前进的力量"①。胡耀邦的这一论述明显强调的是写主要矛盾和主要方面，也就是前文邓小平讲到的四个现代化建设的大好前景。那么能不能写所谓的"阴暗面"呢？其实这里已经涉及在当时争论非常激烈的关于"歌颂与暴露"的问题了，胡耀邦也以相当审慎的姿态阐明了对这个问题的态度。他提出并不是不能写落后的、阴暗的东西，而是在描写时要把它作为"本质的一个侧面"来表现；

---

① 胡耀邦：《在剧本创作座谈会上的讲话》，《编创之友》1981 年第 1 期。

但从总体上说，文艺如果总是表现那些阴暗面，那也是不正确的，因为它不是社会的主要层面，不符合整个社会的真实，无法真正地反映社会的本质。之后他又运用整体与局部的辩证关系原理分析了当时社会的主要形势。首先从横向剖析，在国家、社会的整体上，光明面还是最大的、占主导地位的支配性力量，可就某一个人、单位或局部来看，阴暗面也许是更主要的；然后从历史发展的纵向剖析，他认为阴暗面是短暂的、非法的存在，终究要被党和人民所抛弃、战胜。胡耀邦给出的这个答案颇值得玩味。第一，他肯定了现实生活中是存在"阴暗面"的，这相较于"文化大革命"及之前的文学观确实是一大进步；第二，他强调了文艺创作中应描写的是具有典型性的"阴暗面"；第三，他将"阴暗面"归结为矛盾的一个次要方面，而且是暂时的、终将被主要矛盾和主要方面所取代的次要方面，也就是说作为"本质的一个侧面"，"阴暗面"的作用是烘托本质的首要性、终极性、正确性。由以上三点可以看出，80年代初期文学中的"阴暗面"必须是作为"光明面"的辅助而出现，它的存在及被克服最终还是为了突出四个现代化的光明前景，亦即社会发展的本质规律。

政策的指导与规范的制约为当时的作家指明了小说创作的方向、道路，反映时代要求，与时俱进的精神便成为小说创作的一项基本原则。

百花齐放的创作实绩。

在明确的理论与精神向导的引领下，80年代初的小说创作呈现出百花齐放的繁荣景象。"伤痕""反思""改革"等小说潮流接连不断地涌现，小说中对历史发展规律的深刻反思、对美好未来的大胆展望，更是为当时的文艺理论与现实主义真实观的建构添砖加瓦。

从新时期初期的文学实绩来看，文学确实充分体现了上述准则。特别是以蒋子龙的《乔厂长上任记》《开拓者》等为代表的改革题材文学，立足于工业生产的实际状况，在尖锐揭露极"左"政治给工业生产留下的隐患和工业体制的诸多弊端的同时，又塑造了乔光朴、霍大道等不畏艰险、雷厉风行、锐意进取的充满魄力的改革者和四化建设者形象。尽管改革过程阻力重重、积弊深重，但改革者们不仅没有退缩，反而激发了前进的动力和勇气。小说结局并非大团圆模式，工厂问题依然严重，乔光朴等人也陷入了新的危机，但我们丝毫感觉不到担心与忧虑的气氛，反而对未来充满信心。这是因为整篇小说都洋溢着昂扬向上的积极乐观情绪，这种情绪正是小说所揭示的深层内蕴，即改革者必将战胜阻力，取得改革的终极胜利。这也暗合了"阴暗面"作为次要矛盾必然被光明面所取代的社会发展的本质规律。即使是那些揭露"伤痕"、反思历史罪行的小说，也难掩对新生活的向往和对未来的歌颂之情。如张贤亮的《灵与肉》中，许灵均最终并没有选择跟随父亲出国，而是回到了他的小山村和学校，父亲也没有失望或疑惑，相反，父亲露出了欣慰的眼神。这也是因为他们深知他们的"根"在那片土地上，并十分相信中国已经改变、将来会更好。再如《班主任》的结尾，张老师重新振奋精神，对帮助谢慧敏们清除"四人帮"流毒的计划信心十足，连春风、星星都在为他鼓劲；《伤痕》中王晓华虽未见到母亲最后一面，但她使母亲安心的决心就是为党和国家贡献毕生精力……可见，即使是再沉痛、再悲愤的作品，也会透露出对美好未来的期许及对党、国家、人民的热爱与信任，这已成为 80 年代初文学中不可或缺的主题模式。

正如周克芹所说："体现历史发展规律和时代主潮的思想是文学的灵魂，是一部文学作品得以'站立'起来的内在因素。具有强烈的思想力度的作品必是最能体现时代精神的作品。"[1] 新时期初期的作家们在揭批历史罪行、反思历史错误的同时，更加不遗余力地表现劫难过后人们的生活、精神、文化、经济的重建与更新，表现对新生活的向往与希冀。这便是潜在的历史发展方向，是时代的主潮，是深刻体现了本质

---

[1]　周克芹：《写在菊花时节——改革文学漫笔》，《当代文坛》1988 年第 1 期。

真实的现实主义真实观。

3. 旨归：主流意识形态渗透下的群体共识

中国的文学从来都是与政治纠缠不休的，从古代的"文以载道"开始，文学经历了改良社会、"开通民智"的近代，走向五四的启蒙文学和抗战时期的革命文学，直到新中国成立，确立以毛泽东的《讲话》为总方针的社会主义现实主义文学，文学从未摆脱过政治的纠缠。新中国成立以后，政治对文学的控制日益强化，最终导致行政命令、政治批判摧毁了文学自身发展的内在秩序，给整个文艺界带来了灾难性的后果。"文化大革命"就是一个巅峰。当政治到达巅峰却以文学的疯癫和奄奄一息为代价时，我们的国家终于意识到将文学纳入强硬的行政管理中是错误的。于是"文化大革命"一结束，党中央便开始重建文艺体制，调整文艺政策。

伹正像葛兰西所认为的那样，"社会主义国家文学体制的基本特点便是无产阶级政党依靠其强大的组织化力量建立'文学领导权的机器'，并将政党意识形态内化为广大人民特别是知识分子的普遍意志"①。对葛兰西的这个观点可分两方面加以理解。一是国家意识形态可以运用其在政治、文艺各领域的特殊权力，利用监督、制定方针政策等相关措施，将文学纳入国家运行机制之中，使文学这一特殊的意识形态作为上层建筑的一部分，其实质是国家和政党依然掌握着对文学的领导权；二是通过对作家实际文学创作和人民接受的潜移默化的影响，将政治倾向、阶级属性等意识形态规范灌输给知识分子和普通百姓，使他们在不自觉的情况下形成对政治意识形态的普遍认同。从以上两点分析来看，虽然政治对文学的管束力量放松了，但文学依然是缠绕在政治之树上的一根藤蔓，二者在相互较量中互相妥协让步，以求得权力与利益的平衡，再与人民大众取得三方的共识，是新时期初期文学的一大特点。

---

① 许志英、丁帆主编《中国新时期小说主潮（上）》，人民文学出版社，2002，第22页。

政治与文学的巧妙斡旋。

葛兰西第一方面的观点，我们可从政治对文学的态度变化上入手来理解。

首先，文艺政策的调整，最先表现在对作家创作自由的重申上。1979 年邓小平在《祝词》中明令禁止了文艺领域的行政命令，他重申"要坚持辩证唯物主义的思想路线"，并批评林彪与"四人帮"的做法是不可取的，他们对文艺粗暴的行政干涉，使党的领导和文艺发展都遭到了破坏，进而提出"写什么和怎样写，只能由文艺家在艺术实践中去探索和逐步求得解决。在这方面，不要横加干涉"。[①] 周扬在《学习和贯彻十二大精神》的政论文章中也发表了相似的主张，而且更具体地指出在"创作上、特别是艺术风格上"应给予作家"必要的自由"，"文艺工作有它自己的特点和规律，限制得太死或强求一律是不行的。一定要保证必要的自由，必不可少的自由，这不是自由化"[②]。可见，党中央吸取了"十七年""文化大革命"的教训，对作家的创作空间进行了必要的拓宽。在这一背景下，文艺界确实颇为活跃，相继出现了大批"伤痕""反思""改革"等文学作品。其次，党中央还通过一系列措施，发展了独特的文学激励体制。如在重要会议和决议中对当时的文学创作给予肯定和鼓励，这在邓小平的《祝词》《中共中央关于当前新闻广播宣传方针的决定》、胡乔木在思想战线问题座谈会上发表的《当前思想战线的若干问题》的讲话等重要文件中均有所体现；再如吸纳文艺工作者进入主流文艺机构，在主流文艺刊物上大量刊登相关作品，设立文学评奖制度并相应地对作家作品进行奖励等。这些举措的实施在激发作家的创作欲望和工作热情上确实起到了巨大的作用。

虽然如此，但也并不是一味地采取激励手段，对于那些超出了主流

---

① 邓小平：《在中国文学艺术工作者第四次代表大会上的祝词》，《文艺研究》1979 年第 4 期。

② 周扬：《学习和贯彻十二大精神》，《文艺研究》1982 年第 6 期。

意识形态所允许的范围的文艺作品，党中央也坚决予以严厉的打击。如
1980 年的剧本创作座谈会上，胡耀邦在从总体上肯定当时的文学成绩
之后，紧接着就提到了关于剧本《假如我是真的》的一些意见。他认
为这个戏还"不成熟"，"戏中由人物形成的整个环境，对于三中全会
以后的现实来说，不够真实，不够典型"①，然后他还指出李小璋这个
人物在现实中虽然是存在的，但他的品格和精神境界都比较低，并不能
反映出"新时期中国青年的精神面貌和是非感"，也就是说，他不是党
中央所认为的或所希望的当下中国青年的典型形象，不能体现新生活和
新社会的发展趋势；这个形象如果深入人心，对整个社会和青年的影响
也不好；剧本对这个骗子式的人物表现出了很大的同情，这种倾向是有
一定问题的。同时他还饶有意味地指出，如果将这个戏一直演下去，产
生的社会效应是非常值得商榷的。这里，胡耀邦用含糊其辞的方式但实
际上是严正地警告，这个戏不能再继续演出了。胡耀邦作为党和国家的
重要领导人，他在会上的讲话必然代表的是国家意志。尽管如此，他还
是给这个剧本留出了批评的空间，不主张一棒子打死，而是应该进行讨
论修改，并由有关部门和领导给作者以帮助指导。在这次会议上，胡耀
邦关于剧本《假如我是真的》的整个发言还是非常谨慎的，能看到对
作家的创作理念的宽容与理解，是一种恩威并施的方式。但到了 1981
年对电影文学剧本《苦恋》的批判则迅速从文艺论争上升到政治批判
的层次。批评者对军人出身的作者白桦进行了非常激烈的批评，指责
《苦恋》"违背历史的真实和生活的真实"，"否定四项基本原则，这绝
不是歌颂爱国主义，而是对爱国主义的污辱"②，最终这场批判在白桦
发表了《关于〈苦恋〉的通信》，对自己"背离党的领导、背离社会主

---

① 胡耀邦：《在剧本创作座谈会上的讲话》，《编创之友》1981 年第 1 期。
② 特约评论员文章《四项基本原则不容违反——评电影文学剧本〈苦恋〉》，《解放军报》
1981 年 4 月 20 日。

义道路"① 的错误思想进行严肃反省和检讨后宣告收场。而 1983 年开始的清除精神污染运动则再次规范了文学创作的思想、内容、界限等问题，是一次比较严厉的批判运动。

政治对文学的一松一紧的态度，恰恰契合了前文葛兰西关于社会主义国家文学体制的第一个观点。事实上，新时期初期党的所有文艺政策都是在拨乱反正的过程中逐步确立的，这既是党对自身错误的纠正与反思，又在反思的同时加强了对思想意识领域的控制。历史事实证明，越是这种动荡不定的时刻，越不能放松对文学和人民精神领域的领导权，否则可能会酿成不可挽回的后果。

作家与读者的真诚配合。

葛兰西理论的第二方面则需要作家与普通读者的积极配合，才能最终取得效果。这在新时期初期也得到了充分的印证。

刚刚走出政治灾难获得新生的作家们，由于长期的政治先行的僵化思想一时难以清除，往往还停留在之前的思维模式中。再加上在"反右"和"文化大革命"中被剥夺的政治权力和精英知识分子身份重新经主流认可回到自己手中，失而复得的喜悦使他们无比珍惜当时所拥有的一切，当时大部分作家对前途确实是充满希望的。很多作家更是虔诚地感激党和国家，又怎么会轻易地提出质疑呢？对现实主义和真实性的选择，则使作家们多多少少能远离为政治目的创作瞒和骗的作品的深渊，书写自己的生命体验和真情实感，这实际上也是文学创作的一次解放。而且作家们事实上并非一直默默无闻、唯主流意识形态马首是瞻，从上述被批判作家作品的出现便可以看出不甘寂寞的作家还是大有人在的。此外，人性与人道主义的大讨论热潮也是作家们试图冲出意识形态包围圈的一种努力，虽然结果不够完美，许多问题也没有解释清楚，但还是在政治对文学的束缚方面起到了松绑的作用。政治与文学在相互较

---

① 白桦：《关于〈苦恋〉的通信》，《解放军报》1981 年 12 月 23 日。

量中，双方既有对峙又有退让，最后总能在关键问题上达到一致，这似乎又是以文学、创作者做出更大的牺牲为代价。

在"伤痕"到"文化大革命"这一阶段，文学创作遵循的标准有其不成文的规定，即以马克思主义辩证历史观和文艺观为基本指导思想、以四个现代化的正确方向为前导，体现出社会主义社会的本质规律和发展趋势。因此，这一时期发表的作品，一方面，透出浓厚的人道主义和人性关怀，小说多着眼于对"左"倾和"四人帮"的历史错误的批判，揭露他们腐蚀人的心灵、戕害人性的残酷暴行，对长期遭受身心折磨的人给予深切的同情与关爱；另一方面，通过对新时期社会变革、生活好转、经济转型、工业振兴等新兴事物的描写，恢复社会活力，提高人民的积极性、自信心，使人们将关注点转移到国家建设和对未来的美好展望上。这两方面的通力合作，形成了一种文学对人民的"疗伤机制"。对于刚走出"文化大革命"阴影、饱受创伤的普通百姓来说，真诚的关怀与热情的鼓励是最好的疗伤良药，可以说"伤痕""反思""文革"文学正是雪中送炭。至此，新时期初期文学在不知不觉中，扮演了匡正思想、扶持新意识形态的重要角色，它以对旧意识形态的无情揭批和对新形势的歌颂为民众洗脑，同时将对个体伤痛的抚慰、人性的观照纳入对国家理想、群体信念的激情呼号之中，巧妙地以政治的人、群体的人取代了个人，社会的共同理想变成了人的普遍理想。这也就是葛兰西所指出的第二条理论，在政党意志与人的普遍意志的转换中，新时期初期的文学起到了十分重大的作用。

由上述分析可见，现实主义和真实性的重新选择是政治与文学、上层管理者与知识分子相互妥协后，再同人民大众达成的某种共识。这是一次群体意志的抉择，是政治意识形态与作为国家意识形态机器的文学的一次合谋，是历史的选择和时代的必然。

现实主义对真实观的选择虽然符合当时的社会现状与精神取向，但其以政治引导与群体诉求为旨归的文学走向，为文艺的自由、多元发展增添了阻碍，留下了许多难以克服的困难。这些既为之后的文学带来了隐患，同时也催生了新的文学观念与创作实践的展开。"寻根文学""先锋文学""新写实"等文学思潮与流派的出现都与其有着密切的关联。

三　从本质真实向文化真实突转的"寻根"之路

紧随"伤痕""反思""改革"出现的"寻根"文学，就是作家们在深刻认识到现实主义的弊端后，试图摆脱困境，重振中国文学所做的努力。以"知青"为主体的"寻根"作家一方面受王蒙、汪曾祺等老作家回归乡土的影响，另一方面接受了现代主义技法的点拨，产生了融合本土与西方、以现代视角重建中国传统文化的想法。"文化"便成了"寻根文学"的题中应有之义。

纵览"寻根"作家们的理论文章，我们可以发现，几乎所有"寻根文学"的代表性作家都会在阐述中提及文化的重要性。阿城在《文化制约着人类》中，指出文化是"绝大的命题"，它是关乎民族、国家、几代人的大事，并慎重提醒同行们，如果不认真对待文化这一命题，文学是不会有出息的。郑义从文学作品的角度切入，肯定了文化在创作中的首要作用。他认为"能否进入文化"是作品可否成为文学的主要依据；无法融进文化的作品，即使再热闹，也只能支撑一时，"所依恃的，只怕还是非文学因素"[1]。郑万隆更是将小说的内涵分为三个层次，最基础的是社会生活，深一层的是人的"人生意识和历史意识"[2]，而处于最高层次的就是文化背景或文化结构。可见，郑义与郑万隆都将文化视为文学的深层基底，视为文学赖以存在的根本。作为"寻根"主将的韩少功，则引进丹纳的理论，进一步指出人的特征从肤

---

[1] 郑义：《跨越文化断裂带》，《文艺报》1985 年 7 月 13 日。
[2] 郑万隆：《我的根》，《上海文学》1985 年第 5 期。

浅到深刻，可分为浮在表面上的生活习惯、思想感情，略为坚固的内在特征以及能够跨越一个历史时期的观念、习俗等，然而比这些更坚不可摧、难以被时间磨灭的是"民族的某些本能和才具"①，如人们长期形成的哲学观、世界观、道德观，对自然的看法和表达思想的方式等，这些也可理解为是民族文化熏陶下产生的文化心理。可见，上述作家在表述观点时有很重要的相通性，就在于他们都承认文化与文化心理是能够逾越一切时间、历史与人类的最本源存在，它决定了人的思维模式、民族发展的特征以及历史的内在走向。这样，文化便成为凌驾于规律与本质之上的最高层次的支配力量，它取代了本质相对于文学真实的领导权，使真实的内涵走进了更辽远、更潜隐的古文明世界。因此，要寻求"真实"，实现文学的发展与振兴，就应该到民族文化中去找寻文明的根基，正如韩少功所说，"文学有'根'，文学之'根'应深植于民族传统文化的土壤里，根不深，则叶难茂"②。

从寻根作家的理论诠释来看，民族文化作为孕育了民族文明的母体，以其"最本质、最稳固""超越时间和空间"③ 的特征，成为引导世界进步的潜在的、恒常不变的真理，因而从这一层面上分析，文化便是最高的真实。寻文学之"根"其实就是在寻文学之"真"，即民族的"文明初在"④ ——文化。

1. 切入点："乡土"的重塑与寓言书写

诚如前文所讲，"寻根"的真实观在于对"文明初在"的回归。文化心理作为民族文化的精神结晶，是推动民族、国家乃至政治发展的最深层原因。但就像郑万隆等"寻根"作家感慨的那样，远古文明表达的多是一些"理想的内容与本质上的意义"，它"追求事物背后某种

---

① 韩少功：《文学的"根"》，《作家》1985 年第 4 期。
② 韩少功：《文学的"根"》，《作家》1985 年第 4 期。
③ 张秉真、章安祺、杨慧林：《西方文艺理论史》，中国人民大学出版社，1997，第 446 页。
④ 许志英、丁帆主编《中国新时期小说主潮（上）》，人民文学出版社，2002，第 252 页。

'超感觉的'东西",具有难以说清的"神秘力量"①。这样捉摸不透的特性决定了对文化心理的言说不能采用现实主义文学揭示本质真实的表达方式。"寻根"作家开始把目光从历史与现实转移到新的场域。

韩少功认为作家要"对现实世界进行超越,去揭示一些决定民族发展和人类生存的谜",首先应该走入"乡土","乡土是城市的过去,是民族历史的博物馆"②,它是文明孕育的母体与繁荣的载体,是隐藏在文化背后的大地母亲。"寻根"的"乡土"不同于现实主义的乡村,它除了具有物理学上的位置意义外,更多的是具有文化学上的象征含义。"寻根"小说中,"乡土"是一种虚实兼容的文化符号,是作家为民族文化心理的展现创造的独特意境。显然,民族寓言与神话的重新发现是重塑"乡土"的主要手段。

民族寓言的文化新生。

寓言是一种重要的文学体裁,也是文学创作中经常使用的表达方式。它以神秘、传奇、意蕴深长的特色,成为许多作家进行小说创作的切入点。

詹姆逊曾对寓言做过如下阐释:"寓言是我们自己在时间中的生命的特许方式,是从一刻到另一刻的笨拙的意义破译,是异质的、不相联结的瞬间恢复连续性的苦心尝试。"③ 这段对寓言概念的抽象总结,深刻揭示了寓言的本质。作者敏锐地看出了时间、历史与人类命运的内在关联:人类自己在时间的长河中,不断地拾起不连贯的、断片式的历史碎片,将过去、现在与未来串联成一个完整的民族史、人类史;而寓言恰好对此种关联的有效的却含蓄内敛的记录。作者还指出,寓言的意义是"自足"的,并可通过从某一特定再现中"抽取"的方式来获得。

① 郑万隆:《我的根》,《上海文学》1985 年第 5 期。
② 韩少功:《文学的"根"》,《作家》1985 年第 4 期。
③ 〔美〕弗雷德里克·詹姆逊:《语言的牢笼:马克思主义与形式》,钱佼汝、李自修译,百花洲文艺出版社,1995,第 60 页。

但这种抽取标志着这个再现本身的根本不充足性：鸿沟，谜一样的象征。寓言应该是"文本中的伤口"，"是各种意义一点点渗入的一道裂隙"，它可能会被"密封或控制，但作为一种可能性它永远不会完全消失"①。寓言的含义是异常丰富的，由于它包容多种意义，象征便成为其表达自我的最重要手段。由以上论述可以推断出，寓言是一个具有多义性的概念。它绝对不满足于再现某种事物或展示现实生活，它追求的是从表象世界中渗透出来的跨越时间和空间界限的、神秘的、不易理解却又拥有无限意义延伸的永恒之物。它可能是人类生命的存在形式与发展方式，可能是岁月的嬗递与民族的演化，也可能是其他的什么神秘事物……在对这一永恒之物的追求上，"寻根"作家显示了相当的执着与一致性。

他们不谋而合，十分默契地选择回到深山、草原或乡村，发掘那片被遮蔽的民族文化"乡土"，创造了一个个破碎的民族寓言。在韩少功的《爸爸爸》中，我们看到了一个世外桃源般的鸡头寨，"寨子落在大山里和白云上，人们常常出门就一脚踏进云里。你一走，前面的云就退，后面的云就跟，白茫茫的云海总是不远不近地团团围着你，留给你脚下一块永远也走不完的小孤岛，托你浮游"②。寨子里居住着刑天的后代，他们带着祖先的光荣传统和沉甸甸的灿烂文化跋山涉水来到这与世隔绝的桃源仙境，谱写了一曲壮阔的民族颂歌。寨子的自给自足、长久不变的生活习惯与打冤、祭神、卜卦等巫术活动，均透露出凝滞、顽固的一脉相承的民族心理积习对人们心灵的笼罩与影响。小说结尾，鸡头寨居民因与鸡尾寨的战争失败而被迫迁徙，他们唱着那首亘古不变的古歌上路的情景，仿佛预示着新一轮生命的轮回、重生。很显然，循回往复的鸡头寨的命运轨迹就是中华民族生命延续的象征。王安忆的

---

① 〔美〕弗雷德里克·詹姆逊著、王逢振主编《詹姆逊文集（第2卷）：批评理论和叙事阐释》，中国人民大学出版社，2004，第134页。

② 韩少功：《爸爸爸》，《韩少功系列——归去来》，人民文学出版社，2008，第14页。

《小鲍庄》以洪水始洪水终的结构模式创造了一个笼罩在神秘氛围之下的仁义村庄，"仁义之子"捞渣所代表的传统儒家精神是维系这个村庄的核心价值观，这个自称为大禹后代的村落俨然是古老中国的一个缩影。郑义更是在《老井》的后记中直接指出其所写的村史"即是中国农村史之缩影"，"这村史本身便具总体上的浓郁象征意味"①。贾平凹的《古堡》、扎西达娃的《西藏，隐秘岁月》、张承志的《黑骏马》等"寻根"作品也都传达出了这一象征意蕴。由此可知，"寻根"作家们的寓言书写最终指向的是历经磨难的中华民族以及它那源远流长、永难磨灭的华夏文明。这一古老的文化虽然命运崎岖坎坷，几次险些陨灭于战火、动乱与外族入侵的铁蹄下，但终以自己顽强的生命力和无可替代的独特性屹立至今天。正像詹姆逊曾经断言的那样，"所有第三世界的文本均带有寓言性和特殊性"②，他强烈地建议将第三世界的文学文本当作民族寓言来品读，并认为第三世界的作家所创作的小说总会"投射一种政治"，在那里，个体的故事背后显露的总是群体社会的文化、苦难与挣扎。用丁帆等学者的解释，所谓"民族寓言"，就是说"第三世界文学中几乎没有纯粹写个人的东西，虽然也有个人生活、个人欲望与心理冲突的故事，但总是指向民族与国家的命运"③。尽管詹姆逊等人的观点不免极端，但放之"寻根文学"中，却意外的非常契合。这也恰好能解释为何"寻根"作家们如此一致地采用象征、隐喻等手法，执意于"民族寓言"的创造。

"道德英雄"的历史传承。

相较于现实主义真实观中典型英雄形象刻画的精确与刻板，"寻根"小说并没有条分缕析地指出它所追寻的英雄应具备什么样的显著

---

① 郑义：《太行牧歌——说我的习作〈老井〉》，《中篇小说选刊》1985年第4期。

② 〔美〕弗雷德里克·杰姆逊：《处于跨国资本主义时代中的第三世界文学》，张京媛译，《当代电影》1989年第6期。

③ 许志英、丁帆主编《中国新时期小说主潮（上）》，人民文学出版社，2002，第340页。

特征。但综观作家的创作，我们可以发现小说中的英雄都显示了沉重的道德感、使命感，他们重视文化传承与历史延续，虔诚地以牺牲自我、奉献生命的方式寻求他们所坚信的真理与正义。

这些作家苦心经营的"道德英雄"形象无疑就成为民族寓言的代言人。《老井》中开篇便交代了老井村名的由来及孙家始祖孙老二的传奇故事，孙家先祖偷龙王、"恶祈"求雨的传说更说明孙旺泉家就是这个家族历史的传承者。小龙神话的讲述则最终确认了孙旺泉家族英雄的原型形象。于是在打井找水的使命重压下，孙旺泉经过痛苦的内心挣扎，放弃了爱情、理想和所有的个人欲望，心甘情愿地留在老井村，为村庄和家族奉献毕生精力。至此孙旺泉通过压抑自身欲望而得到了精神的升华，这种升华是以泯灭个人、融入群体为宗旨的。刘小枫的阐释可谓一语中的："'寻根'文学并不会甚至不想要使中国人成为个人，而是成为中国人。单个的位词被消解在普遍的名词里，于是，个体的身位就被一笔勾销了。"① "道德英雄"就是这一"中国人"形象的典型象征。孙旺泉本是接受现代教育的新人，他有先进的知识、忠贞的爱情、远大的理想和对外面世界的憧憬，他大可以同巧英一道冲破乡村的束缚，进入梦寐以求的新世界。可在做抉择的关键时刻，他却留在了村庄，选择为全村人的幸福而生存。放弃巧英意味着对个人理想的摒弃，小说最后孙旺泉已将个体理想与整个村子的理想合而为一，"打井"就是他的价值所在，他自己也成了嵌死在家族之"井"中的一块壁石。在孙旺泉的身上凝聚着中华民族赖以生存的传统文化经义、道德规约、宗教信仰、人格品行甚至婚姻观、价值观、人生观等，这些正是民族得以延续、发展的重要文化积淀，是文化心理的经典传承。通过对"道德英雄"的创造，"寻根"作家们将民族精神和民族文化熔铸到了"民

---

① 刘小枫：《当代中国文学的景观转换》，《这一代人的怕和爱》，华夏出版社，2007，第254页。

族寓言"之中。以英雄作为寓言的"伤口""裂隙",灌以文明的汁液,便可以生发出关于民族、宇宙、历史和时间的无限可能性。在王安忆的《小鲍庄》、张承志的《北方的河》、扎西达娃的《西藏,系在皮绳结上的魂》《西藏,隐秘岁月》等作品中,我们都可以看到类似的英雄形象,如集儒家仁义道德于一身的"仁义之子"捞渣、紧紧追着黄河父亲的"我"、虔诚地守护神明和信仰的塔贝与次仁吉姆等。

　　除了民族寓言与英雄形象的重塑,我们还在这些作品中发现了属于我们民族自己的远古神话的影子。《爸爸爸》中,"猛志固常在"的刑天成了鸡头寨百姓公认的祖先,打仗失败后他们服毒殉古和集体迁徙的魄力的确有几分刑天的气息。《老井》中几代人艰苦卓绝地找水与大禹治水的神话是不是有些相似呢?还有张承志小说中那个一直追逐大河、草原的"我"以及草原上的额吉、索米娅,不也暗合着夸父逐日的精神,延续着女娲造人的神圣使命吗?[1] 所有这些神话原型与"寻根"作家们的"民族寓言"叠合到一起,便衍生出注入了现代意识的新的民族英雄与神话,"寻根文学"就这样完成了民族神话的重构,为充分展现最真实的文化心理创造了一片神奇的"乡土"。

2. 内涵:"支配着现象世界更高"的文化心理的自觉选择

　　"寻根"作家对真实的定义是文化,而民族文化心理则是中华民族生存与发展不可替代的、潜在的真理性准则,是最高的真实。20 世纪80 年代中期,这些作家曾纷纷撰文发表自己对民族文化的看法,形成了巨大的讨论热潮,出现了众多理论探究的文章。对文章内容稍加分析,便可发现作家们对中国文化的认识虽不尽相同,但却有着内在的联系与一致性,而对"非规范"文化的推崇则是他们最大的共性。

　　"非规范"理论体系的建构。

---

[1]　许志英、丁帆主编《中国新时期小说主潮(上)》,人民文学出版社,2002,第 360～361页。

阿城曾不无悲伤地指出，西方读者将中国的小说当作社会学材料阅读，但他们读到的仅是浅显的表面现象，社会学是无法涵盖文化的，"相反文化却能涵盖社会学以及其他"①。这里明确提出了一个"寻根"作家普遍认同的观点，即现实主义在政治层面上的揭露现实、反思历史只是表层的真实，对文化心理的揭露才是隐蔽在表象之下的深层真实。文化心理往往是造就中国的政治现实与社会现实的根本原因，因此"寻根"作家敏锐地将触角伸向了民族文化这一本源。

但并非所有的文化之"根"都是他们认可的真实之"根"。正像郑万隆将魔幻现实主义作家挖掘的拉美独特的文化艺术确认为"支配着现象世界更高的真实"一样，他认为大兴安岭原始森林的野性文明才是他赖以生存的"根"，这种"文化形态"是"把握世界的独特感觉和独特理解"，只有把这种独到的文化精神融注到人的血液中，才能真正体会"生命的感觉"②。由此，"非规范"文化便自然而然地取代了统治中国数千年的"规范"文化，成为"最高的真实"，引起"寻根"作家争相发言表示认可。李杭育在《"文化"的尴尬》一文中，就曾不客气地对所谓的"规范"文化表达了不满。他认为作为"规范"的那部分文化就是"中原文化"，其旨归在于"载道"。它是国家统治的文化根基之一，多注重教化功用，因而缺少了点"艺术气质"。与之相对的"非规范"文化则异常繁荣、灿烂。首先，他肯定了不列入规范行列的少数民族文化，那些边缘文化在发展中形成了自己的系统，保存了特有的原始、古朴的风貌，成为中华民族的文化瑰宝；其次，他认为汉民族文化中，在中原文化之外的楚辞和屈原那浪漫、神秘、天马行空的美好想象也提升了文化的境界。他赞颂"诸夏、荆楚和吴越的文化"都比规范文化要美丽，我们的民族需要的恰好是这类

---

① 阿城：《文化制约着人类》，《文艺报》1985 年 7 月 6 日。
② 郑万隆：《我的根》，《上海文学》1985 年第 5 期。

120

文化。"规范之外的，才是我们需要的'根'，因为它们分布在广阔的大地，深植于民间的沃土。"① 作为"寻根文学"最重要的代表，韩少功的观点与李杭育颇为相似。他也将传统文化划分为规范与不规范两类，文学要寻的应是那些留存于乡土的未被主流认可的"不规范"的文化。具体列举可包括"俚语、野史、传说、笑料、民歌、神怪故事、习惯风俗、性爱方式等"②。正是这些非正宗的、难入经典之列的"非规范"文化，犹如潜伏在地下深层剧烈涌动的岩浆，用自己的热量与摧毁一切的气魄滋养着地上的规范文化，总是能在关键的时刻给规范文化以可供借鉴、吸收的养料，使它们茁壮成长。因此，作者认为值得作家们注意的不是地上而是"地下的岩浆"。

贾平凹的观点与上述两位不尽相同，多少代表了王安忆、阿城等其他"寻根"作家的另一种倾向。他先是肯定了被李杭育嗤之以鼻的规范文化，认为中国古典哲学包括"儒、释、道"三家，在这三种哲学体系影响下产生的不同文化派别，都形成了各自的风格与审美取向，有自己的表现形式。这是他对正统文化认可的一面。但紧接着他又呼吁作家到民间去，"从山川河流、节气时令、婚娶丧嫁、庆生送终、饮食起用、山歌俗俚、五行八卦、巫神奠祀、美术舞蹈等等等等做一考察，获得的印象将更是丰富和深刻"③。看来，贾平凹所推许的规范文化只有融合进民间的非规范因子，才能达到真正完美的境界。此外，郑万隆、莫言、张承志等作家还表达了对民族原始生命强力与生存韧性的崇敬、赞叹之情。这些观点共同构成了"寻根文学"的"非规范"文化理论体系。

原始生命意志的展现。

"非规范"文化之所以能成为"寻根文学"自觉选择的最高文化真

---

① 李杭育：《理一理我们的"根"》，《作家》1985 年第 6 期。
② 韩少功：《文学的"根"》，《作家》1985 年第 4 期。
③ 贾平凹：《四月二十七日寄友人书》，《上海文学》1985 年第 11 期。

实，另一个重要的原因便是这一文化形态中处处渗透出的中华民族蓬勃顽强的生命力和生生不息的生存意志。

在韩少功的湘楚文化世界中，那个静止在时空长河中的隐匿在深山白云间的小村寨，看似简陋笨拙、愚昧无知，但人们就是在那样与世隔绝的艰苦环境下世代生活着，靠着古歌的唱词和对祖先的信仰繁衍了一代又一代。这是一个浪漫无比的、充满神秘意象和幻想的精神世界，即使战争失败了、家园废弃了，人们仍然坚韧地走在生活的路上。有人说丙崽的不死是丑陋的民族劣根的深刻诠释，可另一方面他何尝不是民族生命力的印证呢！藏族作家扎西达娃表现了一个不同的魔幻世界——西藏。他在小说《西藏，隐秘岁月》《西藏，系在皮绳结上的魂》中着重刻画了藏传佛教对藏民生活的牢固影响与渗透，在神秘现象背后，隐藏着西藏那漫长的、被人遗忘的历史和文化传统，它顽强地对抗着现代意识的侵蚀，固守着民族精神的净土。阿城、李杭育等作家则在老庄文化的精神领地中获得了生存的能量。《棋王》中的王一生虽然身处"文化大革命"动乱时期，但他总能在下棋时进入一种不受外界干扰的无物之境。他身体力行了道家的虚静无为、返璞归真的境界，不仅使自己摆脱了政治困扰，更赢得了超功利的处世心态。另外，郑万隆、莫言、郑义等作家致力于对民族原始生命强力的揭示，多把小说情境设置在茂密的森林、广阔的草原或僻远的乡村。在那里，蛮荒、偏僻、恶劣的自然环境，不但没有妨碍人们的生活，反而激发了他们超常的适应能力与生存意志。他们在与自然灾害抗争的过程中，逐渐掌握了生活的规律、技能，并发展出了集体的信仰和精神支柱。如郑义的《老井》中人们的信仰便是打井；张承志的草原上飘荡着对伟大的"额吉"母亲和旺盛的生命力的赞歌；莫言的高粱地里喷薄着坚忍、粗犷的原始力量；郑万隆的"异乡异闻"系列则充斥着鄂伦春猎人坚毅的品行和高尚的人性……这些浸透着中华民族坚强不屈的生命毅力的文化心理的展现，是我们的民族、国家历经磨难依然屹立不倒的本质成因，是作家们在寻找真实的漫长路途中发掘的终极价值所在。对这一价值的挖掘，绝不仅仅是为了回忆辉煌的传统文明，更是为了以古鉴今，为中国新的社会、文化的创建贡献力量。就像韩少功所希望的那样，通过对"非规范"文化的重新发现与建构，"建树一种东方的新人格、新心态、新精神、新思维和审美的体系，影响社会意识和社会潜意识，为中华民族和人类做贡献"①。

经过上述理论与创作的建构，"寻根"作家纷纷如愿以偿地确立了自己的文化领地，试图建起自己的文化之城，如李杭育的"吴越文化派"，韩少功的"湘楚文化派"，贾平凹的"商州文化派"，郑义的"太行文化派"，张承志的"回族文化派"，扎西达娃的"西域文化派"②，以及乌热尔图的鄂温克文化、郑万隆的黑龙江边鄂伦春猎人文化、阿城的道家文化等。在这些遥远的、未开化的、未被世人所熟知的"非规范"文化王国中，"传统被诗化为一种符合人性的自然存在，一种可以协调人与人关系、消除各种紧张、非理性的、非压抑的、能够丰富人的精神和心灵结构的文化时空，以对抗或修复现代的破碎的社会和迷失的人的心灵"③。这也就是韩少功所说的"寻根"的责任——"释放现代观念的热能，来重铸和镀亮这种自我"④。"非规范"文化的选择与特异的"文化时空"的构造将民族文化心理淋漓尽致地展现在读者眼前，"寻根"小说把源远流长的华夏文明与现代的先进文化联结起来，找到了属于当今中华民族的新的民族文化，也颠覆了现实主义的真实观，将真实引向了更高的文化范畴。

3. 旨归：重铸民族自我背后的认同渴望

"寻根"作家谈文化时，在他们的论述中经常伴有另一个关键词，那就是"人"。乌热尔图在《我属于森林》中将人比喻成"独特的文化

---

① 韩少功：《寻找东方文化的思维和审美优势》，《文学月报》1986 年第 6 期。
② 朱栋霖、丁帆、朱晓进主编《中国现代文学史（1917～1997）》（下册），高等教育出版社，1999，第 81 页。
③ 许志英、丁帆主编《中国新时期小说主潮（上）》，人民文学出版社，2002，第 331 页。
④ 韩少功：《文学的"根"》，《作家》1985 年第 4 期。

链条"，它以"生命传递着文化信息"①；李杭育则直接认为文化就是
"人的存在方式"；郑万隆指出人类在创造了文化的同时，"也创造了自
己"；阿城则认为人类创造的文化反过来又制约着人类，文学创作中要
表现人性，就必然要受到"文化积淀的限制"及文化心态的规定②；而
在韩少功看来，文学寻"根"，是"为了把握人世无限感和永恒感"。
上述观点，充分体现了"寻根"派对文化真实与人的关系的思考。他
们坚信文化与人是密不可分的，既可以一分为二，又可以合而为一。因
此，"寻根文学"对文化的强调实质上就是对人的重视。这里的人已不
再是 80 年代初期政治含义上的理想的"人"，但仍然是群体的人，它
以"民族自我"作为自己的代名词，而其内在指向则是构成"寻根"
作家主体的知青群体。正因为如此，重铸民族自我突出地表现为对群体
身份的确认与民族认同感的获得的强烈渴望。

"返回母亲子宫"的身份追寻。

"寻根"作家的主体是知识青年，知青群体的特殊经历令他们不幸
地充当了政治的"遗孤"。在颠沛流离的寻"根"、寻"家"的过程中，
返回母亲怀抱、回归生养自己的"乡土"是他们获取身份、得到认同
的根本途径。

归属感是身份的外化，它与血缘和土地有着紧密的联系。在《健
全的社会》中，弗洛姆多次谈到了血缘与人的关系，他指出血缘具有
多方关联与延伸的复杂特性，是联系人与他人、社会、民族甚至世界的
重要媒介。无论血缘关系建立在哪个系统中，它的枝蔓都会延伸到与之
相关的家庭、家族以及国家、民族、宗教等方方面面。当一个人身处这
样庞大、牢固的羁绊中时，他会"感到自己扎根其中，是其中的一个
组成部分，而不是脱离他们的孤独个体"③。"寻根文学"寻到的远古文

---

① 乌热尔图：《我属于森林》，《文学自由谈》1986 年第 5 期。

② 阿城：《文化制约着人类》，《文艺报》1985 年 7 月 6 日。

③ 埃里希·弗洛姆：《健全的社会》，孙恺详译，贵州人民出版社，1994，第 37 页。

化作为孕育中华民族文明的摇篮，与国家、民族有着无比坚固的血缘关系，生活在这一关系链中的"寻根"作家们则从这种亲缘里找到了自己的立足之"根"，很明显，他们想要以此摆脱曾经作为特殊的一小部分而被迫遗世独立的寂寞，获得群体的认同感。土地作为现实的、地理上的关联，是与血缘互为补充的又一重要因素。这一点弗洛姆也做了明确的解读："婴儿扎根于母亲，处于历史婴儿期的人仍然扎根于自然。……个人作为自然的一个部分，便有了身份感与归属感。人与其生活的土地之间的关系也是如此。一个部落常常不仅是血缘凝聚在一起的，共同享用土地也是部族存在的原因。血缘和土地的结合产生了力量，为部族提供了一个真正的家，为个人的行为制定了一个规范。"[1] 正是出于对土地和血缘的留恋，很多人便产生了"返回母亲子宫的渴望"[2]，这一"返宫"的情结突出地表现在"寻根"作家的文学创作中。

正如有人曾将母亲比喻为"隐喻的乡土"一样，作为历史的开端与赋予历史以生命的母体，母亲才是真正的生命力之所在。可当历史的幡旗交到父亲手中时，母亲却默默地隐藏到父亲的背后。她们并未消失，而是与土地、山川、河流融为一体，继续守护着她们创造的历史与人类。在品读"寻根"作品时，我们在感叹作者对父亲的强烈渴求之余，更不应忽视他们对母亲的深沉呼唤。"寻根"小说中，血缘与土地被巧妙地融合在一起，共同支撑起"母亲"这个象征本体。一提到母亲，就仿佛在眼前连绵起那片饱受践踏却依然肥沃、生命力旺盛的中华大地。莫言的《红高粱》中，"我奶奶"性格坚毅豪迈，为人正直、疾恶如仇，蔑视一切封建道德和伦理规约。她那狂放不羁、野性十足的灵魂以及对生命的热爱和活下去的强烈渴望不禁使我们联想到高密那神奇的土地和茂密的红高粱，即使经历了外敌的入侵和战火的洗礼，经历了

① 〔美〕埃里希·弗洛姆:《健全的社会》，孙恺详译，贵州人民出版社，1994，第44页。
② 〔美〕埃里希·弗洛姆:《健全的社会》，孙恺详译，贵州人民出版社，1994，第35页。

无数次的蹂躏与欺凌，依然傲然挺立、生生不息。张承志在《黑骏马》
中骑着骏马跨越千山万水只为追寻他心中的"额吉"。这"额吉"正是
千千万万草原母亲的缩影，是大草原广阔的胸怀和绵延不息的血脉的世
代传承。扎西达娃在《世纪之邀》中更是讲述了加央班丹少爷从成年
人缩为一个胎儿，最后被一个叫央金的女子收回肚子里的奇幻故事。在
西藏，"央金"是一个普通到随处可见的女子名，可就是无数普通的
"央金"创造了西藏的土地和它那神秘悠久的历史。在这里，"央金"
不但是母亲、是西藏，还是西藏悠长的民族文化的象征。就像弗洛姆比
喻的那样，"母亲就是食物，就是爱，就是温暖，就是大地。得到母亲
的爱就有了生命的活力，就有了扎根的地，也就感到安全、自在"①。
在"寻根文学"中，"返回母亲子宫"就是返回土地、返回自然，返回
到文明的摇篮——传统文化中。也只有在那里，作家们才能找到自己与
国家、民族的血缘关系，才能获得身份的认同。

与世界平等对话的文明觉醒。

民族大家庭的认可是内部的身份归属与认同，外部的认同则需要与
世界联系到一起，获得他人的承认，甚至超越他人。"阿德勒认为，现
代的个人仍渴望优越于他人，渴望成为强者。因此，他的民族的根性的
东西仍然是他的力量的源泉。"② 当然阿德勒在这里不是特指民族文化
而言的，但这并不妨碍我们从这一角度来理解"寻根文学"。从前文的
论述可知，"寻根"作家所苦心追寻的"非规范"文化，就是我们民族
文化中很重要的一个组成部分，它以神秘而悠远的独异特性，自立于民
族沃土之上。"寻根"作家将其视为民族的"根"，亦即阿德勒所说的
"民族的根性的东西"。这一文化指认，使寻根作家找到了重铸民族自
我所依恃的"东方文化的思维和审美优势"。而重铸民族自我在深层则

---

① 〔美〕埃里希·弗洛姆：《健全的社会》，孙恺详译，贵州人民出版社，1994，第35页。
② 许志英、丁帆主编《中国新时期小说主潮（上）》，人民文学出版社，2002，第416页。

表现为对"优越于他人""成为强者"的渴望。其实我们稍做分析，便可知这一渴望是以得到他人认同为前提的。

　　这种倾向就渗透在"寻根"作家对中华文明与西方文化和整个世界文化的态度中。他们一方面为本民族文化的博大精深、备受推崇深感欣慰；另一方面又对当下的文化现状感到不满，为中国文化难以与世界文化接轨而忧虑不已。韩少功的发言就暴露出这种矛盾心理。在"寻根文学"的宣言性文章《文学的"根"》中，他曾颇为自豪地列举出西方大历史学家汤因比以及笛卡尔、爱因斯坦、托尔斯泰、博尔赫斯等许多西方科学界、文学界的著名学者都对东方文化抱有浓厚的兴趣，"尤其推崇庄老，十分向往中国和尊敬中国人民"①，他们还认为东方文明在外来文明"挑战"下的觉醒可以"光照整个地球"。韩少功的字里行间透露着他因中国传统文化被世界先进国家、学者认可的喜悦感。他在另一篇文章中进一步指出东方远古文明很有可能在某一时刻苏醒或被激活，"进入文学书写，甚至是大规模的文学书写，释放感觉、审美、文化的能量，与西方文明形成有效的世纪对话"②。"对话"就是要求平等，是以互相认同为前提的。这一需求的提出表明了以现在的状况，中华文明还无法达到与西方文化平等的地位，不能获得世界的认同也就无法平等对话。基于此，韩少功大声疾呼作家们应深入民族文化的深层土壤中，挖掘文化的巨大能量，促进东方文明的苏醒。只有开采出中国文化的矿藏，使之走出深山老林、走出偏远乡村甚至走出中国、走向世界，文化才能真正发挥它自己的作用，以独特的姿态屹立于世界文化之林。像拉美魔幻现实主义的爆发一样，中国文化的爆发必定也会将中国文学推向世界，在世界文学大家庭中占得一席位置，这也正是韩少功一直以来所孜孜不倦地追求的文学创作"为中华民族和人类做贡献"。与

---

① 韩少功：《文学的"根"》，《作家》1985 年第 4 期。
② 韩少功：《寻根群体的条件》，《上海文学》2009 年第 5 期。

韩少功有相似观点的阿城也强烈呼吁应开掘我们脚下的文化岩层，"中国文学尚没有建立在一个广泛深厚的文化开掘之中，没有一个强大的、独特的文化限制，大约是不好达到文学先进水平这种自由的，同样也是与世界文化对不起话的"①。他还进一步认为中国文化作为世界文化的一部分，要与世界文化封闭到一起，才能达到先进水平。无独有偶，郑万隆也将中国文化与世界文化看作一个有机的整体，他指出"世界是一个整体"，"科技革命已经对我们传统的思维方式提出了挑战，世界各个区域的文化已经不可阻挡地相互渗透"②。他十分推崇拉美的魔幻现实主义，认为它们是立足于自己的文化本土，结合现代的先进创作技巧，才产生了震撼整个人类的独属于拉美的特异的文学类型。在这种思想引导下创作的作品必然深刻地体现出"寻根"作家寻求世界认同的强烈渴盼。

上述理论建树与创作实绩可看出，"寻根"作家一方面通过回到传统文化的母体中寻求群体身份的确认，另一方面又希望将民族文化与世界文化接轨，在更广阔的领域里获得全球的认同。这样中国与世界就在文化的最高层面上获得了一致，"寻根"作家也顺利将人与民族、文化合而为一。民族的崛起便是文化与人的崛起，认同感的获得为中华文明的重建与复兴提供了重要保障，使中国文学在走向世界文学大家庭的征程上，迈出了坚实的一步。

"寻根"小说的真实观将真实的视域从政治转向了文化，它试图以最大的努力摆脱现实政治的纠缠，却在某种程度上将"真实"与小说带离了现实，带到了遥远的文化、历史深处，使文学成了群体记忆的证明、民族理想的载体。它似乎在无意之中用人类代替了现实生活的人，使"人"的概念离人自身越走越远。而在发生时间上与"寻根"有很

①　阿城：《文化制约着人类》，《文艺报》1985 年 7 月 6 日。
②　郑万隆：《我的根》，《上海文学》1985 年第 5 期。

大重叠的"先锋"派小说则将真实探进到人的精神深处，恰恰弥补了"寻根"的这一缺失。

四　从文化真实向精神真实穿透的"虚构之刀"

"先锋文学"是紧跟着"寻根"的脚步而来的，在此之前，"现代派"小说已经崭露头角，如王蒙的"东方意识流"、刘索拉、徐星等人的小说创作。"先锋"小说则是在此基础上，于 20 世纪 80 年代中后期渐成气候的文学流派。这一概念在当时争议颇多又不甚统一，对先锋派作家的指认也是几经变化，直到 90 年代，文学界才对这一命名有了较为一致的认识。马原在 20 年后曾回忆，"'先锋'这个概念定型基本上是在 90 年代中后期。人们在梳理已经经历的一个世纪时，一些文学史家逐渐把原来不是特别清晰的一个作家群落归结到'先锋'这个大旗之下，叫'先锋派'，或者叫'先锋文学''先锋小说'。……今天我们说'先锋文学'通常指的是 20 世纪 80 年代中期的一批作家。通常我们知道在这个大旗下可能会有余华、格非、苏童、马原，或者还有莫言、洪峰、孙甘露、残雪这些名字"[1]。马原对先锋派的记忆基本是准确的。当时正是这些作家自觉聚拢在"先锋"的旗号下，共同就"叙事革命、语言实验、生存状态"[2] 等多方面问题进行了相当激进、前卫的探索。

对"真实观"的颠覆与重建就包含在上述探索中。"先锋艺术的最重要的特征就是反叛。"[3] 对现实主义文学传统的反叛是"先锋"作家文艺观中最基本、最重要的组成部分，而对传统真实观的摧毁恰恰就成了他们攻陷现实主义城池的一个重要支点。"先锋"作家普遍不相信现

---

[1]　马原：《我与先锋文学——在第二届上海大学文学周的演讲》，《上海文学》2007 年第 9 期。

[2]　陈思和主编《中国当代文学史教程》（第二版），复旦大学出版社，2008，第 291 页。

[3]　朱大可、张献、宋琳、孙甘露、杨小滨、曹磊：《保卫先锋文学》，《上海文学》1989 年第 5 期。

实生活的真实性，相反，他们感觉到"生活是不真实的，生活事实上是真假杂糅和鱼目混珠"①。"世界本身就是无限丰富的，是断裂而无序的，是非因果性的，它的意义尚未被穷尽。作家的职责正在于记录下尚未进入大众意识的真实。读者感到陌生是因为心智遭到翳闭，由此看来，对其蒙尘的洗刷是多么的必要。"②格非的这段话深刻地说明了"先锋"作家对真实观的理解。他们认为世界是一个无限广阔的空间，在这个空间中，真实往往没有固定的表现形态，我们所看到的只不过是生活的表象。世界的真实并不能从表象中得到，它需要人们冲破表象的牢笼、斩断心灵的枷锁，使精神进入广袤无垠的宇宙和生命内核之中，去发现那些隐藏在表象背后的事物的内在关联。但人们的心灵被肤浅的表象所遮蔽，阻挡了他们进入生命内里的脚步。"先锋"作家的职责就在于帮人们揭去心灵的"蒙尘"，到更宽广的宇宙中去探寻真正的真实的存在。这便是先锋作家所追寻的精神的真实、心灵的真实。

1. 切入点：荒诞世界的虚构与文本实验

"先锋"作家执意探寻人的精神世界。但与现实主义文学中实存的具体现实空间和"寻根文学"中有历史记载的远古文化领域不同的是，精神的世界并非人的实践活动产生的结果，而是人的意识及其活动所形成的精神空间，它自身就具有虚构性。因此，对精神真实的切入点就在于"虚构"本身。

（1）"虚伪的形式"的独特创造。

"先锋文学"最引起关注的一方面就是作家们近乎偏执的文本实验，如小说结构的散乱无序、人物塑造的符号化、语言的游戏化、时间的碎片化以及他们戏谑、反讽的态度等。而这一切都是建立在他们对

① 余华：《虚伪的作品》，《余华作品系列——没有一条道路是重复的》，上海文艺出版社，2004，第181页。
② 格非：《标记》，《今日先锋》1994年第11期。

"虚构"的忠贞不渝的信奉上。阿兰·罗伯-格里耶这样描述作家的创作："写作正好是一种干预。赋予小说家以力量的，恰恰在于他能虚构，他能自由自在地虚构，不要任何的摹本"，"写作只能是一种方法，一种方式；小说的根本，它存在的理由，它内在的东西，将仅仅只是它所讲述的故事。"[①] 在这里，格里耶赋予虚构以无上的权力，使之成为文学的根本；小说之所以成为小说，只在于它虚构的故事本身，而并非故事之外的任何事物。

这一观点可以说得到了"先锋"派作家的一致赞同。余华就曾将自己的小说创作称为"虚伪的形式"。所谓"虚伪的形式"，其实就是依靠想象力而进行的虚构。余华认为过去那种忠实地描绘事物形态的创作态度只能导致表面的真实，而真正的真实依然处于压抑之中。为了释放这些被压制的真实，作家就必须寻找新的创作方式。虚构就是这样一种方法，它通过想象力将现实世界与非现实世界连接起来，在这个重新创造出来的世界中，一切东西既熟悉又陌生，既可感知又捉摸不透，它们似有若无、飘忽不定。但它们确实是真实存在的，而且它们只存在于这个世界中，只有闯进这个虚构的世界本体内，读者才能真切地触摸到它们。这就是超然于表象真实的内在真实。可见，真实就存在于虚构之中，虚构就是真实。由此，"先锋"作家通过全面否定现实的真实，将虚构提升到了无以复加的高度。残雪甚至公开宣称，她的小说都是幻想和虚构的；苏童也强调作家应充满"虚构的热情"。

将虚构表现到极致的是"先锋文学"的开拓者马原。他有一篇小说题目就叫"虚构"。在这篇小说中，马原充分展示了虚构的魔力。小说开篇，作者先煞有介事地声明他就是那个叫马原的作家，他去玛曲村

---

① 〔法〕阿兰·罗伯-格里耶：《关于某些过时的定义》，《快照集·为了一种新小说》，余中先译，湖南美术出版社，2001，第 96、98 页。

的七天旅行是为了杜撰一个故事。然后在小说正文中，作者详细叙述了他在玛曲村的经历，如碰到古怪的老人、与一个患麻风病的女人相爱甚至发生性关系等。这些匪夷所思的经历以极其真实的状态显现在我们面前，每一个细节似乎都在印证它的可信性，读者越往下读，越相信这是作者的亲身经历。正当我们对小说里的种种怪现象感叹不已的时候，作者在结尾突然跳出来说，他进村时是五月三日，可在村子待了一个星期离开后的今天居然是五月四日。这七天时间其实并不存在于现实之中，它是虚构的产物。可这个完全虚构的故事，却让所有人都信以为真。就像马原自己所解释的那样，作家创作时可能会告诉读者，某个故事连他们"自己也不能确切认定故事的真实性——这也就在声称故事是假的，不可信"，但这么做的重要前提是"提供可信的故事细节，这需要丰富的想象力和相当扎实的写实功底"①。也就是说，马原在宣称故事的虚构性的同时又指向了故事的真实性。我们也可以这样理解马原的论述：马原所谓的"虚构"是相对于现象世界而言的，而本身就在虚构中的那个世界却是绝对真实的，它的真实是想象的真实，亦即先锋作家苦苦追寻的打破现实逻辑的深层真实。因此，马原的虚构事实上就是为了真实。这也与余华等人的观点不谋而合。

（2）现代与后现代手法的灵活运用。

除虚构外，"先锋"作家的文本实验在小说语言和人物塑造上也表现出了特异的色彩。阿兰·罗伯-格里耶称故事为"叙述的现实"②，叙述的发生就是语言的发生。但叙述的语言与日常用语是不相同的。在这一方面，余华有过精彩的解读。余华认为日常用语是固定的、可重复的机械语言，叙述的语言却是一种"不确定的语言"，"日常语言是消解了个性的大众化语言……这种语言向我们提供了一个无数次被重复的

① 马原：《小说》，《文学自由谈》1989 年第 1 期。
② 〔法〕阿兰·罗伯-格里耶：《关于某些过时的定义》，《快照集·为了一种新小说》，余中先译，湖南美术出版社，2001，第 224 页。

世界，它强行规定了事物的轮廓和形态"，而"不确定的语言""是为了寻求最为真实可信的表达"[①]。在另一篇文章中，余华指出"语言能够取消经验世界和超验世界的界线，它是针对整个世界成立的。它并非自耕自作与世无争，它是世界的表达方式"[②]。格非也提出过与余华相似的观点，他认为语言的表述为世界提供了一种表达自己的可能性。因此，小说中的语言实则暗合了真实的所有要素。首先，它是文学的载体，是虚构得以实现的必要条件。如果说虚构构成了先锋派的真实堡垒，那么语言则是它的每一块壁砖。其次，语言还是建构世界的基石。它作为世界的表达方式，本身也是自成一体的、独立的存在。语言的独立性说明语言自有其规律和秩序，它可以不依靠外力而独自发生、显现。任何人为的、外在的干涉都有可能打乱语言的秩序，改变世界的存在方式，改变世界的真实。正因为此，"先锋"作家才对语言听之任之、随意发展，语言的游戏就是这种放纵的结果。孙甘露是语言游戏的极端代表。他的《访问梦境》就是一座语言的"迷宫"。作者只是任由梦呓般的语言自由游走，往返于不同的场景、故事、神话、传说等。我们发现，从文中任何一段开始阅读都不会对小说的结果造成影响，这是因为整篇小说都充斥着意象的堆积、能指的连缀，但它的能指并不存在与所指的对应关系。在《我是少年酒坛子》中"一九五九年的……"句型、《信使之函》中"信是……"句型的使用，都起到了这种效果。能指的不断累积只是将叙述无限延伸下去，可以戛然而止，也可以周而复始。它们的所指没有任何意义，真正的意义只在于语言自身，语言就是存在、就是真实。

"先锋"小说不但割裂了能指与所指的关系，而且消解了人物的深层内涵。对于他们来说，人物就是"道具"，是与树木、阳光、房屋等

---

① 〔法〕阿兰·罗伯－格里耶：《关于某些过时的定义》，《快照集·为了一种新小说》，余中先译，湖南美术出版社，2001，第 185 页。

② 余华：《走向真实的语言》，《文艺争鸣》1990 年第 1 期。

一样的舞台摆设，他们的存在既是为了推进剧情，又用以反映出世界运行的自身规律。如格非的《褐色鸟群》中，女性"棋"是一个毫无性格特征的角色。她的三次出场，每一次都是对前一个"棋"的解构。作者并非想要立体地展现这个人物，只是将她作为某种神秘物的符号，她的虚无缥缈正是人的生存状态的象征。《呼哨》也是如此。小说中出现了很多人物形象，但每一个人仿佛都是画纸上的一个点，他们的存在只能作为画的点缀，却没有自己的生命。从某种角度看，他们的作用就是组合成命运画幅的道具。此外，像苏童的《一九三四年的逃亡》的故事碎片的拼接，叶兆言的《枣树的故事》、余华的《此文献给少女杨柳》以及《往事与刑罚》里时间的颠倒错置、循环往复都是先锋作家文本实验的产物。这些手法的创新不仅给文坛带来了小说形式的大变革，也是"先锋"作家颠覆传统真实观的重要手段，他们一起将"先锋"的"真实"推向前台。

2. 内涵："把真实和本在的自我投放到世界上去"的精神掘进

柏格森在阐述关于艺术的理论时曾明确指出，"任何艺术归根结底是表现一种精神状态的"，"艺术的目的在于挖掘和揭示这种精神状态，使人们看到心理的真实"[①]。艺术家的天才就在于"是否能离开人的广度表现而潜入于真正的自我和心理体验"[②]。"先锋"作家显然在这一点上已经具备了艺术家的天才，他们创作的主要目的就是要揭示长久以来被"蒙尘"遮蔽的人的精神世界，深入挖掘人内心的真实想法，把那些游荡在人的脑子里的飘忽不定的、难以捉摸的却未受任何现实秩序侵犯的真实感受表达出来，这也就是朱大可所说的"把真实和本在的自我投放到世界上去"[③]。

---

① 张秉真、章安祺、杨慧林：《西方文艺理论史》，中国人民大学出版社，1997，第546页。
② 张秉真、章安祺、杨慧林：《西方文艺理论史》，中国人民大学出版社，1997，第551页。
③ 朱大可、张献、宋琳、孙甘露、杨小滨、曹磊：《保卫先锋文学》，《上海文学》1989年第5期。

"常识的怀疑"与现实的非真。

对"真实的自我"的思考,离不开对生活现实的虚假的揭露。"先锋"作家首先要做的就是全面否定现实世界中司空见惯的"真实"事物,对"常识的怀疑"就是小说家们证明现实的非真性的第一步。

余华曾说:"当我不再相信有关现实生活的常识时,这种怀疑便导致我对另一部分现实的重视,从而直接诱发了我有关混乱和暴力的极端化想法。"① 马原也认为现实是分为两种的,一种是公众感知到的现实,也就是常识的现实;另一种是潜藏在人的脑子里的现实。格里耶则用"在场的世界"和"现实的世界"② 来形容这两种现实。"在场的世界"是"唯一可见的",即通常意义上我们所耳闻目睹的现实生活;而"现实的世界"是"唯一重要的"。在这里格里耶所谓的"现实的世界"其实是人的心理世界。这样看来,格里耶的这一命名颇值得玩味。他将人们每天接触的常识称作"在场",却将人们很难一眼看到的心理世界称作"现实",可见对他来说,常识就是一种肤浅的、漂浮在表层的、真假难辨的表象。它们之所以被看见,是因为它们以自身的在场遮盖了真正真实的存在。而心理的真实,也就是精神的真实,虽然不直接出场,但它确确实实地在人的精神深处发挥着作用,影响着人们对世界的认识、感知,所以它才是最重要的。紧接着,格里耶又指出,作家的职责应该是做一个中间人,"通过对可见事物——它们本身是完全无用的——做一种弄虚作假的描述,他要揭示出隐藏在背后的'现实'"③。这样,我们便找到了"先锋"作家的共同特点。他们先是对常识的真

① 余华:《虚伪的作品》,《余华作品系列——没有一条道路是重复的》,上海文艺出版社,2004,第181页。
② 〔法〕阿兰·罗伯-格里耶:《关于某些过时的定义》,《快照集·为了一种新小说》,余中先译,湖南美术出版社,2001,第235页。
③ 〔法〕阿兰·罗伯-格里耶:《关于某些过时的定义》,《快照集·为了一种新小说》,余中先译,湖南美术出版社,2001,第235页。

实性提出质疑，可看见的"真实"未必是真实的。然后，顺理成章地将视线转向虚构，通过虚构揭示出现实世界的荒谬和精神的不可测性，进而导向对精神世界的追求。

"记忆的逻辑"与梦的自语。

在对人的精神世界的深入挖掘中，"时间"成为"先锋"作家最感兴趣的探究对象。他们发现了精神的时间与现实的物理时间的不同之处，它不仅仅是表示长短、顺序，或表达历史、生死，它还是组织与贯穿精神世界的网络。这样，"作为世界的另一种结构"① 而出现的时间在"先锋"小说里就发生了翻天覆地的变化。余华的《此文献给少女杨柳》就深入探究了这一变化。小说讲了几段重复的故事。先是"我"碰到外乡人，并听他讲了从沈良那听来的关于十颗炸弹的事以及少女杨柳的故事；然后"我"讲了一九八八年五月八日，一个少女来到"我"的生活中和"我"跟踪陌生人的奇妙经历；随后又写了"我"被告知十颗炸弹和少女杨柳的事，其间穿插了五月八日的少女事件；紧接着"我"在去小城的车上碰到了沈良和外乡人，并听沈良讲述炸弹的故事；最后"我"去杨柳家，发现杨柳和"我"死去的妻子即五月八日的少女是同一个人，"我"跟踪陌生男子，并再次听到关于炸弹的故事。从上述介绍中，我们发现这篇小说是一个可以无限循环、无限讲述的文本。在这个文本中，时间不再按照固有的物理坐标轴进行顺时行走，它抛开了一切逻辑、秩序的支配。它在几个节点上任意跳跃，不断地把炸弹、少女、沈良、杨柳等要素颠倒、拼合，织成一张巨大的关系网，并通过这张网一点一点地显现他们之间的联系，进而最终找到故事的真相。

这种真实不同于"在场"的真实，它不能一目了然，无法做出是

---

① 余华：《虚伪的作品》，《余华作品系列——没有一条道路是重复的》，上海文艺出版社，2004，第188页。

非判断。它是切断了日常逻辑链的、片断的、零散的、感受的真实。它只与人的个人体验有关，只能靠精神来体会与想象。余华称之为"记忆的逻辑"①。"记忆的逻辑"就是精神世界的逻辑。存储在这个世界中的回忆、经验等元素都是相互联系又相对独立的，它们每一次不同的组合都可以构造出一个新的世界。在《我是少年酒坛子》《信使之函》中，孙甘露就将"记忆的逻辑"发挥到了极致。作者生于 1959 年，而且从事写作之前曾在邮局工作。于是他在小说中便有了"一九五九年的……""信是……"的复述。作家以个人经验为基础，将活跃在精神世界中的各种意象经由信而连缀起来，表面上看似乎是一堆华丽而无意义的语词的堆积，其实那就是作家的精神意绪的流动，是脱离一切外物后最真实的自我的呈现。

梦也是"记忆的逻辑"之一种，而且梦可以深入人的内心，在无意识中展示人的精神活动。"先锋"作家非常喜欢做梦或营造一个梦幻般的境界，孙甘露的作品可说是典型代表。他的《访问梦境》完全就是一个人迷迷糊糊地游荡在梦的森林之中，它甚至会把读者也带入恍惚、迷离的状态，使读者跟着作者一起做梦；《请女人猜谜》中，作者创造了文本中的文本《眺望时间消逝》，并让两个文本中的主角相识、相爱，在这里时间真的消失了，空间也合并了，两个文本组成了巨大的梦幻世界。格非的《褐色鸟群》如梦一般虚渺，他的《呼哨》则写了一个漫长的白日梦。孙登仿佛在那个温暖的午后，穿越了千年的时空，与大诗人阮籍在梦中相遇了。马原也写了梦，在《虚构》中"我"在玛曲村七天的神秘经历随着时间的消解而变成了梦的存在。余华的梦是残酷、冷漠的，残雪的梦是古怪、阴险的……所有的先锋作家都对梦表现出了强烈的好奇心与好感，他们用做梦的形式带读者进入精神的净

---

① 余华：《虚伪的作品》，《余华作品系列——没有一条道路是重复的》，上海文艺出版社，2004，第 188 页。

土，那梦呓般的语言就是先锋作家精神的自言自语。正是梦的虚幻性、幻想性，才能衬托出精神的真实性。

3. 旨归："恶"与荒谬共同架构的"人性空间"

"先锋文学"在竭力揭示人的精神真实的同时，又将其触角伸向了更深的层面，那就是人的灵魂。开掘人的灵魂，使人最本质的部分——人性充分暴露在日光之下，接受作家和读者的检阅，是先锋作家进行文学创作的终极目标。正如苏童所说："我的创作目标，就是无限利用'人'和人性的分量，无限夸张人和人性力量，打开人生与心灵世界的皱折，轻轻拂去皱折上的灰尘，看清人性自身的面目，来营造一个小说世界。"① "先锋"作家希望用他们的创作，去揭开人性的神秘面纱，拓展人性的广阔空间，使人们看到最真实却又最软弱、最无助、最阴险的"人"的丑恶嘴脸。

自我人性的全面解放。

现实主义对人的关注始终停留在政治层面，"寻根"虽欲摆脱此种束缚，但其将人引向文化与民族的大概念的同时，也舍弃了人最基本的个体与自我的存在。

"先锋"作家们做的第一件事便是把个人从集体中解放出来，消隐群体意识，虚化政治背景，以个人记忆取代整个历史的记忆。谢有顺曾在一篇讨论先锋精神的文章中，以很大的篇幅批判了集体、历史对个体的打压，并不无激动地高呼："最个人的就是最真实的，也是最人类和时代的"，"个人的缺席，人性生活的缺席，是文学内部真正的匮乏。"② "先锋文学"对叙述视角的重视以及对历史的消解正是为了解脱个人，填补人性的空缺。

"先锋"作家普遍承认小说中叙述者的存在，余华就曾在《虚伪的

---

① 周新民、苏童：《打开人性的皱折——苏童访谈录》，《小说评论》2004年第2期。
② 谢有顺：《先锋就是自由》，《青年文学》1999年第9期。

作品》中明确指认了这一点，并形象地说明要"尽可能回避直接的表述，让阴沉的天空来展示阳光"①；在洪峰的《奔丧》《极地之侧》等小说中，我们都能看到叙述者"洪峰"与作者洪峰的相分离，马原的《虚构》等作品也是如此。叙述者作为一个独立自主的存在，使小说的叙述视角更趋向个人化、局部化，也使小说的叙述空间从单一的现实世界转向了现实与内心的结合，实际上是增大了小说的叙述空间。如洪峰的《湮没》中，叙述人是"我"，叙述视角就是"我"的视角。整篇小说所写的事物均出自"我"之口，这是极为主观的表达方式。在这里，"我"作为一个个体，是与千千万万的"你"或"他"相同的人，不存在任何特异性，这样传统文学中那种典型的、带有集体光环的"人"就被挤出了读者的视线；而小说中的"我"运用自己的思维观察世界、理解事物的时候，又将传统的规律、思维模式拒斥于门外。摆脱了历史、世俗的因袭重负后，"我"的行为相较于"常人"来说确实是古怪的、难以捉摸的，但对于自我来说却是自然而然的表现。洪峰就是用这一方式消解了集体，凸显了个人。苏童的小说更进一步，将叙述人从普通人"我"转向了婴儿、孩子等不确定的神秘叙述者。如《飞越我的枫杨树故乡》中"我"是一个"美丽而安静的婴孩"，但我却飞越了从城市到乡村的遥远距离，看到了幺叔的死和"那个守灵之夜"②；《一九三四年的逃亡》中，叙述者则依靠"一九三四"这一神秘的符号，穿越了五十几年的时间。叙述人的"不可靠"或神秘化使历史更加扑朔迷离、难辨真假，这样就消解了历史事实，凸显了个人的记忆与回忆，真实只存在于每个人的心中。苏童在他的小说中大开历史闸门，几乎每个故事都与历史有关，细细品味后你又会发现历史只是模糊的背景、破碎的意象或故事发生的场域，他关注的依然是历史中的个人、人的境

---

① 余华：《虚伪的作品》，《余华作品系列——没有一条道路是重复的》，上海文艺出版社，2004，第 184 页。
② 苏童：《飞越我的枫杨树故乡》，《上海文学》1987 年第 2 期。

遇、人与人的关系以及从中折射出的人性的善恶。

人的存在的形而上思索。

对人性恶的书写是"先锋文学"构建"人性空间"时很重要的一笔。先锋作家把人性的恶看作人与生俱来的本能,"恶其实也是一种有生命力的激情形式,一种表达内心的渴望"①。在"先锋"作家看来,人性的恶是深埋在人的灵魂深处的一颗种子,它随着人类的出现而发芽,只不过在人类的进化过程中,恶被文明的外衣包裹了起来。但恶并不会因文明的发展而自行萎缩、凋谢,相反,它依靠文明的保护伞,在人的心灵隐蔽处悄悄地茁壮成长。余华曾用斗蟋蟀的例子说明了暴力的深入人心。斗蟋蟀看似是一种文明的娱乐活动,实际上它是人在社会规约的压制下,将无法发泄出来的自身的暴力倾向转移到斗蟋蟀的行为上,在自己一方的蟋蟀获胜后得到心理上的巨大满足。此时,文明不但没有阻止暴力的发生,反而充当了暴力的帮凶,亦即扼杀自己的刽子手。暴力当然是人性恶的重要组成部分。余华对这一点思考得非常透彻。他的《十八岁出门远行》《现实一种》《一九八六年》《难逃劫数》等许多小说都对暴力做了深入骨髓的剖析。《现实一种》中余华以残酷的冷漠叙述完成了一个家族间的虐杀故事。皮皮摔死了堂弟,山峰因此而踢死了皮皮,山冈又因此而杀死了山峰,山峰的妻子为此将山冈送上了刑场。小说中所有的人都因暴力遇害,又不约而同地选择以暴力加害他人。饶有意味的是小说结尾,从山冈的尸体中取出的器官移植都失败了,唯独生殖器成功了。余华似乎在无奈地告诉人们,暴力和恶将以此种形式绵延不绝地传承下去。残雪也致力于对人性恶的揭露,她的《苍老的浮云》《山上的小屋》《黄泥街》等作品把人性中的肮脏、鄙俗、阴险等不同侧面刻画得淋漓尽致,使人读后不禁毛骨悚然。此外,苏童、格非等人的小说也不

---

① 张英:《写出真正的中国人——余华访谈录》,《北京文学》1999 年第 10 期。

同程度地表现了人性恶的主题。

在大肆渲染人性恶的同时，先锋文学对人的存在也做了深刻的思考。先锋作家在探求人性的本真之时，也发现了人的存在的荒诞。他们一直在追问人到底是什么，人存在的意义又是什么。为了解答心中的疑问，他们不断地寻找。苏童在《我的帝王生涯》中借端白之躯去寻找"人生的符号"，但最后端白却"自我放逐"，"成了一个与社会无关的人"①；余华所创作的《鲜血梅花》中阮海阔也在寻找，但他最后却忘记了自己要寻找的东西，只是漫无目的地寻找。这种"寻找"本身已经构成了对寻找的解构，他们找不到答案，于是只能发现更加荒谬的结果。而在《西北风呼啸的中午》中，"我"莫名其妙地成了一个陌生人的朋友，并被告知他的死讯，还强行被带去他家里、被劝说节哀，这么一件匪夷所思的事情，"我"却无法反抗，只能默认并假装悲伤。在《十八岁出门远行》中，帮司机阻拦抢劫的"我"，不仅被老乡暴力相向，还遭司机嘲笑并抢走了"我"赖以生存的背包，这是多么混乱的生存图景！残雪的代表作《山上的小屋》则以阴鸷的笔调勾勒出一幅恐怖的人性图画。父亲晚上变成一只狼围着房子奔跑、嚎叫，母亲用恶狠狠的眼神窥探"我"的隐私并想尽办法阻止"我""清理抽屉"；在这个家中，每个人都是不正常的，每个人又生活在不正常的环境中，人以及人的生存的险恶、荒诞被赤裸裸地展现了出来。"先锋"派对"人"和人性的深刻挖掘是他们先进于"伤痕""寻根"文学的主要方面。

但"先锋"小说又将文学引向了另一个极端，那就是过分关注人的精神层面，却几乎无视个体的人所真正身处的现实环境。这也导致"先锋"派文本实验的极端化与精神探索的难以为继。这之后，"新写实"小说的声名鹊起从侧面反映了文学再次向生活靠拢的意愿。

---

① 周新民、苏童：《打开人性的皱折——苏童访谈录》，《小说评论》2004 年第 2 期。

五 从精神真实向生活真实还原的"自然"之在

"新写实小说"的发端可上溯至 1987 年，这一年也是先锋派开始遭到冷落的时间。在"寻根"的理想乌托邦和"先锋"的终极文本实验宣告式微之后，一部分作家又重新将视点下移，关注普通人的平凡人生，描写琐碎庸常的现实生活。

关于"新写实小说"的命名虽说是 1989 年才确定下来，但"新写实"作家及其作品在这之前已经受到了很大的关注。1988 年 10 月，《文学评论》编辑部和《钟山》编辑部共同筹划的"现实主义与先锋派文学"研讨会顺利召开，与会者针对文坛的现状及出现的问题展开了激烈的争论。其中对当时已出现的一批"新写实主义"作品的看法与评价成了讨论的热门话题之一。这是"新写实小说"较早的一次集体亮相，也为其发展壮大奠定了基础。1989 年 3 月开始，《钟山》杂志举办了声势浩大的"新写实小说大联展"活动，"新写实小说"的命名随着这次联展而最终敲定。这一文学思潮也被推向了顶峰，池莉、方方、刘恒、刘震云等"新写实"代表作家、作品一举成名，引起了广泛的关注。

"新写实"概念的出现，多多少少有批评界合力打造的嫌疑，因而一些被归在"新写实"麾下的作家对此不以为然。苏童、叶兆言等作家就认为"新写实"的提出是由于文坛过于冷清，想要引起注意而为之；范小青更是直截了当地指出她怀疑"新写实"的存在与否。尽管如此，"新写实"还是得到了大多数作家、评论家的认同。他们肯定了"新写实小说"在"真实地反映生活"方面取得的成绩，并多倾向于将"新写实"划归到现实主义的大范畴中，但它与传统的现实主义又是有区别的，这也是它之所以为"新"的原因。刘震云认为"新写实"概念的提倡是为了与"五十年代的现实主义相区别"；方方则干脆认为新写实也可以说成是"批判现实主义"①。可见，"新写实"与现实主义的亲缘关系是不容置疑的，那么它的意义体现在哪里呢？《钟山》杂志在"大联展"的"卷首语"中这样写道，"新写实小说的创作方法仍以写实为主要特征，但特别注重现实生活原生形态的还原，真诚直面现实，直面人生"②。从中我们想必可窥见一斑。"新写实小说"相较于传统现实主义的艺术真实观，更追求生活的"原生态"真实，即不加提炼、不予拔高、不带主观色彩，直露地、赤裸裸地将世俗生活的本相呈现在笔端纸面，使人们从文本中获得生活的真相。为了达到这一目标，"新写实"作家们做了很多努力。

1. 切入点：作者的"沉默"与"典型消解"

"新写实"始终标榜生活的"原生态"，它虽然也要求客观真实地再现生活，但并非现实主义那样表现生活的潜在规律。它要揭示的是生活的真相，是人的生存现实。正因为如此，"新写实"作家在小说中，摒弃了现实主义的创作方式，颠覆了细节与典型的关系，解构了作家的主体地位，使小说呈现出全新的表现模式。

细节即生活与人物的平面化。

"新写实"作家为了逼真地"还原"现实，展示最真实的生活，他们对细节的重视已然超过了其他作家。但"新写实"的细节追求不同于现实主义，只是把细节作为辅助典型环境和典型人物的塑造的重要手段。在这些作者的心目中，细节刻画不是技巧的运用，而是生活最重要的组成部分，细节就是生活本身。范小青就曾在访问中表达了这一观点，小说中凡人琐事的细节描写，看似无聊、散漫又没什么意义，可骨子里却充满了内容。那些"分散"在作品里的点点滴滴汇聚到一起才真正拼合起整张生活的网，而生活的内涵也就渗透在点滴小事之中。池莉更是极

---

① 丁永强：《新写实作家、评论家谈新写实》，《小说评论》1991 年第 3 期。

② 《"新写实小说大联展·卷首语"》，《钟山》1989 年第 3 期。

为推崇细节的真实，她认为小说"实际上是生活现象的集中、提炼，是生动的细节的组合"，作者所做的工作只是"拼板"，"不动剪刀，不添油加醋"，她甚至指出其小说"时间、地点都是真实的"①。基于上述理念，"新写实"作家多选择以密集的细节描写作为支撑小说全篇的基本结构，用电影镜头般的场景切换铺展开一幅幅世俗生活的景况图。如池莉在《烦恼人生》中就把经常被人忽视的微小的时间点当作串起整篇小说的线索罗列到一起，既生成了故事的发展主线，又使读者在不知不觉中感受到了一天的生活在时间中匆匆流逝的过程，非常真实、具有紧迫感，除此之外，在她的《太阳出世》《不谈爱情》中依然延续了这种创作方式。刘震云在《单位》《一地鸡毛》等作品里，对分梨、豆腐等细节的描写也同样精彩。这些关于时间、金钱、物质等细节的不厌其烦的描述，使"新写实小说"拥有了其他作品难以匹敌的揭示现实社会的真实性。正是这种纯粹的细节的拼合与铺陈，使得小说充满了原始的生活气息，读者读后很容易将其与自己的生活联系起来，甚至认为作者写的就是自己的生活。就像池莉所说，她发表了《烦恼人生》后，很多武钢的员工向她反映印家厚的经历就是他们自己每天的经历，足可见其对生活还原的逼真效果。另有论者用"似真性"来总结"新写实小说"的这一特点，"从外部而言，则是对现象性现实情景的摹写"②。也就是说，"新写实"作家是将生活的真实细节原封不动地"复制"到文本中，其与现实事物本体的相似度几乎达到一致，这也就确保了作品的"绝对"真实。

与细节的真实相对应的是人物的真实。现实主义文学视为灵魂的典型人物，在"新写实小说"中则成为全面消解的对象。於可训指出："典型本来是指的小人物，到了后来才和英雄人物相连，这实际上不是典型的原来面目。"③ 这段话说明，典型的根本在于"小人物"。只有将

---

① 丁永强：《新写实作家、评论家谈新写实》，《小说评论》1991 年第 3 期。
② 汪政、晓华：《新写实与小说的民族化》，《文艺研究》1993 年第 2 期。
③ 丁永强：《新写实作家、评论家谈新写实》，《小说评论》1991 年第 3 期。

普普通通的平凡人刻画得真实可信，才能表现出社会最纯粹的一面。因此，典型的消解必然将人物刻画引向了平面化与非典型化。综观"新写实"作家的创作，便鲜明地体现了这一特色。作者们不约而同地选择了碌碌无为的小市民、农民作为描写对象。如池莉小说中的印家厚、庄建非、赵胜天、李小兰等，方方《风景》中的父亲、母亲、七哥等一家人，刘震云的《单位》《一地鸡毛》里的小林等，都是都市底层的普通百姓；再如刘恒《狗日的粮食》里的杨天宽、曹杏花以及《伏羲伏羲》里的王菊豆，刘震云的《塔铺》中的王全、李爱莲等，是地道的农民。作者不再将崇高的理想、道德准则或政治倾向性一股脑地灌注在人物身上，也摒弃了把角色塑造成日常生活中的平民英雄的创作意图。相反，作者经常让笔下的小人物们显露出卑琐、龌龊、阴险、不择手段的一面，他们为了满足温饱、养活家人，不惜出卖人格与信仰。但也正是这样一些人，支撑起了生活的大厦，他们是千千万万个在生存的重压下挣扎的普通百姓，在这些人身上我们看到了身边的人，甚至看到了自己。正如池莉所讲的那样，印家厚们在社会上比比皆是，小说要写客观的现实，就不能拔高作品中的人物。只要如实地表现平凡人的喜怒哀乐、好坏善恶，作品的真实性也就不言而喻。

情感的"零度"与讽刺的尖锐。

"新写实小说"还有一个重要的特点就是"零度"叙述，它也是"原生态"地还原生活的必要手段。罗兰·巴尔特在其著作《写作的零度》中专门用一节的篇幅探讨了写作与沉默的关系。他认为只有"完全的沉默"，才能"避免欺诈性"；而"零度的写作"恰恰是作者"不在"的写作。它是一种"毫不动心的""直陈式的""纯洁的"写作，巴尔特称其为"中性的新写作"①。这要求作家在文本中尽量保持作者

---

① 〔法〕罗兰·巴尔特：《写作的零度》，李幼蒸译，中国人民大学出版社，2008，第 47 ~ 48 页。

主体与小说的距离，不随便将自己的思想、情感带入作品当中，隐藏自己的观点、意图，不介入小说中人物的人格、情绪、意志。只有这样，才能使作者处于"不在"的状态，即"沉默"。作者的"沉默"必然导致文本自身的本真呈现，因为它驱除了外在世界、精神、意识形态的任何可能切断自我思路的干扰，任由故事、人物自然发展，使小说叙述按照自己的方向前进。叙述延伸得越远，透露出的真实就越强烈。"新写实"作家就应用了作者与文本的这一特点。范小青曾表示，"作家不是先知，没有必要也不可能对生活做出评价"①，池莉也说"正因为我深知我自己所知有限，所以不敢对我不知的一切妄加评说"，"一切的想象、体验和经历都超越不了生活本身"②。既然现实生活所包含的内容远比自己所知道的要多，为了使生活的真实充分地显露出来，在文本中保持必要的"沉默"就是最好的方法。"新写实"作家多选择去除主体情感色彩的冷静陈述。如池莉的《烦恼人生》《不谈爱情》、叶兆言的《艳歌》、刘震云的《单位》《一地鸡毛》等小说，均采用一个个情节罗列叠加的手法，将生活琐事直陈铺排在读者眼前，而叙述者就好像在远处拿着一台摄像机不动声色地进行录入，完全看不出叙述者的态度。在方方的《风景》中，她更是独到地以一个八个月时夭折的婴儿为视角，描写了一家九个兄弟姐妹的生活奋争史。死去的婴儿作为叙述者不仅避免了作者情绪的介入，也使叙述更客观、更真实。

此外，反讽的使用在"新写实小说"中也很常见。哈桑在分析后现代主义的文论中，明确指出"不确定性"是后现代主义的根本特征之一，"这是一种对一切秩序和构成的消解"，它一直处于"否定和怀疑"中。③反讽就包含在"不确定性"这个范畴之内。可见反讽表达的是对现有秩序的质疑和不满。刘震云的小说在这方面有突出表现。在

---

① 丁永强：《新写实作家、评论家谈新写实》，《小说评论》1991 年第 3 期。
② 池莉：《我》，《花城》1997 年第 5 期。
③ 朱立元主编《当代西方文艺理论》（第二版），华东师范大学出版社，2011，第 381 页。

《单位》中，小林为入党四处巴结他人，甚至给张副局长家刷马桶，可几经周折，到手的党员资格又被收回；老孙也是如此，他为升处长到处活动，还主动拉老何入伙，但最后自己官没升成反倒让老何钻了空子，成了与自己平起平坐的副处长，一种"偷鸡不成蚀把米"的反讽意味包蕴其中。《风景》也是反讽，"风景"本应形容美好的、漂亮的景色，可作者借婴儿之眼看到的却是最鄙俗、最肮脏的生活图景，将这样的画面以"风景"命名，本身就是一大讥讽。"新写实"作家的叙述虽然平静、冷漠，但字里行间透出的对现实的尖锐、苛刻的鞭挞还是令人震惊的。

2. 内涵：回到生活本身、展现"生命状态"的根本诉求

池莉曾在一篇访谈中将自己小说的主题概括为"对于中国人真实生命状态的关注与表达"，她强调这是她小说不变的"脊梁"①。这也可以看作"新写实"作家们的共同追求。许多"新写实"作家、评论家都表达过小说应表现当下的生活事实、表现人的生存状态的看法。如范小青就指出，现在强调的生活真实要比过去的艺术真实更进步了一步；方方也认为本质是无法说清的，关键要看作家如何去写，只有将生活真实写得更加可信，才能确保艺术真实的真实性；刘震云则呼吁写作就应该写"生活本身"；而相关的批评家如费振钟、王干、季红真等人也纷纷发言表示支持，并分别以"生活的真实""现象的真实""生存状态的真实"等概括来为"新写实"的真实观添砖加瓦。② 尽管大家对真实所做的形容不尽相同，但其实质却是相通的，那就是希望作家的创作能回到庸常琐碎的现实人生，通过对平凡人事的表现揭示生命存在的本质状态。

表层生活困境的惊人展示。

① 赵艳、池莉：《敬畏个体生命的存在状态——池莉访谈录》，《小说评论》2003 年第 1 期。
② 丁永强：《新写实作家、评论家谈新写实》，《小说评论》1991 年第 3 期。

为了更好地展现凡人琐事的真实生活，"新写实"作家首先将观察生活的视角从高屋建瓴的宏观发展趋势转换到微观的日常生活，从遥远的古代文明拉回到当下的世俗文化，从形而上的精神世界掘进到形而下的现实社会。他们发掘的创作源泉是与自身利益息息相关的、范围最广大的底层人民群众的生活。在这些作家对生活的描绘中，最多的关键词是"贫困"，物质的匮乏与精神的困苦形成了当代人生存的基本处境，也是个体生命存在的普遍形态。方方反复强调她的小说"主要反映了生存环境对人的命运的塑造"；无独有偶，於可训在解读池莉的创作时也曾提出相似的论调，他认为池莉的小说是"很现实的"，认为她写的是"现实的生存境况"。[①] 可见，"新写实"回到"生活本身"就是要回到普通人的生存环境中，对"贫困"的生存境况的平面展示构成了小说的主要内容。

池莉曾愤恨地说，中国人是"可怜的"，"温饱都还没有解决，猪狗一样拥挤地居住在狭小的空间里，购买豆制品和火柴都还要购物票"[②]。她的话真实地再现了20世纪80年代中国人的生存状态，也是"新写实"作家竭力表现的生活事实。对物质贫困的关切是此类作品要揭露的表层生存境况，衣食住行则是其突出的主题。例如刘恒的《狗日的粮食》是表现对"食"的渴求的典型作品。曹杏花的一生都在为了自己和家人"明儿个吃啥"而发愁，她为了粮食可以放弃尊严与人格，甚至自己的性命。而当她因丢了钱和购粮证自杀身亡时，临死前的她竟还不忘深情地唤一句"狗日的粮食"！简单的临终遗言却饱含了曹杏花对粮食的全部的怨与爱。在"新写实"作品中，对吃的需求已不只是满足基本的口腹之欲，它是人们在艰辛的生活中留住短暂的幸福感的一种方式，曹杏花的死恰恰是人们在历尽磨难、追求幸福不可得而陷

---

① 丁永强：《新写实作家、评论家谈新写实》，《小说评论》1991年第3期。

② 池莉：《创作，从生命中来》，《小说评论》2003年第1期。

入绝境后的可悲结局。在住与行方面，作家们有着更深刻的切身体会，因而描述得也就更加详尽。如方方在《风景》中细致地刻画了河南棚子十三平方米的板壁屋。刘震云在《单位》中借与他人合居一套房子而感到苦不堪言的小林夫妇之口，愤而感慨道"合居真是法西斯"；可到了《一地鸡毛》里，小林夫妇即便感到窝囊，也只能坐着靠别人施舍才坐上的班车上下班。池莉在《烦恼人生》中也写到印家厚工作十七年却分不到一间像样的房子，每天上下班犹如上战场一般……此外，在《艳歌》《太阳出世》《一地鸡毛》等作品中，作家们还对生养孩子的辛苦进行了细致的描写。这些都是与人们的日常生活密切相关的点滴小事，汇聚到一起却都构成了当代人生存难以逾越的表层困境。物质条件极度贫乏的境遇造就的是不和谐的生活境况，争吵也就成了小说里主角们的基本生存形态。印家厚的妻子借孩子摔破了腿而跟印家厚大吵，小林的妻子因一块馊豆腐和小林吵、又为了孩子跟保姆吵，沐岚因为不相干的外人与迟钦亭冷战甚至闹到要离婚……在这些小说中，争吵成了人与人沟通的方式，好像不吵架日子就过不下去。基本生存需求的无法满足，使人们备受身心的压抑，因此争吵成了他们发泄怨愤的途径。虽然小说结尾总是以双方和解作为结尾，但只要问题一天不解决，争吵将无休无止，永远延续下去。

深层精神困境的残酷揭示。

精神贫困是人的深层生命状态，也是当代人在社会、心理层面所面临的生存困境，这集中体现在对权力的渴望上。但这一生存困境是与物质条件的匮乏、社会体制与社会阶层的不健全紧密关联的，权力意识正是抓住了这种不健全的漏洞，才能在缝隙中生根发芽、茁壮成长。方方在分析小说《风景》中的七哥时讲到，"生活在一个猪狗不如的环境中"，要改变命运，他只有靠"机遇"和"不择手段地争取机会"，因此当他获得了上大学的机会后，剩下的也只能是不择手段地为自己争取其他权利；我们虽不一定认同他的做法，但我们却能理解他乃至原谅他的选择，"这里面的是非善恶难以用一个标准去判断"①，它掺杂了太多的无可奈何与迫不得已的苦衷，显然权力的获得是解决矛盾的根本途径。陈晓明曾深刻地指出，"权力无所不在，无时不在，它深刻渗透在人们每时每刻的日常生活中"②。向权力的妥协与靠拢已成为人们生存下去的共识。正因为如此，我们才能够理解小林不得不向查水表的老头低眉顺目，因为他有给整个门洞停水的权力；印家厚吃饭吃到了虫子，却只能将食堂管理员"请"出来，因为管理员在食堂就是最高权力者；七哥为了进入上层社会，甘愿娶比自己大八岁又不能生育的女人为妻，因为那个女人就是上层社会权力的代言人……小说中的人们也会对有权者表示不满、鄙夷，但每当利害攸关的时候，他们又心甘情愿地接受权力的恩惠，甚至认为是理所应当。权力的印痕已经深深地烙刻在这些人的思想深处，腐蚀着他们的灵魂。他们不自觉地追随权力的步伐前进，受权力摆布、戏耍。这些都赤裸裸地揭示出苦苦挣扎在底层的民众对权力的渴求，权力意识渗透在生活的各个角落，笼罩着每一个人。这便是生活在更高层面展现的真实，是"新写实"作家着力揭露又不忍直视的最残酷、最冷漠却又最真实的生活。

生活不是理想主义的，这是"新写实"作家们试图努力匡正现实主义留给人们的认识误区。诚如潘凯雄所指出的，"新写实"与"现实主义在内涵上是两回事，现实主义有理想色彩"，③ 本质真实更是时刻带着理想的花环，它宣扬崇高的、有伦理道德的、先进的精神境界，而"新写实"则毅然做出了相反的抉择。他们将艺术回归到生活底层，呈现的都是实实在在的、触摸得到的现实，是抛弃了虚幻、光圈之后赤裸裸的甚至鄙俗、污秽的血淋淋的真实。尽管如此，"新写实"并不煽动

---

① 丁永强：《新写实作家、评论家谈新写实》，《小说评论》1991 年第 3 期。
② 陈晓明：《反抗危机：论"新写实"》，孔范今、施战军主编《中国新时期文学思潮研究资料（中）》，山东文艺出版社，2006，第 345 页。
③ 丁永强：《新写实作家、评论家谈新写实》，《小说评论》1991 年第 3 期。

消极情绪，小说中的人物总是在经历各种变动后又回归最初的生活状态。"冷也好热也好活着就好"，带着无奈、痛苦、愤怒活下去，这就是"新写实"所要表达的终极主旨，是人的根本生命状态，也是小说最终的精神归宿。

3. 旨归：消解了"集体想象"的个体生存观照

综观"新写实"作品的表现对象，可看出他们的共通性：都是平凡小人物，作家们着力展现的是纷繁复杂、庸碌无为的普通人生。季红真认为，"新写实采用的是个体人生的视角"，"淡化了阶级意识，而有阶层意识"[①]。这一阶层是以个体为基础细胞组织起来的，他们是或以自己或以家庭为单位，在失落了高尚情操与集体光环的社会上拼命抓取着个人利益的真正意义上的小市民。

这也验证了陈晓明在文章《反抗危机：论"新写实"》中曾指出的"新写实小说"是"集体想象"失落后的产物的论点。20 世纪 80 年代，中国的改革开放进一步深化，商品经济开始大行其道，社会价值体系发生了很大的变异。但伴随着经济发展的快速推进，社会的不稳定因素也逐年增加，特别是 80 年代后期经济改革的受挫、物价的飞速上涨，一度引起了人们的恐慌。在这种背景下，无论是 80 年代初意识形态控制下的对历史的集体反思、对前途的集体展望，还是"寻根"时期对民族集体意象的追寻，都被现实所打破，任何"集体想象"恐怕都难以在迫切趋向物质化、利益化、个人化的今天发生作用。因而"新写实"作家将视角转向个体生命便有其必然性与合理性。

主体性的丧失与人的异化。

相比于"先锋文学"对人性和人的存在的形而上的哲学思考，"新写实"在关注个体的同时又将思考的切入点下移，对人的生存进行一种形而下的观照。"削平深度"的叙述模式使"新写实小说"中的人在

---

① 丁永强：《新写实作家、评论家谈新写实》，《小说评论》1991 年第 3 期。

褪去了集体的光环之后，普遍显现出对思想所能企及的高度的不屑一顾与厌弃倾向。我们惊讶地发现，小说中的人大都拒绝思考，他们匆忙地穿梭在生活之流中，对现实不满，却又无能为力，只能无可奈何地叹息；他们虽也有抱怨、有争吵，却知足常乐，最后总能用自己的方式得到慰藉；他们会在心里抵制不公平的行径，但不在现实生活中做无谓的抗争，而是能苟活多久就活多久。用方方的话说，这些人已经"不知不觉地被异化了"①。

马克思在《1844年经济学哲学手稿》中提出了工业生产中人的异化现象，它是人在劳动过程中，作为劳动对象的产品反过来成为人的异己存在物，人被对象所奴役而逐渐趋于对象化，人变成了一种异化的存在。人的对象化其实就表现为自我的丧失。后法兰克福学派发展了异化的理论，马尔库塞认为消费社会颠倒了人与商品的关系，人成了单向度的、畸形的人，其对人性的压抑、扭曲导致了人的异化。虽然上述理论家是针对资本主义社会进行的批判，但在80年代后期的中国，商品经济大潮已势不可当地涌进了中国大陆，对普通百姓的日常生活造成了巨大的影响。面对不断翻新的社会生活、飞涨的物价以及复杂的世态人情，处于社会底层的广大民众难免受到冲击，多多少少显露出异化的迹象。

受后现代主义的影响，"新写实"作品中人的异化首先就体现在上段已提到的人的主体性的丧失这方面。人时时刻刻处在紧张的工作和生活中，这种高度紧张的状态强劲消磨着人的体力与心力，使人逐渐沉沦在对外部世界的变形的感知中，对自身的存在却失去了体认。自我意识的沦丧使人变得卑微、脆弱、随波逐流。小说中，无论是印家厚、小林还是庄建非、迟钦亭，他们或是挣扎在单位与家庭之间寻求温饱，或是有较体面的工作但生活却一团糟。在他们身上，看不到任何闪光点，就像庸碌无为的其他任何人一样，他们游走在父母、妻儿、同事、上司、

---

① 丁永强：《新写实作家、评论家谈新写实》，《小说评论》1991年第3期。

朋友之间，扮演着儿子、丈夫、父亲、下属、工人、知识分子等各种角色，就是没做过自己；他们也从不思考生活应该有什么意义，对于他们来说，为上述那些人、那些称谓活着就是他们每天的意义。这是一种麻木的、缺失了主体关照的空洞灵魂，却也是生活中最常见、最普遍的个体生命的生存状态。

卑微的愉悦与生命的渺小。

异化的另一种表现则是人的卑琐和人性的恶。哈桑提出后现代主义与不确定性相对应的第二个特征是"内在性"。它是一种非超越性。在非超越性中生存的人具有天然的对环境、现实的适应性，他们不再对"精神、价值、终极关怀、真理、美善"之类的事物表现出兴趣，而是沉醉在"琐屑的环境"和"卑微愉悦之中"[①]。这在小说里突出地表现为人物对自我的治愈作用。《烦恼人生》中印家厚靠"做梦"令自己相信生活都是做梦，大可"安心入睡"；《单位》中小林一家从合居室搬到牛街大杂院就使夫妻二人欢欣鼓舞；而《一地鸡毛》中小林一想到老婆用微波炉给他热点鸡肉，再喝瓶啤酒，就感觉"没有什么不满足的了！"这些简单甚至有点幼稚的想法、行为，在某种程度上或许体现了人们的乐观心态和抗打压的品性，但更主要的是凸显了他们的卑微人性。在失去了崇高信仰、消逝了神性的中国大地上，个体生命的渺小、卑贱显露了出来，个人无力反抗也消失了反抗的热情，只能承认自己的无能与低微，在毫无生气的碌碌人生中努力抓取与自己身份相符的小乐趣，偷得片刻欢愉，仅此而已。当然还有一些人，他们任由自己堕落、沦陷，以"恶"来换取短暂的精神胜利，留下的却是漫长的虚空。《风景》中父亲暴力成瘾，打码头出生入死，打母亲也毫不手软。每次他对母亲拳脚相加后，都会以温存的行动补偿母亲，那一刻他一定觉得自己拥有无上的权力，因为他掌握着母亲的"生杀大权"；父亲对自己的

---

① 朱立元主编《当代西方文艺理论》（第二版），华东师范大学出版社，2011，第381页。

孩子也没有丝毫父爱，他动不动就对七哥拳打脚踢，在七哥重病的情况下还赶七哥去捡垃圾；对不愿听他讲陈年旧事的二哥，抓起一只碗就打破了二哥的头，这样做的后果是获得了孩子们的恐惧和服从。但当孩子们一个个离他而去时，他却"落寞得有些痛苦了"①。可见，父亲的"恶"是用来支撑个体生命在苦难的世间生存下去的方式，可过度损耗后剩下的只能是无尽的寂寥、快速的萎缩。

个体生命的异化是与个体所处的鄙俗的生存环境相关的，这也是"新写实"作家的一个共识。方方曾明确指出，《风景》就是要通过"写一家人的命运，写生存背景对人的影响"②。对"个体生命的存在状态"的真实书写是"新写实"小说对新时期文学的一大贡献，也是其不同于其他文学流派的独特性。

"新写实"兴起于80年代末，在文学不断更替的80年代，它以独立、特异的姿态诠释了不同于其他流派的真实观。它将文学视角下移至生活最底层，打破了现实主义中稳固的政治、文学和人的关系链条，重新定义了生活的真实与人的内涵。但其过分追求平面化、大众化的创作倾向，也使其小说走入了作家们自己创造的窠臼之中，90年代前期"新写实"的逐渐式微便是明证。

六 "真实"的蜕变：从生活到生存的缘发与转换

通过以上几个部分的论述，我们已经细致分析了1980年代主要的文学流派及其文艺真实观。若将它们进行纵向的对照比较，大致可从三个方面总结出80年代文艺真实观的转变过程，分别为创作方式、具体内容、深层内涵。

---

① 方方：《风景》，《当代作家》1987年第5期。
② 方方、姜广平：《"我在写作时是一个悲观主义者"》，《西湖》2009年第11期。

从创作方式上看,以"伤痕文学"等为代表的 80 年代初期的文学,基本上继承了传统现实主义的手法。要求突出典型环境和典型人物的塑造,作家应进入广阔的生活土壤和人民的灵魂深处,以强烈的爱国、爱党、爱人民的情怀拥抱生活,创作出真实反映历史、现实的文学作品。由于此时的文学回归生活是对 50 年代后期到 70 年代的文学的一种拨乱反正,相比于过去的癫狂、无度,"伤痕""反思""改革"等文学确实回到了真实的层面,可以认为新时期初期作家在创作过程中,从人物的刻画到历史事件的反思再到当下改革现状的描写,都是符合现实的。"寻根文学"则兼顾了传统与现代,既运用传统的创作方法,同时又结合现代派与拉美魔幻现实主义的手法,大量采用寓言、象征、隐喻的方式,使作品处于半真半幻之间;而"先锋"作家更近一步,以"虚构"代替了"真实",他们彻底颠覆了传统的表现方式,大呼虚构本身就是真实。到了"新写实"时期,作家重新沉下视点,以不动声色的"还原"和冷漠的叙述再现底层市民的现实生活。与 80 年代初期不同的是,"新写实小说"是主体热情消退后的客观呈现,力求展现最本真的世俗景象,小说削平了人物与生活的深度,空留生活的表象,从某种程度上说,"新写实"追求的是"绝对"的真实。在表现手法上,新时期文艺真实观经历的转换过程可归纳为:全真(深层)—半真—伪真—全真(现象)。

对具体内容的理解,不同阶段也有很大的差异。80 年代初期,文艺的真实观提倡艺术地表现生活的本质规律,文学应突出时代和社会的主要的发展趋势,揭示生活的主要矛盾和主要方面,因此,文学整体上凸显了昂扬向上、走向光明的乐观情绪。而 80 年代中期的"寻根文学"和"先锋文学"对真实观的内涵则做出了十分相异的解释。"寻根"作家坚信文化的根基是最高的真实,他们深入中国传统文化的腹地,挖掘出了广博、悠久的"非规范"文化传统,试图建立自己的文化王国。"先锋"作家一反传统,舍弃对外部世界的探索,向人的精神领域开凿，努力展现精神深处那无序的、破碎的、飘忽不定的真实存在。崭露于 80 年代后期的"新写实"作家不仅拒绝进入人的精神，更回避深度探析生活，他们坚持真实就隐藏在生活本身，对庸碌无为的现实人生的平面展示、对人生活的痛苦困惑的全面书写就是真实的所有内容。因此，在内容方面，80 年代文艺真实观走过了一个复杂的历程，即本质真实——文化真实——精神真实——生活真实。

第三点是就真实观的深层内涵说的，我们可以从人和政治的角度思考。80 年代初期，社会刚步入稳定阶段，文学还无力脱离政治的护翼，主流意识形态依然把控着文艺的生杀予夺。这一时期，文学的真实观背后体现的是主流政治和作家观念的互相妥协与退让，文学巧妙地以自身特殊的治愈机制抚慰了民众的心灵创伤，并不知不觉地用政治倾向、阶级属性及群体意志取代了对个体的书写。从"寻根文学"开始，作家逐渐摆脱政治对文学的侵入。但不得不承认"寻根"所找寻的依然是群体的人。他们通过文化的重建寻找精神的家园和世界的认可，认同感的获得伴随的其实是民族的崛起，是群体意象的屹立，在这里，民族潜移默化地取代了人的主体。"先锋文学"与"新写实小说"都突进了"人"的领域。"先锋"作家规避了一切外在因素，只关注人的灵魂。他们对人的存在和人性做了形而上的哲学思考；而"新写实"作家刚好反其道而行之，他们对个体生命的生存状态给予了形而下的关照，凸显了个人作为生存主体在鄙陋的生存环境中逐步异化的苦痛折磨。对文艺真实观的这一深层发展历程可概括为：政治的"人"——民族的"人"——存在的"人"——生存的人。

由上可知，1980 年代文艺的真实观发生了巨大的蜕变，形成这种变化的因素有哪些呢？我们可以从以下三点进行分析。

1. 主体焦虑的深化与异变

1980 年代文艺真实观的发展与作家主体思想的变化有密切的关联。新时期初期，"文化大革命"动乱刚刚平息，还未从政治阴影中彻底解脱的文艺工作者们既看到了胜利的曙光，一时又难以走出"文化大革命"政治思维模式的窠臼。他们作为历史的亲历者，大多经历过非人的身心折磨，深知政治暴力对社会正常秩序的毁灭性打击以及对人民思想与人性的严重戕害。张贤亮在 1958～1976 年，曾"两次劳教、一次管制，一次群专、一次关监"，"生活……是一把带着尖利的锯齿的钢锯，来回地折磨着我"①。想必深有同感的作家一定不在少数。而有些作家可能经受了比张贤亮更残酷、更血腥的政治迫害，因而当来之不易的和平猝然降临时，作家们在喜悦之余更多的应该是恐慌、焦虑。一方面，他们怕历史卷土重来，稍有差错便再次惹祸上身，洁身自好的思想是他们选择与政治合谋的一大动因；另一方面，知识分子的责任感与使命感又催促着他们去揭露问题、反思历史、拯救仍处于水深火热的人民大众。可以说，对政治的焦虑最终促使着这一时期的作家们自觉地重拾五四知识分子的启蒙立场。"伤痕""反思"等文学思潮的兴起明显是对"政治文化的反拨"②，一场思想解放的大风暴呼之欲出。作家们再次奔走呼号，要求将文学从政治枷锁的束缚中解放出来，将人性从政治铡刀的阉割下解救下来。对人性和人道主义的讨论热潮便是一次极典型的文艺试图突破政治封锁的尝试，虽然很多问题并未得到清晰地阐释，但其对捆绑在文学身上的政治强制性、倾向性确实起到了松动的作用，也为新时期文学的整体前进提供了推动力。对启蒙身份的自觉体认是新时期初期作家的共识，正如张贤亮所说："那时候中国文学甚至担当了一个思想解放的先锋队的作用，我很有幸地成为这个先锋队中的一员。"③

与重获政治生命的老一辈作家不同，"寻根文学"的作者多为知青一代，伴随他们的是强烈的身份焦虑。他们在心智尚未成熟的时候被迫

---

① 张贤亮：《"人是靠头脑，也是靠思想活着的……"》，《人民文学》1982 年第 6 期。

② 季红真：《文明与愚昧的冲突——论新时期小说的基本主题》，吴义勤、胡健玲主编《中国新时期小说研究资料（上）》，山东文艺出版社，2006，第 8 页。

③ 阎纲、张贤亮、王宏甲：《六十年，印象深刻的文学往事》，《文学报》2009 年 9 月 17 日。

参与了"文化大革命",有些人甚至成为风光一时的"红卫兵";在本该接受文化教育的阶段,他们又拔腿走进了偏远的农村、大山深处;然而当全社会都在回归正轨的时候,他们却无法返回原来的位置。知青运动的终结、返城计划的启动,使乡村对于知青的非本源性重新显露,乡村的生活犹如一场梦般变得虚幻、不真实;可当他们满怀欣喜投入城市家园的怀抱时,城市却"没有具体的社会实位供其占有"①;对极"左"政治和"文化大革命"的否定,在一定程度上又斩断了他们的精神根源,此时的知青群体彻底变成了"无根"的漂泊者,变成了被体制排挤到边缘的弃儿,身份的丧失成了这一代人无法抚平的内伤。为了给自己正名,知青群体找到了拉美作家和这些作家笔下神秘古老却真实无比的遥远国度。他们认识到,民族传统文化里蕴涵的"根"是孕育整个民族国家的本源,这也是他们的本源,对"根"的追寻正是对自己的本源、对自我身份的确立,当然这种寻求是理想主义的,最终导向的只能是文化的乌托邦。"返回母亲子宫"该是一种多么无奈的选择呀!作为不被承认、不被接受的"无根"一代,他们不得不走向理想主义、走向乌托邦,只有在自己建立的理想王国里,他们才能寻到自身与历史的联结,才能赋予自己以民族传人的身份,对身份认同的焦虑正是他们渴求"母亲子宫"——民族文化的庇护的原因。

刘小枫将"四五"一代定义为"不信"的一代,他们"从虔信走向了不信","不再盲目地相信什么"②。刘小枫的观点恰好说明"文化大革命"的"造神"运动失败后,给中国人带来的价值观的颠覆和信仰危机。西方现代主义进入中国,尼采的"上帝已死"、海德格尔等人的"存在主义"迅速蔓延开来,"虚无主义"作为现代主义精神的价值核心,刚好与当时人们普遍失落精神信仰的空虚心灵相契合。早在

---

① 许志英、丁帆主编《中国新时期小说主潮(上)》,人民文学出版社,2002,第247页。

② 刘小枫:《当代中国文学的景观转换》,《这一代人的怕和爱》,华夏出版社,2007,第250页。

"先锋"之前的刘索拉、徐星等现代派作家，其创作已充分显露了焦灼、迷惘、虚妄的精神内核。紧随其后的"先锋"作家继承了这种现代性的焦虑，存在的虚无感、荒诞感深深嵌入了他们的作品之中。"先锋"作家无法像知青群体那样去寻找自己的历史，因为他们生在一个注定将被历史自我泯灭的疯狂时代，政治乌托邦的毁灭切断了旧有的理想信仰，而新的时代也不能提供给他们更多的含义。人是什么？人存在的意义又是什么？没有人为"先锋"作家们进行解答。对自身历史的无法确认、对人的存在的无果思考，使他们备受虚无的焦虑的煎熬。执着于时间、记忆、梦等缥缈的心理体验，是他们寻求自我解脱的方式，实际上，他们并不能从中得到救赎。

就在"先锋"作家苦苦挣扎于虚无之海时，时代却加快了前进的步伐。80 年代末社会经济的震荡与转型，使人们已顾不上品位虚无的滋味了。商品经济的冲击，物质化、世俗化、大众化取代了对精神追求的忠贞不渝。产生于这一背景的"新写实小说"面临的是道德体系、伦理准则的分崩离析，人生观、世界观的迅速瓦解，人的自我意识、自我主体的逐渐剥落。"新写实"就是社会转型中价值体系崩溃后对主体失落的焦虑的表现。"自我认同的危机是一种转型期社会的独特现象。"①"新写实"作家深刻地体会到，新旧价值体系的冲突，使社会心理发生动摇。人们疲于应付各种琐事，日常生活变成了"一地鸡毛"，过去崇高的理想与信仰追求变成了"冷也好热也好活着就好"的卑微心理，人们机械地干着各种工作、扮演着各种角色，却在现实生活中屡受挫折；时代变换的迅速使人们感到难以跟上时代的脚步，对自身能力的怀疑与否定日渐加重；被生存压力压迫得喘不上气的心灵渐趋麻木、空洞，异化的畸形心理导致个体主体的被湮灭。此外，作为精英知识分子，"新写实"作家明显地感受到经济转型的冲击，大众意识与精英意

① 许志英、丁帆主编《中国新时期小说主潮（上）》，人民文学出版社，2002，524 页。

识争抢生存空间，精英主体逐渐趋向劣势，精英主体的被排挤也加重了作家们的焦虑。因而，转型期的主体焦虑便成为"新写实小说"产生的内在驱动力。可见，作家主体思想的变迁对新时期文艺真实观的转变起了重要的作用，是"真实"蜕变的一大内因。

2. 现实传统的延续与反叛

朱立元等人在论著《真的感悟》中曾明确指出："我国解放以来的文艺真实理论基本上属于'五四'以后欧苏现实主义的理论范畴。30年代以后、特别是建国以后，我们的文艺理论基本上未跳出苏联模式。"① "社会主义现实主义"这一最高标准的确立更是将现实主义推向巅峰。但也正如《真的感悟》中分析的那样，我国文艺界与政治的联姻是有着历史传统的。五四时期，文学就肩负着解放思想、唤醒民众的沉重使命，当时颇为流行的问题小说、乡土小说等就是如此；30年代开始，随着国家和民族步入存亡危机、中国的革命救亡汇入世界无产阶级解放运动，马克思主义文艺理论被大量译介到中国，苏联文学因其配合政治的实际效果成为中国左翼作家争相学习和模仿的对象。对苏联文艺模式的因袭与政治监控的极端化经由解放区毛泽东的《讲话》到新中国成立初期拟定文艺最高准则终于走向之后的极"左"思潮、"文化大革命"，中国文艺逐渐偏离正轨，即使是作为主流的现实主义文学也无法正常发展、创作。

80年代初期文艺的拨乱反正使文学重回正常秩序，这一时期对各种文艺理论问题的讨论与探索，其实是对50年代后期便被暴力打断的未竟的文艺事业的再次起航。现实主义的论争伴随着文学与政治关系的探讨，文艺真实性、歌颂与暴露、人性与人道主义、题材问题、爱情问题等文学创作中相关问题的探究均被提上日程，形成热烈的讨论氛围。其中对"真实性"的论争是一大焦点，包括写真实与写本质、生活真

---

① 朱立元、王文英：《真的感悟》，上海文艺出版社，2001，第124页。

实与艺术真实、真实性与倾向性、局部真实与整体真实、个别真实与典型真实等诸多方面都成了文艺理论家们争夺的重要腹地。"伤痕""反思"等文学创作就是在这种情况下产生的。与上述文艺论争相伴而生的这些文学流派自然是断裂的文学传统的接续产物。季红真曾说,《班主任》之后,"社会问题小说风靡文坛","干预生活成为这些作品的主要目的"①。可见,新时期初期作家们主动承继了五四知识分子的启蒙话语,重建启蒙者的身份共识;同时也对 50 年代 "双百方针" 期间干预生活的现实题材进行了继续与深化。这次现实主义回归的创作潮流与文艺界文艺理论争论的逐步深入一同成为继五四文化运动与延安整风运动之后中国的又一次思想解放运动。

随着改革开放、国门大开,现实主义热潮逐渐冷却,取而代之的是现代主义在中国的兴起。"寻根文学" 与 "先锋文学" 一前一后的崛起都与西方现代哲学、美学、文学思想的进入息息相关。从 "寻根" 开始,作家们不再钟情于现实主义,他们接受了拉美魔幻现实主义的表现方式,热衷于民族神话的重构与民族寓言的创造,象征和隐喻的手法也被他们熟练使用来表现主题内涵。"先锋" 作家则展开了广泛的文本实验,他们学习借鉴卡夫卡、海明威、福克纳、博尔赫斯等西方现代派作家的创作手法与高超技艺,在小说文本的创造上大肆进行形式革新,对文本结构的散乱无序、叙述视角的转换、语言的游戏、时间的错乱倒置、人物性格的平面化、反讽、戏仿等各种手法,一一进行尝试,将中国小说的形式创新推向了高潮,最终使形式实验走向极端,无以为继,以众作家或偃旗息鼓或转型告终。

虽然 "寻根" 与 "先锋" 在形式上抛弃了现实主义的传统手法,但在深层思想或作家的主体意识方面,我们仍能找到它们与现实主义在

① 季红真:《文明与愚昧的冲突——论新时期小说的基本主题》,吴义勤、胡健玲主编《中国新时期小说研究资料(上)》,山东文艺出版社,2006,第 7 页。

精神上的相通之处。从人道主义和人文精神的角度看，"寻根"与"先锋"确实不同程度地延续了现实主义的情怀。洪子诚与孟繁华在其合编的《当代文学关键词》中就清楚地指出，"寻根文学"同新时期之初的"伤痕""反思""改革"等文学一样，都"汹涌着启蒙的精神"①，只不过后者注重的是社会层面，而前者侧重于历史、民间与"民族性格"。对精英知识分子而言，忧患意识是与生俱来的。他们出于高度的责任感与使命感，不自觉地去关注人民疾苦与社会弊端，尤其是在重大的社会动荡或政治劫难之中或之后，他们更是要主动承担起"'立人'又'立国'的双重使命"②。吴秀明认为"人文精神的中心就是寻找人生的意义"③。现实主义文学的人文立场无可置疑；"寻根文学"的文化启蒙是对民族和中国人的本源的追溯，也可视为对"国"与"人"的精神理想的深切关怀，当然也是对人的意义的寻求。"先锋"作家虽不站在国家与人民的立场，但他们做的是对人的存在意义的哲理层面的审问，这是对前两者在更高层次上的升华，是精英知识分子的终极人文理想的表达，因而可看做在深层精神源流上与人文精神和现实主义精神一脉相承。

但正如第一点所讲到的，"新写实"并不具备上述人文精神的追求，因为它发生在精英自我主体失落的历史转型期。"新写实"作家虽多次说明可将他们的文学流派归入现实主义范畴，也确实如此，可无论是创作还是精神诉求，我们不难发现，他们与现实主义及其他文学思潮都相去甚远。在文本创作上，"新写实"拒绝深度、排斥典型，推崇零度写作与表象的真实，他们要做的只是不动声色地"复制"琐碎、庸俗的生活事实；在精神实质上，"新写实"淡化甚至消失了政治意识、"群体想象"和哲学追问，他们着力在对个体生命的形而下的生存观

---

① 洪子诚、孟繁华主编《当代文学关键词》，广西师范大学出版社，2002，第156页。
② 吴秀明：《转型时期的中国当代文学思潮》，浙江大学出版社，2001，第78页。
③ 吴秀明：《转型时期的中国当代文学思潮》，浙江大学出版社，2001，第74页。

照，是在后现代主义背景下，抛弃了理想与信仰、失去了意义的走向世俗、走向大众的文学想象。他们披着现实主义的外衣，内里却实实在在的与现实主义传统背道而驰，"新写实"是真正地对现实主义传统的反叛。

3. 话语权力的争夺与交替

文学与政治的纠缠伴随着两者权力的此消彼长，不同的文学流派总是在以各自的方式为自身争取话语言说的权力，在很大程度上，中国文学漫长的、充满血泪的发展史也是文学试图从政治手中争得自主权的抗争史。这种状况在改革开放的 80 年代似乎有所好转，但内战其实从未停息。诚如吴秀明在《转型时期的中国当代文学思潮》一书中对 80 年代到 90 年代文学的叙事模式进行的三种划分：第一种是拟权威模式，这种模式显示出鲜明的意识形态和党史立场，以强硬态度将政党意识形态的道德规范、秩序灌注到文本话语当中，用以指导、教化民众，70年代末 80 年代初的文学多属于此种；第二种是反权威模式，主要指刘索拉、徐星、陈村等现代派作家作品，他们广泛采取反讽的策略，反抗权威，消解正统，对前一种叙事话语进行颠覆、解构，但吴秀明指出这些作家在反抗权威的同时又建立起另一种自我权威，即以西方现代文明为准绳的新型权威叙述；第三种是无权威模式，多指马原等"先锋"派及"新生代"作家的创作，这种模式取消权威、拆解中心，多表现为削平深度的平面叙事、语言的游戏等。① 从吴秀明的论述中，我们可以更清晰地得到一个启示，那就是不同流派、时期的作家，对文学话语权威性的执着追求的确是从未停止过。正如陈晓明所言，"任何写作法则最终都具有意识形态性质"②，所以说，任何文学流派都致力于对话语权力的争夺和自身文学领导权的建立。

① 吴秀明：《转型时期的中国当代文学思潮》，浙江大学出版社，2001，第 149～153 页。
② 陈晓明：《反抗危机：论"新写实"》，孔范今、施战军主编《中国新时期文学思潮研究资料（中）》，山东文艺出版社，2006，第 343 页。

新时期初期的文学就像吴秀明所分析的那样，它的话语权力的获得是与政治威权的表述相辅相成的。这是因为当时国家刚从政治浩劫中挣脱，无论是主流意识形态还是文艺界都处于恢复调整期，还没有足够的力量独自支撑统治局面。政治需要通过文学传达国家意志、政策讯息，表现新形势、新面貌；文学则需要依靠政治力量重新回归正轨、得到应有的尊重与扶持。因而双方都在坚持自我的基础上做出退让，达成一个大家都能接受的共识。早在1979年，邓小平在《在中国文学艺术工作者第四次代表大会上的祝词》中就已明确表示，"党对文艺工作的领导"依然是文艺创作和评论的前提，文学服务的对象是广大人民群众和四个现代化，文学的思想基础应是马列主义、毛泽东思想。在规定一系列基本准则之后，邓小平做出了让步之举，即不能随意干预作家的创作，给作家自由和空间。随后，党在实际行动上基本遵守了上述原则。他们一方面通过多种政策、措施激励作家的艺术创造工作，另一方面又对个别"越轨"作品严厉打压，以儆效尤。两种手段的交替使用，限定了作家的思想范围，加强了党领导文艺的事实，使政治隐身在文学的后台，实际上掌握着文艺的领导权。作家们则一方面真诚地接受着这种领导，用自己的创作帮人民抚平伤痛，为新社会、新生活摇旗呐喊，另一方面又尝试突破政治对文学的种种禁令，夺取更大的文学发展空间和自主权。但从结果上看，这一时期政治势力明显占了上风，文学无法独立自主地进行发言，文学的话语权其实就是政治话语权的外在表达。

从"寻根文学"往后，文学开始试图摆脱政治的依附性，以自己的方式争取话语言说的权力。"寻根"作家把视角转向历史和民族文化深处的举动，本身就是对前一阶段文学代政治文化规范立言的一种反拨。他们对"根"的追寻，对"真实"欲求的转移，在很大程度上是对主流话语的回避与突破，是与主流意志保持距离的重要方式，这从他们对五四文化传统的态度就可以看出。"寻根"作家普遍对五四新文化运动持批判或否定的态度。郑义就曾毫不留情地以"不恭之辞谈及

'五四'"，他认为五四虽"给我们民族带来生机"，但摧毁了孔孟之道，"痛快自是痛快，文化却从此切断"。① 阿城也不客气地指出五四提倡的是"文化虚无主义"②，它令中国民族文化发生断裂，至今尚未恢复。"寻根"的首倡者韩少功也发表过类似言论，并将"民族自信心的低落"③ 归罪于民族文化的断裂。80 年代初的"伤痕""反思"等文学在作家的启蒙立场、人文关怀诸方面都是对五四精神的继承与延续，尤其是"问题小说"的创作可视为与五四一脉相承。"寻根"作家对五四的一票否决恰恰在根源上切断了新时期初期作家及其作品的精神依托，所谓的启蒙、人道主义话语，统统成了无法立足的"无根"的存在，隐藏在其背后的政治话语也就自然被推翻了。虽然"寻根"也是一种启蒙，但他们的启蒙是建立在剔除五四传统的基础上的，是淡化了社会政治诉求而深入民族、文化的深层次的启蒙，这样就以这种方式将旧有的话语权链条打破，转移到自己的文化场域之中。他们走进深山老林、偏远乡村寻找远古文明，同时也在寻找失落了的文学话语权，只有找到自己的身份、民族的认同感，甚至走出国门、与世界接轨，文学才有可能以其独特性、世界性和开放性，获得自身独立的话语言说权力。

　　"先锋文学"与"寻根"不同，"先锋"作家在自我历史的精神血缘上也处在"无根"的尴尬境遇里。因而"先锋"作家不是从外部寻找话语生成的场域，而是从文本内部瓦解现有的话语秩序，建构自己的新秩序。罗伯·格里耶曾说，小说不能被作为表现事先已确定的东西的工具，"它不能被用于来揭示，来阐释在它之前、在它之外存在的事物。它不表现，它寻求。而它所寻求的，正是它自己"④。格里耶拒绝

---

① 郑义：《跨越文化断裂带》，《文艺报》1985 年 7 月 13 日。
② 阿城：《文化制约着人类》，《文艺报》1985 年 7 月 6 日。
③ 韩少功：《文学的"根"》，《作家》1985 年第 4 期。
④ 〔法〕阿兰·罗伯－格里耶：《从现实主义到现实》，《快照集·为了一种新小说》，余中先译，湖南美术出版社，2001，第 230 页。

小说承担任何社会的、外在的意义，小说的意义就在于文本叙述自身，在于语言内涵的揭露。"先锋文学"特异的语言规范是他们争夺话语权的主要手段。孙甘露指出，"先锋"的语言是在现实中另外"打开一个世界"①；叶兆言则认为这是一个"倾诉"的世界。② 可见，在"先锋文学"以虚构搭建的语言世界中，先验的文化、历史、政治制度与准则都是不真实的，真实存在的只是对不确定的、虚幻的、散乱的灵魂世界的倾诉，这是一种无序的语言表达。这种无序针对的恰恰是外在意义世界的有序。"先锋文学"的语言游戏沉迷于意象的随意堆砌与能指的累积连缀，天马行空的叙述使文本呈现出散漫自由、循环往复的无意义模式；能指与所指关系的断裂，消解了意象象征体的深层内涵，无论是人物还是环境、事件都变成了纯粹的神秘符号，在它们身上，人生理想、道德规范、意义体系、文化传统都成了空洞的所指，语言本身既是能指也是所指，其意义就在于对语言自己的表述。破碎混乱的语言符号打乱了现象世界整齐划一的编码系统。"先锋文学"终以独特的语言规范解构了井然有序的现实世界，只有特殊的语言秩序的建立才能使"先锋文学"获得话语权。

到了"新写实"时期，我们发现"新写实小说"对现实主义的反叛导致它注定要颠覆小说的政治话语威权。池莉曾强烈地表达过对文学中政治干预的不满，她觉得所谓的革命现实主义、浪漫主义是非常"不科学"的创作方法，"过去提出的老的现实主义手法实际上是更多的政治、道德、社会规范对现实主义的进入。我觉得我要写就写真实"③。从这句话可以看出，池莉所说的"写真实"与80年代初的"写真实"差距非常大，甚至可以认为两者是完全对立的概念。80年代初文学所包含的主体热情、阶级立场、宏大的政治理想、伦理道德秩序等

① 孙甘露：《被折叠的时间：对话录》，文汇出版社，2009，第208页。
② 周新民、叶兆言：《写作，就是反模仿——叶兆言访谈录》，《小说评论》2004年第3期。
③ 马原编《中国作家梦（上下册）》，长江文艺出版社，1996，第721～722页。

"真实"的构成要素在"新写实"这里都成了应排斥的虚假条件，只有消解了上述因素的纯粹的琐碎平庸的现实世相，才是真正真实的生活。因此，"新写实"作家致力于揭示出一种与传统现实主义作品中全然不同的社会生活面貌，以对抗政治性的言说方式。在这些新的小说中，日常的、世俗化的琐屑小事代替了重大的时代主题、题材；叙述中作者拒绝了叙述主体的情感介入，以"零度"情感取代了激情；作者对人物的善恶美丑不予置评，只是客观地呈现在读者眼前，消隐了以前小说中的道德评价、心理剖析以及政治审判；特别是在"人"的书写上，"新写实小说"只写个体的人，他们要表现不掺杂任何政治倾向和群体意志的个体生命的生存状态，将被淹没在政治与历史话语中的个人拯救出来，张扬个体生命的地位与重要性，这样，就消解了现实主义文学中的群体的人对个人的压抑与制约。"新写实"以自己的创作方式实现了对现实与历史的重新叙写，它通过解构原有历史的"真实"面目重构历史"真实"，从而推翻了现实主义话语言说的政治权威性，为自己赢得了话语权。

综上所述，80 年代文学真实观的转变是在作家主体思想的变迁、对现实主义传统的继承与超越以及对政治话语权的反叛过程中逐步确立的，它是一种变化中的文艺理论观，80 年代的结束并不是真实观的终结，它在以后的文学发展中还将继续其探索与创新之路。

文学的真实观问题作为理论界长期以来在文艺论争中激烈抢夺的腹地，曾引起众多作家、文艺评论家的重视，他们纷纷为"真实性"的理论建构贡献宝贵的意见、观点。在为真实观的发展热情奔走、献计献策、添砖加瓦的同时，也有很多人因时代、政治等多方面原因而受到不应有的污蔑、歪曲甚至迫害。但历史并不能阻挡"真实"前进的步伐，一旦时机成熟、环境允许，勇于探索的作家、批评家们就会重整旗鼓，再次开启探寻"真实"的航船。20 世纪 80 年代就是这样一个时代。刚刚走出极"左"思潮和"文化大革命"阴影的文艺工作者们，还没有时间顾及抚慰自己的创伤，便以巨大的激情投入了对真实观的理论探讨热潮之中，这也在一定程度上促成了 80 年代文学的繁荣与文学真实观的大发展。

1980 年代的创作实践热闹非凡、蔚为大观。党中央在文艺政策、规范上放宽要求，给作家们提供了更广阔的创作空间；改革开放、国门大开，西方文艺理论、哲学美学思想迅速涌入中国本土，外国文学作品被成批译介到我国，作家们目不暇接地领略着西方壮阔的文学景观，在惊诧感叹的同时，更多的是惭愧自身的落后与浅薄。于是，在振兴传统现实主义文学之后，许多作家选择学习、借鉴新的理论方法与文艺思想，将先进的西方文学进行本土化的融合与重造，创造出中国的"世界文学"。且不论成果如何、成功率有多高，作家们的心思与实践努力确实使我们的文学发生了质的飞跃，文学思潮的接踵而至、源源不断就是证明。依靠不同文学流派的更迭与交替，文学思想得到了广泛的交流与飞速的进步。文学真实观正是在这种背景下产生了深刻的变迁与转换。

新时期初期，由于历史与政治的双重原因，在拨乱反正的社会大局下，"真实性"就成了呼之欲出的重大观念。为了纠正"文化大革命"时期"假大空"的文学弊病，"真实性"被作为文艺界最重要的理论武器来对待，因而围绕这一问题，作家、批评家们做了大量探索、建构工作。也由于文学自身的力量在当时不够强大，在与政治的拉锯战中始终处于弱势，所以文艺工作者不得不真心实意地接受党的领导与指导。文学与政治的联姻，使文学真实观以政治倾向、阶级属性、社会理想、群体意志等为根本依据，在此基础上，"真实性"有了本质、规律的高层次追求，却也由此而丧失了真正贴近地面的平凡本真的现实一面，不能不说是文学的一大损失。"寻根"作家尝试着挣脱政治对文学的包围，他们从拉美作家那里得到了启示，看到了民族文学复兴、走向世界的一线曙光。于是，他们把"真实"的场域从现实主义的本质世界转移到了民族文化的领地，文化的真实骤然从地下默默无闻的种子被浇灌成参天大树，这棵文化之树的巨根就紧扎在民族的土壤中。"寻根"作家对"根"的挖掘似乎并没有达到他们所希望的结果，最后只能似是而非地不了了之。"先锋文学"紧随其后，好像重走了"寻根"的老路，但又不尽相同。"先锋"作家执意追寻的不是地底的"根"，而是"天上"的魂灵。他们在现代主义精神信仰的灌注下，将视点由外部世界转向心灵的内部世界。他们跋涉在虚幻的、散乱无序的、破碎分裂的灵魂深渊，试图从中抓取时间、记忆、梦的断片，因为对他们来说，精神的真实就是由时间、记忆等缥缈不定的东西组成的，只有排除了所有外在的干扰，才能接近世界的真实。然而，极端的空虚最终导向的是形式实验对意义的消解，"真实"也被消融在了无意义的海洋里。"新写实小说"的出现从表面上看仿佛是为了缓和这种虚空的紧张，其实不然，它是另一种紧张的产物。对社会、经济转型下"人"的焦虑是作家从悠远的文化乡土、梦幻的灵魂世界中惊醒的一大主因。"新写实"作家正视现实，在庸碌琐屑的世俗生活中发现了"真实"的真谛，那就是未经加工的、平凡的、通俗的生活世相本身。对这一"真实性"的执着追求令小说呈现出拒绝深度的"零度"叙述特点，为新时期文学增添了新的表现形式，也使 80 年代初文学缺少的贴近地表的生活描写在这里得到全面补充。至此，80 年代文学及文学真实观走完了它的探索之路。

在商品经济大潮的冲击下，文学逐渐由精英走向大众。90 年代以后，政治对文学的控制渐趋弱化，经济对文学的影响却越来越强，文学也愈加通俗化、大众化、多元化、个人化。"真实性"话语在"新写实"之后不可挽回地向个人发展，一众标"新"字头的文学流派如"新历史""新生代""新体验"等，以及女性写作、都市题材小说的兴起，都将文学视角转向私人化的个体心理体验与现世生活展示；90 年代中后期兴起的现实主义冲击波以及新世纪以后"底层写作"的崛起，则是文学再次对工业改革、社会发展中的弊端与问题的揭示，对底层人民苦难的生存状态的观照。由此可见，文学真实观虽然在 80 年代过后终结了它热烈探索的行程，但并未完全消隐踪迹，而是变换了一种存在的方式，以更个人化的、更隐蔽的形式活跃在文学的后台，依然对 20 世纪末乃至新世纪文学的创作发挥着作用。"真实"是文学的生命，是文学产生意义的先决条件，对"真实性"的探究与创新是文学发展的不竭动力，因而对文艺真实观的理论探索将永无止境。

（本章滕腾撰写）

第五章

历史转型与当代文学创作体式

1949 年新中国成立之后，文学也随之发生变化。过去的文学作品秉承五四时代的光荣传统批判现实、表现自我，着力于揭露社会黑暗面、表现人生疾苦，为了国家的强大和人民的觉醒而痛苦呼号。这一文学职能随着新中国的成立发生了巨大改变：献给新生活的颂歌、对革命历史的回顾和现实斗争的描绘大量存在。这是中国现代文学的一次重要转型。它从多元走向一元、从暴露走向歌颂、从学习西方走向模仿苏联、文坛的精神面貌和作家的创作状态改变，表现出一种新的文学创作体式。

一 颂歌体：意识形态的迎合

中华人民共和国成立，人民翻身做了主人，他们抑制不住内心的激动、欢呼、跳跃，全国上下都被卷入狂欢的浪潮。文学艺术界遵照毛泽东同志《在延安文艺座谈会上的讲话》中的号召："政治和艺术应该是统一的，内容和形式应该是统一的。对人民应该歌颂，对敌人及敌人在人民中遗留下的影响应该暴露。"这一理论在全国得到推广，使文学和政治建立了很紧密的关系。文学反映着政治事件，依附于它所属的时代，文学的运行方式定型化。有个性的、异类的作品会遭到批判，由

"众声喧哗"到"异口同声",文学创作从个人走向集体。由此,文学出现了大一统的局面,进入"一派祥和、其乐融融"的颂歌时代。"配合政治和政策"成为新中国文学创作的宗旨,成为一切创作的最高目标,同时也是最低要求。

诗歌创作是颂歌最直接的简单的传声筒。"共和国诗歌实质是对新生活的歌颂,可以认为,它开创了一个完整的颂歌时代。"1949年从何其芳《我们最伟大的节日》和郭沫若《新华颂》开始,一种配合政治造神运动的"宫廷诗体"与襁褓中的共和国同时诞生了。"你新的中国/人民的中国啊/你终于在旧中国的母体内/生长,壮大,成熟/你这个东方巨人终于诞生了。"这一时期参与诗歌创作的不仅有来自国统区的诗人,如郭沫若、臧克家、冯至、卞之琳、袁水拍,也有来自解放区的诗人,如艾青、田间、阮章竞、李季、何其芳等,他们改变各自艺术个性中的不协调部分为歌颂共同的新中国,建设有新的时代特征的艺术风格这一目标而奋斗。除此之外,还有一批人数众多、朝气蓬勃的年轻诗人如郭小川、贺敬之、闻捷、公刘等以充满自豪的情绪赞美获得新生的祖国,歌颂创造新生活的社会主义建设者。他们紧跟时代步伐,在这场盛大的乐章里积极热情地贡献出属于自己的音符。贺敬之的《放声歌唱》,艾青的《我想念我的祖国》,何其芳的《我们最伟大的节日》,冯至的《我的感谢》,田间的《天安门》和《祖国颂》,朱子奇的《我漫步在天安门广场》等,这些热情洋溢的语言毫无保留地歌颂祖国、歌颂党、歌颂伟大的领袖和伟大的时代,他们竭尽全力地表达身在其中的感动和感激,敲响欢庆的锣鼓。"欢呼呵!歌唱呵!跳舞呵!/到街上来,到广场上来/到新中国的阳光下来/庆祝我们这个最伟大的节日!"(何其芳《我们最伟大的节日》)

其实新中国成立后的"十七年"文学出现一体化颂歌话语现象,是经过较长的历史发展形成的结果。形成颂歌话语的主要原因,是文学主体普遍认同文学为社会政治服务的文化观念,泛政治化语境对文学他律规范的不断强化，以及时代提供了颂歌话语的社会基础。新中国成立后，活跃于文坛的知识分子普遍自觉或不自觉地为新生的共和国颂赞高歌，这是与当时的颂歌思潮有密切的关系的，考察其文学观念，与中国传统的"文以载道"意识有关。"载道"思想与近代历史进化论、马克思主义学说等理论在时代裂变中不断碰撞、整合，逐渐形成了具有鲜明特色的"文艺为无产阶级政治服务"的文艺思潮，使颂歌话语具备了稳固的思想基础。五四时的知识分子不懈地追求着"人的文学"，高举着个性解放的大旗，自觉地将启迪民智作为自己的责任，以"哀其不幸，怒其不争"的心态既同情民众的疾苦，又毫不留情地揭示他们身上的封建沉淀，以启发民众获得人的意识。即便如此，他们也不可能完全脱离国家的政治生活，也需要时时表现出服从政治的话语。在这方面，左翼作家表现得更为突出。左联作为中国共产党的外围组织决定了它必定带有强烈的政治色彩，特别是在苏联确立了反映论的文学观与社会主义现实主义的正统地位后，左联文学也调整了自己的文学思想，这标志着苏联文学理论为中国大多数文艺家所接受，并在中国确立了统治地位。其后在左联的文学实践中，文学运动完全被纳入了政治轨道，文学完全服从于政治的需要，强调文学的社会作用，这种文艺思想与传统的文学"载道"思想自然契合，成为新中国成立后颂歌文学的思想基础。与左联文学有着直接联系的延安文学则是几乎处于同样的文学理念之下。不同的是，在毛泽东的《讲话》指导下，文艺家们还偏重于对利用民族文化旧形式宣传民主、民族解放思想及其理论的探讨，即文学大众化的要求，促使文艺家们对政治话语的认同。从客观上说，在民族矛盾尖锐化的当时，这种要求和做法对救亡图存的确起到了巨大的作用，但从文学自身的发展需要来看，理论探索中的偏颇，特别是对文学现代化建设某种程度的漠视，直接影响了民族文化的科学认识与理解。

新中国成立后，时代发生了根本上的变化，民族解放的实现，阶级实际上的消灭，使困扰中国社会最根本的问题——土地问题得到了较彻底的解决。其后，在完成新民主主义革命和社会主义改造，继而提出建设社会主义蓝图的理想中，绝大多数知识分子相信这是五四以来国民为之奋斗的目标得到了初步实现，并为之欢欣鼓舞。来自延安的贺敬之是写作颂歌的主力军，他的诗歌被称为时代的颂歌，他应该是"颂歌"的大成者，《放声歌唱》《东风万岁》《十年颂歌》《雷锋之歌》等一系列长诗几乎成为共和国文学的教科书，《回延安》是几代人的文学必读课文。诗人以敏锐的目光去抓取时代的重大事件、主要的生活内容，并不去吟唱那些与人民无关的眼泪与悲伤。《回延安》表现了延安的巨大变化，指明延安精神在社会主义现代化建设时期的意义；《十月颂歌》则是对新中国十周岁的礼赞。当时国内现状并不像诗中描摹的那般灿烂光明，实际上存在着不容乐观的国内外敌对势力与经济建设中的困难，使得认同于文学服从于政治，文学服务于社会主义事业的普遍心态必须继续保持并不断加强。著名作家巴金在"文化大革命"后发表的《文学生活五十年》一文中写道："中国人民得到了解放和中华人民共和国成立以后，我想用我这支写惯黑暗和痛苦的笔改写新人新事，歌颂人民的胜利和欢乐。"这应该代表了大多数文学艺术家的真实情感。这种经百年文学整合而潜存于文艺人内心底层的文艺观念，是形成新中国成立初期颂歌话语的重要原因之一。

新中国的文学继承五四以来，尤其是解放区文学发展所形成的文化观念和泛政治化语境，步入了新的时代。这是一个充满活力的时代，一个给人以无限希望的浪漫时代，人们有理由相信她为中国的富强开启了一个新的起点。无论有什么样的成见，一个实际上消灭了阶级差别、民族独立的共和国客观上跻身于世界民族之林，为颂歌的出现创造了现实基础。一种对新生活感受的昂奋激情不断地流露在作家的笔端，诗人郭小川在《向困难进军》中不无自信地高歌："黑暗永远地消亡了/随太阳一起/滚滚而来的/是胜利和欢乐的高潮。"作家王蒙以沸腾的热血写下了《青春万岁》的序诗："所有的日子，所有的日子都来吧/让我编织你们，用青春的金线/和幸福的缨络，编织你们。"

也许只有颂歌才能有效地概括那个特殊年代普遍性的思维方式和情感方式。它的亢奋和激扬，特别表现在它有力地消解个人于它认定的并为之放歌的伟大集体的那种热情，与那个时代产生了同步的奇妙共振，它同时也成为那个时代诗情的一种象征。高亢豪迈的贺敬之一直在高唱光明的颂歌。诗人贺敬之的心灵中没有个人的小天地，他的感情中没有与祖国和人民相悖的东西，他开朗乐观、激情澎湃，他奔放高亢、豪情满怀，他心灵纯洁，感情的潮水好像永远也淌不完，"一个脚印，一片鲜花"（贺敬之《放声歌唱》），所以他接二连三地唱着颂歌。贺敬之的《放声歌唱》因为倡导了一种对现有生活秩序持无保留的肯定和歌颂的态度，因此成为那一时期颂歌的经典作品，诗里传达的这种态度在很长一段时期内成为普遍的审美法则。贺敬之的诗响应和契合了当时的意识形态要求，它于是成为一种具有先导性的诗和文学的实践。毫无疑问，那个后来被称为"颂歌"的文学时代的出现和形成，从最低的估量来看，至少和《放声歌唱》的创作实践有关。"无边的大海波涛汹涌……/啊，无边的/大海/波涛/汹涌——/生活的浪花在滚滚沸腾……/啊，生活的/浪花/在滚滚/沸腾！/啊啊！是何等壮丽的景象——/我们祖国的/万花盛开的/大地，/光华灿烂的/天空！"华靡的借喻，昂奋的声音和节奏，夸张的形容，以及缺乏节制而近乎盈满的激情，代表了那一时期的主流审美时尚。这时的诗坛呈现出了空前的一致性，多元化的艺术追求被统一和同化，个性不再重要，人人追求自己的声音与时代的契合。诗歌的目的不再是抒发自己内心的小感觉和小感触，鼓舞人民士气、指导教育人民的思想、打击与人民为敌的反动分子成为诗人写诗的动力和价值体现。

作为特殊时代的产物，颂歌处处洋溢着乐观、明朗、积极向上、无所畏惧的氛围和气魄，一切都可以征服，一切都可以战胜。它是欢呼着、奔跑着的诗歌，用无尽的热情延续生命的昂扬。这一时代的诗人多以人民的诗人自居，他们的写作是为了人民的呼唤，所以诗歌语言明白晓畅、通俗易懂、朗朗上口。"手抓黄土我不放，紧紧贴在心窝上。"在《回延安》里，"我"对母亲的赤子之心表现得是那么灼热感人；"我呵，在党的怀抱中长大成人，我的鲜红的生命，写在这鲜红旗帜的折皱里。"在《放声歌唱》中，"我"对党的战士之爱显得何等感人肺腑。他咏"我"之志，闪耀着阶级理想的光辉；抒"我"之情，飞动着时代的风云雷电。如果说，贺敬之在1958年、1959年这两年的颂歌现在看来有些过分的话，那也是时代的真实反映，是当时的现实给予诗人那赤子之心的真实感受，是那一特定历史时代的情绪和情感的诗意表现，绝对不是言不由衷。

1949年以后，主动配合政治需求的创作占绝大多数，无论是小说、诗歌、散文还是戏剧，各种文学样式都竞相为政治服务。它们竭尽所能为新时代欢呼和歌唱；歌唱党、歌唱领袖、歌唱新中国、歌唱为缔造新中国艰苦奋战的军队，歌唱刚刚开始的新中国。在"文艺为工农兵服务"的口号下，农村题材成为大多数作家的必然选择，反映社会改革的小说成为新中国成立初期小说的一个热点。如赵树理的《登记》、谷峪的《新事新办》、马烽的《结婚》等作品大都是透过家庭和婚姻纠葛，鞭挞陈腐落后的社会习惯势力，歌颂农村新人新事新风尚。新中国成立后的散文创作、通讯、特写也相当兴旺。从客观上说，中华人民共和国的建立的确是一件亘古未有、翻天覆地的大事，人民群众对建设一个统一、安定、富强的新中国是充满了憧憬与热情的。他们的聪明才智、主动精神、劳动热情都达到了空前的高度，这需要被大家所了解，因此就迫切地要求被反映。从主观上说，进入了新的"群众时代"的多数作家，诚心诚意地愿意表现人民群众这个时代的主角，乐于讴歌建设和保卫祖国的英雄们的业绩。巴金就决心用那支写惯了痛苦的笔来表现人民的欢乐；冰心则表示要冲出个人的小天地投身到斗争的洪流中去。

就当时的情势来说，的确是时代的情绪压过了个人的感情，"大我"慑服、克制了"小我"。五四时期那种抒写个性的"美文"，现在作者不敢、不能或不愿、不屑再去尝试，现代的作家要用敏锐的眼光追踪时代的脚步，为新生活尽可能地歌唱。散文创作是主动配合政治的"轻骑兵"，它以最快的速度和最随意的样式直接去触及政治敏感的问题，所以颇受青睐。魏巍的《谁是最可爱的人》、巴金的《一个侦察员的故事》、杨朔的《用生命建设祖国的人们》等都是积极参与这场颂歌风潮的作品。1949 年以后的戏剧创作也是在一片锣鼓声中扮演着积极配合的主角。它的起源来自于毛泽东所倡导的"推陈出新"的旧剧改革，从 1949 年带来的延安遗风，一直到 60 年代前期的"京剧革命"，除了在反右前夕的时间节点上有短暂的创作自由外，"配合"成为这个文学样式的主要职责和任务。老舍也诚心诚意地积极投入了为新生活鼓吹的行列。他的《方珍珠》《龙须沟》就是配合"颂歌"的力作。曹禺从《明朗的天》到 60 年代的《胆剑篇》都在积极配合地进行创作。这种配合到 60 年代初的阶级斗争白热化时已经登峰造极，《夺印》《千万不要忘记》等可以说是那个时代戏剧直接图解政治意识形态的样板。

　　新中国成立初期，文学艺术家普遍怀有上述的文化观念，可以认为是主体意识自律性的结果，但这毕竟只是颂歌话语的成因之一，相比之下，在颂歌话语的形成过程中，起主要作用的是泛政治化语境的他律性。在中国近百年渐趋渐进的政治革命中，文艺服从于政治一再被要求、被强化，文艺的社会教育功能被彰显，而要求文学艺术独立品格的声音则被忽视、排斥、压抑，文艺只能随着政治同步进退。在《延安文艺座谈会上的讲话》发表后，经过整风运动统一文艺思想，以及大批文艺工作者探索民族化、大众化的实践，一个较为强有力的泛政治化语境占据了文学的主导地位，直接为新中国成立后的一体化颂歌时代的到来创造了社会基础。在民族危亡处于非常时期，这种泛政治化语境以及为抗战、为求民族解放的"无产阶级革命文学"的话语是客观的要求所必需的和必要的，也起到了不可估量的作用，但是站在民族文学健康发展的高度，或以无产阶级政党应有的远大眼光来衡量，没有给文学独特品质及自身发展的现代化要求以必要的重视，不能不令人遗憾。其后的反"胡风集团""丁、陈集团""反右倾""大跃进"直至"无产阶级文化大革命"等一系列政治运动，清晰地划出了中国政治话语向偏执发展的轨迹。文学也自然被政治一步步改造，逐渐失去了自身多样化的审美品质。贺敬之在《贺敬之诗选》"自序"中也指出，"我们还必须说：我对社会主义事业的理解真是太肤浅、太幼稚了，对我们生活中矛盾的认识过于简单、过于天真了。这就使得我在作品中不能准确而大胆地表现矛盾斗争，因而就不能更深刻、更有力地反映和歌颂我们的伟大时代"。这是一个恳切而实在的自我解剖。文学作品是现实生活的反映，而现实生活中总是既有光明面又有黑暗面的。歌颂光明，可以使我们的光明发扬光大，它传达了诗人对祖国和人民的爱；暴露黑暗，可以使我们认识黑暗、消灭黑暗，进而扩大光明、保卫光明，同样可以表达诗人对祖国和人民的赤子之情。这就是文学作品反映现实生活的辩证法。

新中国成立之初，周扬又以中国文艺界领导和文艺理论权威话语的角色发表《社会主义现实主义——中国文学前进的道路》一文，可以认为自此社会主义文艺理论体系最终形成，这也是对新中国文学模式的规范。与胡风强调创作主体"主观战斗精神""自我扩张"，强调主体意识和个体实践精神的现实主义理论体系相比较，这一理论更强调集团话语，更具有强烈的使命感。1958年"社会主义现实主义和革命浪漫主义"两结合被正式提出，迎合了时代的需求。周扬曾就"两结合"方法解释说："是根据当前时代的特点和需要而提出的一项十分正确的主张，没有高度的革命的浪漫主义精神就不足以表现我们的时代，我们的人民，我们工人阶级的共产主义风格。"郭沫若也表示："文学活动是形象思维，它是允许想象，并允许夸大的。"这些表述明显偏重于"革命的浪漫主义"，对颂歌文学思潮起了倡导、要求和推波助澜的作用。另外还有一个不可忽视的现象，就是延安文学时期处于被启蒙、被教育而觉悟革命的工农兵角色，在社会主义时期已成为"高大的革命英雄形象"，必须被歌颂，否则作家的世界观就会受到怀疑，这个变化在很大程度上制约了作家的创作。正是由于这些多重复杂因素交织为一体，即使当社会生活中存在的明显失误被作家所意识，或在作品中有所显露时，也很快会被"纠偏"。一体化的政治只允许一体化的颂歌话语存在，这恐怕是那一时代的必然。新中国成立初期的小说创作基本上反映了工农兵群众生活，体现了他们的新面貌、新品质。由于文学艺术中某些简单化倾向的影响，这一时期的小说创作题材比较狭窄，公式化、概念化现象比较明显。事实上，50 年代初，一些作家基于对生活实践的切实体验，也曾写过一批如《青春之歌》等较好的现实主义作品，但在以"社会主义文艺标准"衡量下，这些作品遭到了粗暴的批评，使得大批作家自觉不自觉地对作品进行伤筋动骨的修改，这也是文学艺术家在泛政治化语境中主动或被动趋同的心态表现。

　　有学者详细地考察过"双百"方针提出的历史背景，在"胡风事件"之后，毛泽东曾对文学上公式化、概念化的问题表示不满，并在广泛征求意见的基础上，提出文化学术上要执行"百花齐放，百家争鸣"的方针，力图打破文艺界沉闷的空气，使得整体的颂歌模式受到一定程度的冲击。这时的诗人开始重新追求诗歌的意境之美，这时的诗歌在为政治服务、歌唱新中国的基础上，尽力在艺术上有所追求，淡化"宣传鼓动员"的影子，经过反思"找回已经丧失的自我"，表达自己"发自内心的感情"。如严阵写于 20 世纪 60 年代的诗集《江南曲》画面明丽、气氛欢快、意境优美，"十里桃花/｜里杨柳/｜里红旗风里抖/江南春/浓似酒。"（《江南春歌》）他竭力发现和发掘大自然的美与生活的美。因为陆续写出一些反映新疆少数民族生活和爱情的诗，而成为诗坛上一颗新星的闻捷，在共和国初期的颂歌中把歌颂主题表现得比较巧妙，不那么直露，而且能够以生动的生活情趣感人。他的《天山牧歌》以清新的笔调、优美的语言以及鲜明的形象，从不同的角度反映了新疆兄弟民族的生活，着力表现了新中国建立后他们新的精神、生活面貌和美好理想，为新生活唱起时代的赞歌。如《葡萄成熟了》"悭吝的姑娘呵，你们的葡萄准是酸的"。生动细致，充满生活气息，表现出维吾尔青年活泼多情、幽默诙谐的个性，给当时被禁锢的文坛带来一股新鲜的风。他努力摆脱生硬的政治说教和标语口号，进入人的感情世界，描摹内心微妙的感受，这一点在当时的确是一个大的突破。

这一时期在小说创作上也出现了有所突破的作家，如萧也牧的《我们夫妇之间》。即使后来被认为是对无产阶级工农干部的嘲笑而受到批判，也不能否认是依据现实、表现现实的大胆尝试。在1956年及1957年上半年，又出现了所谓"干预生活"的特写作品。像耿简的《爬在旗杆上的人》等都属于此类。这种作品打破了"颂歌文学"的一统天下，使文学更加贴近生活，直面现实，表现出了犀利的思想锋芒。"双百方针"在具体落实时遇到了强大的阻力，之后的"反右"斗争和"大跃进"运动犹如一场冷雨，浇灭了"叛逆"的星星之火，诗歌的前进重新回到原来的轨道，这也从一个侧面说明了当时的文化语境对文学创作的影响。毛泽东虽然以自己所具有的权威决心推行"双百"方针，但当文艺"开放"稍显"自由"，便超出了政治所能够接受的范围，文学又在"反右倾"的运动中回归既定的颂歌范式，以致发展到"文化大革命"时期，"三突出"创作原则把颂歌话语推至极端。

二　战歌体：战争记忆的回响

在对"十七年"文学进行研究的过程中，值得关注的一个问题是：研究者大多关注这一时期文学的"颂歌"样式（那种在锣鼓喧天中庆祝新国体诞生的喜悦与山呼万岁时的激情化作稚嫩的诗篇）的局限性，而忽略了被这一现象掩盖着的"战歌"文学样式。德国学者顾彬所撰写的《二十世纪中国文学史》中对一些大的文学思潮和文学现象的把握是有历史眼光的，其价值判断也基本公允准确。譬如他把1949年以后的共和国文学归纳为"文学的军事化"，也就是看出了它的"战斗性"："1949年以后，文艺成为建设'新'社会过程中常用的手段。由于新的文艺美学诞生于战火纷飞的1942年，所以使用了军事化的语汇，强调阶级斗争和游击战争策略。"战争美学需要体现国家意志，需要塑造"普通人"代表党和人民的声音。这种战争美学的核心观点有以下四点：（1）文学与战争任务一致；（2）必须进行史无前例的革命；（3）文学水平的标准是战士即人民群众（大众文化）；（4）文艺工作者之所以来自大众，是基于战争经验（业余艺术家）。作为一个"局外"的20世纪中国文学史的治史者，顾彬对1949年中国文学深层走向的领悟，似乎要比我们国内的许多当代文学的史学家们敏锐得多。

实际上，"战歌"的号角几乎在共和国诞生之时就吹响了，胡风在1949年新中国的隆隆礼炮中写就的《时间开始了》成为埋葬他思想和肉躯的开始。十月的《人民文学》上赫然醒目地刊登了丁玲、陈企霞充满着火药味的批判白朗《战斗到明天》的长文，这一历史的细节无疑标示着一种新的白刃战在文艺思想领域内的开始。大量的"火光在前"的革命战争题材作品就把这种火药味散发得浓浓的，营造了一种战斗的气息和氛围。而批判《关连长》和《我们夫妇之间》就是阶级斗争新的时间的开始。从此，新中国的文艺批判对准了一切有不同意见的"反动派"：从"三反""五反"到批判电影《武训传》、批"新红学派"、批胡风，再到"反右斗争"，其思想史和文学史是紧密相连、丝丝入扣的，我们可以在"十七年"文学创作的深处毫不费力地找到阶级斗争的影子。

诗歌创作是"颂歌"与"战歌"最直接的"简单的传声筒"。20世纪60年代阶级斗争扩大化后，格调高昂、充满战斗激情的政治抒情诗迅速崛起，逐渐取代优美和谐的赞美诗走向主流的位置，"颂歌"变为"战歌",标语化、口号化、政治化,政治抒情诗一统天下。政治抒情诗的作用不容忽视,它在建设社会主义精神文明的事业中能够发挥重要作用。在共和国诞生的初期,百废待兴,人心思治,以郭小川等为代表的一批优秀诗人及时创作了大量的政治抒情诗,鼓舞了无数的人投入建国兴邦的伟大事业,为振奋民族精神、弘扬社会正气发挥了重大作用。在那个时代,几乎每一起重大的政治事件、每一个重要的节日、每一项辉煌的建设成就以及群众性的大型活动等,都催生了影响深远的像《投入火热的斗争》《向困难进军》那样的"洪钟大吕"。政治抒情诗成为人民精神生活中不可或缺的一项内容。

但政治抒情诗并不是在 20 世纪 60 年代才出现的,作为独立形态的诗歌体式,政治抒情诗在 50 年代初中期就已经出现,如何其芳的《我们最伟大的节日》、贺敬之的《放声歌唱》。60 年代,社会生活中的斗争气氛进一步紧张,对外关系空前恶化,不仅有来自帝国主义国家的威胁,国民党反攻大陆的恐慌,苏联修正主义集团的对立,还有国内严重的经济危机,这些困难聚集在一起,大有压垮尚在幼年期的新中国之意。为了克服这些困难,积极应对危机,实现新中国真正意义上的独立自主,新中国选择继续沿袭革命胜利的"法宝",即积极发动人民群众的力量,加强阶级斗争的观念,鼓舞人们的革命斗志,实现全民族的抗战。特别是 1962 年 9 月"千万不要忘记阶级斗争"的口号提出以后,生活中出现了更多的集会、游行和标语口号,通过暴风骤雨式的政治教育和各式各样的忆苦思甜大会,更多的民众被发动起来,这时的文艺工作者们作为政治的"传声筒",顺应时代的要求,积极投身到这场新的战争中去。他们的作品大都将表现重大的斗争作为主题,以鼓舞人们的革命斗志为目的。当时,不忘阶级苦,牢记血泪仇,发扬革命传统,警惕阶级敌人的破坏,反对"修正主义"、防止"修正主义"等观点直接进驻诗人的诗中,表达诗人的态度。火药味浓烈的政治抒情诗因为强烈的斗争动员的感染力,受到当时诗坛的欢迎,逐渐成为主导潮流。对社会主义新生活和祖国大好河山的一般歌颂和赞美，已经不能满足社会现实的需要。新中国的存在和发展受到威胁的时候，重新吹响时代的号角，为维护社会主义新秩序摇旗呐喊、鼓劲加油，成为这一时期文艺工作者的主要任务，因此昂扬的战斗旋律重新出现并主宰了新中国的文坛。"祖国/它无比壮丽/但又困难重重呵/在那遥远的海上的早晨/高悬五星红旗的/崭新的轮船/满载了货物/迎着太阳的万道金光/在远方隐没/而帝国主义的机群/却正载着/仇恨和惊慌/呼啸而过。"郭小川的这首《投入火热的斗争》就表现了共和国初期的诗人们一方面对建设一个繁荣强盛的国家充满信心，另一方面又对客观环境做出严峻的判断，相信中国的解放事业还只是走完了万里长征的第一步，其后还有更为严酷的斗争，这种思想决定了社会生活中政治主导作用的全面加强。立场坚定、爱憎分明、斗志昂扬，有坚定正确的政治方向，有高尚的革命情操，对革命无限忠诚、对领袖无限热爱、对阶级敌人则无限仇恨，这些几乎成了 20 世纪 60 年代政治抒情诗主人公形象的基本特质。诗歌的抒情性、议论性增强，写实性、叙事性减弱，时刻迸发的革命激情逐渐取代对新时代、新生活的描摹和憧憬。擅长营造优美意境的严阵也开始表现战斗激情，写现实斗争的严峻。"地主在梦中，又回到他原来的宅院""出工路上，有人暗暗把地界查看"就是他这一时期的创作。政治抒情诗中虽然有一些如郭小川的《甘蔗林——青纱帐》《厦门风姿》那样的优秀作品出现，但大多数作品是由激昂的情绪、大批判式的吟诵、口号式的语词组成的，形式、内容相对单一。

毫无疑问，在所有的文学样式中，与现实生活、政治经济等关系最密切的莫过于政治抒情诗。重大的政治事件、变幻的时代风云、精神世界的主旋律等是这类诗歌观照和反映的主要对象。郭小川自诩为"战士兼诗人"，诗人首先是战士，要纵观整个新时代，眼光应该敏锐，唤起人们斗争。郭小川曾明确表示："时代特色是第一位的。没有时代特色，恐怕谈不上值得追求的个人特色。"不难看出，作者的自觉追求与努力实践形成了其政治抒情诗在内容方面的首要特色。无论是郭小川创作于抗战时期的《我们歌唱黄河》《草鞋》《毛泽东之歌》，还是他出版于 20 世纪 50 年代的《平原老人》《投入火热的斗争》，郭小川的诗歌始终与人民、与战士在一起。翻开郭小川的诗作，其内容取向上最为显著的特征即是紧随时代主潮，注重反映社会政治脉搏的跳动。他的诗篇展现了广阔的时代风貌，是自共和国初创时期直到"文化大革命"结束其间政治风云的一面镜子。"我过早地同我们的祖国在一起/负担着巨大的忧患""从我少年时代的末尾/我就是党的/小小的一员""哦，我的青春、我的信念、我的梦想/无不在北方的青纱帐里染上战斗的火光"，这里的"我"（诗人）与革命群体、革命历史合而为一，郭小川的诗歌时刻带给大众震撼的力量。正是从这个意义上讲，郭小川确实无愧于他所处的时代。他总是积极地反映时代的斗争形势，自觉地关心政治并为之服务。在诗歌观念上，他与其他奋战在诗歌战线上的同代诗人一样，绝对不会质疑诗歌是政治的工具，是革命机器的一部分。随着《致青年公民》《将军三部曲》《甘蔗林——青纱帐》等诗集的出版，诗人的诗歌创作所表现出的执着探索和澎湃热情逐渐走向成熟。《甘蔗林——青纱帐》一直为人称道。诗人从今天的社会主义现代化建设联想到昔日的战斗岁月，并满怀深情地带领年轻时代的战友一起回忆青纱帐里的战斗生活、追溯过往的革命热情和美好志愿。"我们的青纱帐哟，跟甘蔗林一样地布满浓阴……我们的青纱帐哟，跟甘蔗林一样地脉脉情深……"即使昔日的战友已经遍布祖国各地，不可能重新回到青纱帐中，但是诗人坚信，在青纱帐中共同经历过艰苦岁月洗礼的战友们，即使生活在香甜的甘蔗林中，也不会失了革命本色，即使在今天的斗争中，依然能够扛起时代的"枪炮"，继续战斗。在这里，诗人用亲身经历和饱满的感情，紧扣时代表现政治需要的主题。20 世纪 50 年代中期写的《致青年公民》使郭小川跻身于我国当代优秀诗人的行列。组诗以炽烈的感情、磅礴的气势，表现了处在社会主义革命和建设高潮中的中国人民的一代精神风貌，在青年读者中产生了热烈的反响，不知鼓舞了多少有志青年投身沸腾的生活和斗争。诗人自觉地把诗歌创作同无产阶级的战斗使命结合起来，号召青年人以百倍的意志和毅力，勇敢地投入火热的斗争，同祖国一起度过这壮丽的青春。《向困难进军》是《致青年公民》组诗中的一首。当时诗人刚从中央宣传部文艺处调回中国作协工作，工作环境的转换和革命形势的鼓舞，使诗人重新拿起搁置多年的诗歌这一武器。他在谈到自己的创作动机时说："那时候社会主义建设和社会主义革命的伟大号召已经响彻云霄，我情不自禁地以一个宣传鼓动员的姿态，写下了一行行政治性的句子，简直就像抗日战争时期在乡村的土墙上书写动员标语一样。""我的出发点是简单明了的，我愿意让这支笔蘸满了战斗的热情，帮助我们读者，首先是青年读者生长革命的意志，勇敢地'投入火热的斗争'。"所以《向困难进军》既是一首政治抒情诗，也是一首政治鼓动诗。诗人以饱满的革命激情和富有鼓动性的语言，向人们揭示时代生活的真谛，号召和鼓舞青年一代为建设社会主义祖国勇敢地"向困难进军"，让"青春的火光"在社会主义的高潮中永远闪耀。诗篇最后直抒胸臆："同志们：让我们／以百倍的勇气和毅力／向困难进军！／不仅用言词／而且用行动／说明我们是真正的公民！"他的诗歌具有强烈的时代精神和昂扬的战斗激情。这样的声音响彻着时代的呼唤，闪耀着时代的光彩，成为推动人们前进并不断革命的战歌。

政治对小说创作的"规范"表现在十七年小说身上是认识价值大于审美价值。1949 年 7 月第一次文代会上确立毛泽东《在延安文艺座谈会上的讲话》中提出的"为工农兵服务"的文艺思想为"新的人民的文艺"的根本方向。这意味着一种思想统一的新的文艺格局的形成。"为工农兵服务"的命题在这时主要被阐释为写工农兵的生活，工业、农业、军队成为小说创作的主要题材，反映革命历史斗争和抗美援朝战争的作品占有显著的位置。与传统的英雄人物相比，这一时期创作中的英雄人物明显呈现出人为泛化的特点，如英雄战士、英雄老人、英雄母亲、少年英雄等，小说中的主人公大大小小都是"英雄"。英雄人物往往在敌我矛盾的尖锐冲突中或危急、困难关头临危不惧、轻松解决问题，表现出英雄品质。这种人物设置的极端形式便是"文化大革命"中的"三突出"创作原则，出现了一个个"高大全"式的英雄人物。峻青和王愿坚的创作作为一种崇高的悲剧风格，符合当时主流叙事关于革命历史题材创作所提倡的风格，因而受到推崇。峻青和王愿坚的作品大多取材于在艰苦的革命战争年代，在生死存亡的重要关头流血牺牲的悲剧故事。无论是描写抗日战争和解放战争期间武装斗争生活的《黎明的河边》《最后的报告》，还是表现和平建设时期生活和斗争的《丹崖白雪》《海燕》，峻青把笔触伸向过去充满残酷斗争的年代，用悲壮的战歌来歌颂和平的伟大。同峻青的创作主题思想一样，王愿坚的创作目的也是通过讲述过去的艰难历史，来感知今天生活的不易，起到教育宣传作用。《党费》中塑造了一个大无畏的英雄形象，他不怕流血牺牲，为了祖国，为了伟大的党，时刻准备着奉献自己的一切。刘白羽的《火光在前》是一部与共和国同时诞生的中篇，作者以火一般的战斗热情，反映了解放战争时期我军的渡江战役，使我们看到了在黑夜与黎明交替时刻动人心魄的战斗场面。孔厥、袁静的《新儿女英雄传》以章回体小说的形式，通过生动的故事情节，记载了抗日战争时期中华儿女可歌可泣的斗争事迹。《上甘岭》《三千里江山》等小说则对志愿军英雄们崇高的爱国主义和国际主义精神进行了高度歌颂和赞扬。

共和国建立之初，通讯、特写和报告文学等纪实性散文因为具备短小精悍和战斗力强等特点，因而占据了文坛的主导地位，抗美援朝和国内经济建设是散文创作的主要主题。巴金、魏巍、杨朔等大批作家亲赴朝鲜战场，创作出了大量反映志愿军英勇作战的"战地通讯"和"军事报告"，如魏巍的《谁是最可爱的人》、巴金的《生活在英雄们中间》、刘白羽的《朝鲜在战火中前进》、杨朔的《鸭绿江南北》等，这些记载朝鲜战场英雄战士和英雄作为的通讯和报告，毫不吝啬地赞美我们伟大的战士和伟大的祖国，激励着一代又一代的英雄儿女们。

戏剧方面的配合更是不遗余力。第一届全国京剧现代戏观摩演出大会的剧目《红灯记》《芦荡火种》《奇袭白虎团》《智取威虎山》《红色娘子军》《杜鹃山》引起强烈的反响，它们就是"革命样板戏"的前身。这次会演证明了用京剧这种传统艺术形式，完全可以适应时代政治的需要，表现现代生活，建构革命历史，塑造英雄形象，张扬革命精神，成为"鼓舞人民、教育人民、打击敌人"的工具。1967 年的《红旗》杂志第 6 期发表社论：京剧革命的胜利，宣判了反革命修正主义文艺路线的破产，给无产阶级新文艺的发展开拓了一个崭新的纪元。

所以，所谓"战歌体"，不是指书写战争的题材，而是指在作品中充满战争的氛围与战斗的气息，表达作家或人物战斗的意志，昂扬着一种革命乐观主义情怀。战歌体一方面鼓舞了中国人民进行社会主义革命与建设的士气，另一方面则在一定程度上夸大矛盾或遮蔽矛盾，有的作品与生活真实、艺术真实尚存距离。

三　私语化：私密空间的自赏

自 20 世纪 90 年代起，中国社会进入社会主义市场经济时代，这一时期往往被概括为中国社会的"转型期"，经济体制转轨，中国的政治、经济、文化领域都发生了巨大变化。经济空前繁荣，人民的生活水平迅速提高，贫富分化加剧，拜金主义盛行，道德出现滑坡，开放多元的转型期文化格局的出现，市场经济和商品化浪潮的冲击，造成文学作品面临商品化、人文精神严重失落和理性丧失的尴尬境地，大众文化在技术复制时代和物质利益至上的环境中，不可避免地走向世俗。女性写作就是在这样的文化语境中，自然而然地发生了新的变化，呈现出众声喧哗的场景。这一时期的女性作家开始练习摆脱男性的附庸地位，其作品也开始摆脱"十七年"的无性别文学,她们讲述女人自己的故事,深度挖掘女性自身的心路历程和生存形态。她们不惧自我暴露,在窃窃私语里与过去"我能要什么"作别,大胆告白"我想要什么",写作呈现一种飞翔的态势。

90 年代社会生活对个人和个体的重视,折射到文学上就是私语化写作的出现。"对女性写作的'私语化'写作的关注最早见于 1994 年,缘起于对林白《一个人的战争》、海男《我的情人们》、陈染《私人生活》等作品的讨论。"① 这类作品最初被命名为"女性隐私文学",并开始有了以"私语""个人写作"等来概括其特点的论述。女性私语化写作在中国女性文学发展史上具有革命意义,标志着女性作家对自己的性别真正有了深刻认识和理论自觉。她们开始撩开覆盖在女性写作上的种种意识形态先见和伪装色彩,以独特的女性视角直面女性人生、生命及性别存在,倾诉来自女性生命深处的情感、心理和生理等隐秘体验。这不仅是中国女性文学的变革,更是中国社会的变革。以陈染、林白、海男等为代表的女性作家,开辟了属于自己的私语天空,这是"90 年代中国女性文学最引人注目、遭非议最多的一脉。"②

20 世纪 90 年代寻求自我解放和自我定位的女性文学,并不是空穴来风。中国进入市场经济时代,随着现代化进程的逐步推进,文化背景也随之发生改变和转型,文学作品主题表现出明显的对宏大叙事的消解态度,知识分子和精英话语也遭受了沉重打击,文化政策和学术氛围逐渐趋向自由宽松。"十七年"以来的"宏大叙事"在 90 年代被整体瓦解、颠覆,取而代之的是对关注个体主体生存和生命状态的追求,精英知识分子的启蒙理性主义日渐衰微,对当代中国社会普通个体的生命意志、心理路程以及生存体验的记录和书写达到前所未有的高度。

---

① 徐坤:《双调夜行船——九十年代的女性写作》,山西教育出版社,1999。
② 朱栋霖主编《中国现代文学史》(下),高等教育出版社,1999,第 181 页。

　　自我倾诉是女性文学创作发端的一个重要叙事特征，现代女性作家大多也是从自我倾诉开始创作起步的。比如庐隐的《海滨故人》、丁玲的《莎菲女士的日记》就"姐妹情谊""女性对爱情和欲望的追求"等话题已经开始表露自己的真实想法；80 年代以来随着改革开放的推进，一批身心疲惫的女性作家的内心和写作渐渐显露出女性的觉醒和独立，张洁的《爱，是不能忘记的》《祖母绿》《方舟》等一系列作品反映出了 80 年代初期爱情主题在女性写作中的回归、女性意识的逐渐复苏，这也是一个由对男性单纯的迷恋，到男性魅力解构，直至男女两性关系颠覆的发展过程，女性在此时经历了重新认识自我和异性并且重新定位的蜕变；80 年代后期，王安忆、铁凝的作品将女性写作引向了一个崭新的领域，她们勇敢突破男性话语的禁忌，大胆将情爱描写引入文本叙事，展现女性在两性关系中的积极主动姿态。王安忆的"三恋"系列，敢于"大胆地描写两性之间的相互吸引和交合，既写出了人的原始本能，又具有现代性爱意识，是对中国传统文化中盲目排斥性爱的反拨"①。铁凝的"三垛"系列同样是从男性话语禁忌"性"的主题入手，将宏大的历史背景和社会生活浓缩和解构在男女之间的性爱故事中，让人在轻描淡写的叙事中领略生活的凝重和人性的残酷。"小说以性爱生活为视角环顾体味人生。通过对这几个女人的生命状态、生命体验和生命毁灭的冷静、客观的描述，写出女人生存的原初模样，她们对男性世界的依附心理和不可逆转的命运悲剧。这里，惯常用的政治、社会、道德的评判似已隐去，而直接进入对女性生命本相的揭示达到了新的高度"②。虽然王安忆的作品表现出对于女性本能的正视和提升，敢于大胆彰显女性在两性关系中的重要性，侧重强调两性之间自然的生命冲动和互相需要、彼此依赖的关系，终于使女性以全新的面貌浮出历史

---

① 王庆生主编《中国当代文学》（下），华中师范大学出版社，1999，第 206 页。
② 盛英主编《二十世纪中国女性文学史》，天津人民出版社，1995，第 774 页。

地表，但其作品并未从根本上脱离男性话语的模式，在作品结尾往往将女性导向男性设定的传统角色。铁凝的作品虽然启示着女性对于自身命运更为理性的自我审视和客观的深度思考，但是其作品仍然保留着传统女性的审美观，即把女性的终极价值最终指向和寄托于母性。

90年代女性写作中普遍出现的自我诉说，则是一种具有革命性的私人话语，它将话语的着眼点从重大事件和宏大叙事中脱离出来，运用女性独特的话语机制、叛逆性的文字，来倾诉女性个体带有私密性的情感、体验和想象，这是来自女性身体的神秘声音。法国女性主义者埃莱娜·西苏曾号召女性作家"写你自己。必须让人们听到你的身体"①。她认为女性身体是解构男权社会文化的有力武器，女性只有获得书写自己身体的权利，才能摆脱男权意识形态对女性身体的话语控制，从而为女性文化重建找到出路。因此，女性作家以独特的话语方式，忠实地传达出来自身体的神秘声音，对女性文学的发展来说是关键的一步。这种表现躯体、表现女性欲望的女性写作，是一种"无法攻破的语言，这语言将摧毁隔阂、等级、花言巧语和清规戒律"（《美杜莎的笑声》），它是反理性的、无规范的，具有极大的破坏性。

"用自己的肉体表达自己的思想"一直是男性评论家们攻击女性写作的靶子，由于男性有意无意地误读，使"躯体写作"承担了女性隐私愿意"被看"的罪名。他们将"身体"等同于女性独特经验的存在，将女同性恋、恋父、自慰、自恋等"性别"含义相互矛盾的女性欲望表述，以及做金钱、权力的情人等，一概视为是"女性"的，将男性躯体等同于男权中心，将两性关系对立化，就是以性地位的对抗、性暴力式的"两性战争"，来取代五四以来女性写作中围绕女性参与社会发生的"两性冲突"。其实这些男权维护者们大可不必杞人忧天，女性长期处于的"第二性"地位，决定了她们不可能完全进入父权制权力秩

---

① 张京媛主编《当代女性主义文学批评》，北京大学出版社，1992，第194页。

序结构，中国女性跟随西方女权运动发起的解放运动，也只是想要属于自己的一间屋子。陈染曾表达过这样的强烈愿望："拥有一间如伍尔夫所说的'自己的屋子'，用来读书、写作和完成我每日必需的大脑与心的交谈，也用来消化外边那些弥漫的污浊与谎言，然后把它们丢进字纸篓中，再扔到外边去；拥有不用很多的金钱，以供我清淡的衣食薄茶和购买书籍；拥有一些不被别人注意和妨碍的自由，可以站立在人群之外眺望人的内心，保持住独自思索的姿势，从事内在的、外人看不见的自我斗争。"① 她们的骨子里始终接受温柔敦厚传统美德的束缚和羁绊（她们时刻处于叛逆和回归的循环中），不可、更不敢无所顾忌地越矩。"私人写作是私人拥有了远离政治和社会中心的生存空间，是对个体的生存体验的沉静反观和谛听，是自己的身体和欲望的喃喃叙述，是心灵在无人观赏时的独舞和独白。"② 可就是这近乎撒娇似的索取，却也被森严的男权维护者们视为大逆不道、不可饶恕。

新时期的女性文学并非全都是私语化的，大部分女性作家仍在积极地寻找这个社会女性自救的良方，大声呼唤女性所希望的社会理想和爱情理想，私语化写作因为对既得命运表示失望，不情愿再把未来寄托在虚无缥缈的理想之上，因此成为新女性文学一道新鲜的彩虹，逐渐得到新女性作家的普遍认同。崇尚私语化、个人化写作的女性作家，因为其独特的理解来自于她们对女性处境的深切体会，所以大多是以一种近乎执拗的叙述方式，将女性私密的性别体验描绘出来孤芳自赏，通过叙述个人经历、个人记忆以及个人心理等女性深层意识空间所隐含的形态，对女性世界进行更深刻、更透明的揭示。她们通过书写自身来叙述个人经验，是为了颠覆男权对女性的扭曲与压制，也是为了拒绝个人记忆被主流叙述同化而采取的一种叙事策略。此类女性作品以个人视角进入对

---

① 陈染：《我们能否与生活和解》，作家出版社，2001，第81页。
② 郭春林：《从"私语"到"私人写作"》，《文学评论》1999年第5期。

历史的重塑，展示个人的经历、回忆、情感、心理隐秘等，创作主体大多是在第一人称叙述的基础上，营构出的独特的审美心理时空，她们努力营造一种供接受主体与创作主体灵魂碰撞的氛围，写作带有半自传和自传的性质。这种第一人称的私密化写作，恰好满足了大众窥探个人隐私的猎奇心理，从另一个角度上说，又成为对大众审美空间不经意的迎合，符合市场化写作的要求。

第一人称"我"的叙述能给读者以很强的真实感和亲切感，作为私语型的女作家，为表现主观情感的需要，更是频繁地使用着第一人称叙述。比如陈染的作品就喜欢运用第一人称，叙事者在很大程度上是作者的灵魂投影。作家凭借本人最深重的人生体验，真实地写出隐秘的私人经历，将记忆之中的诸多事件逐步揭示出来。长篇小说《私人生活》塑造了一个"敏感拧巴"的女性形象——倪拗拗，从她的名字就可以看出主人公的孤僻和孤独，倪拗拗与母亲相依为命，却又互相窥视和提防，父亲游离于她的生活之外，对父亲这一角色的存在，她既充满怨恨，又有无法言说的依恋。母亲的神经质和父亲在她生命中的缺席，让这个脸色苍白、身材纤瘦的女孩最终形成敏感孤僻的性格，她极度缺乏安全感，生命中没有可信任的，她已经习惯小心翼翼地躲开人群孤独地生活，这样的人物设置本身就具有了鲜明的女性私人经验的意味。"我"是故事的叙述人，看着那一个个触目惊心的"我"，故作老练和开化的文字里埋着一颗脆弱、敏感的心，"现在，我孑然一身。这很好，我已经不再需要交谈……"知识女性在婚恋、家庭、社会中接触到的创伤性体验和自闭情绪，借由"我"的口和盘托出，欣赏主体在阅读和鉴赏的过程中，由于私语化的叙述方式，产生了超越文本的想象和联想，在自身独特的生命体验中，再造出文学审美空间。所以，这种私语化的叙述策略极易引起欣赏主体和批评主体的情感共鸣，造成一种替代性的审美满足，使文学释放出最大的艺术能量。

即使小说不是以第一人称叙述的，其叙述视角也是一种"内聚焦"

的方法，即以主人公的眼睛去观察生活，以主人公的心灵去体验生活，以主人公的口吻去诉说生活经验，并在其中不经意地渗透作者本身真实的经历和情感。林白的《一个人的战争》介绍给大家一个名叫多米的女孩：她有着孤独的童年，经历着那个年代一个普通人的生活，上学、插队、回城。多米发表了文章，成为一个北京城的女作家，她有属于自己的情感世界……这一切都是建立在作者切身的生活经验之上的，是作者主观情感的表露。作家在其中涉及了少女时代的经验和极为个人的隐秘的记忆，将少女多米对身心欲望的渴求和幻想毫无避讳地表述出来，甚至大胆预言女性的终极宿命："一个人的战争意味着一个巴掌自己拍自己，一面墙自己挡住自己，一朵花自己毁灭自己。一个人的战争意味着一个女人自己嫁给自己。"从极端敏锐的体验方面，写女性身体和精神欲望的产生和毁灭。在这里，女性的生命历程被无限度地打开，私密化的遮羞布被毫不犹豫地揭掉，个性化的生命体验被赤裸裸地扒开供人鉴赏，女性作家的文本如此大胆直率得令人惊悚。

由 20 世纪 90 年代有着共同思想文化背景、类似生活经验、相仿文化资源，在叙事策略上表现出共成一派写作倾向的女性作家们创设的私语化叙述模式，描摹出的是一个个狭小而又琐屑的个人心理空间，这是人本能的、潜意识层面的多种需求和欲望的真实体现。对私语化模式较为完整的表述是陶东风的概括："（1）从写作的内容上说，私人化写作表达的是一种私人经验（意识与无意识）而不是公共经验或群体意识，特别是被社会公共的道德规范与普遍伦理法则抑制、排斥、遮蔽的私人经验。比如同性恋、弑父恋或恋父情结、恋母情结、自恋情结等等所谓的'异常经验''阴险心理'。私人化的写作对于宏伟的主题、宏伟的人物以及宏伟的公共化事件不感兴趣，同时对于依附于宏伟事件与宏大主题的精神历程（比如从资产阶级'小我'到无产阶级'大我'的'再生'经历）也不感兴趣。（2）从写作的方式上说，目前的私人化写作大多采用了'新回忆录'或'新传记式'叙述。其特点是追随私人下意识流动而展开的'琐碎式'叙述。但这里所谓的'琐碎'是相对于那种依附于宏大主题与精神再生之上的首尾一贯、有中心指向的事件叙述或心理描写而言，它是以私人秘密经验的跳跃式流动为叙述展开的依据，叙述自由、散漫、凌乱，视点游移不定；不再像原来的回忆录式、传记式写作那样指向一个超越的或伟大的终点（伟大理想的实现、革命的胜利、精神的再生、与历史的必然性相吻合的心灵历程等等）。（3）从作者角色上说，私人化写作的作者是一个小写的'私人'，而不是大写的'我'（群体、人民或公共代言人），他（她）只是私人经验的表达者与私人欲望的倾诉者，不是大众的生活导师、启蒙领袖、灵魂工程师，甚至也不是社会黑暗的暴露者与批判者。（4）从写作动机上说，私人化写作的驱动力是个人心理需要，尤其是无意识与隐秘欲望。群体无关的私人经验的表达冲动与倾诉欲望成为叙述的真正动力。这种动机无关乎国家、民族、群体、人类，也无关乎拯救人类、拯救社会等崇高使命。"[1] 私语化写作涉及了主流文化的禁忌如自恋情结、心理变态、同性恋等，通过直白的表露，追寻的是对自身的认识、反省和探索。作者在讲述自己故事的同时会抛给读者一个个的问题，作者本身并不想直接给出说教的答案（这是她们最为反感和排斥，想撕碎伪善的面具并踩在脚下的），她们想让别人了解自己的经历和想法，在理解的基础上，双方达成共识，进而潜移默化地影响读者的价值观，诱导大家打开心扉，说出自己引以为耻、隐藏于心底的龌龊和不堪，这是一种另类的释放和解放。私语化写作是建立在个人体验和个人记忆的基础之上的，它试图通过"个人化写作将被集体叙事视为禁忌的个人性经历从受到压抑的记忆中释放出来"[2]。但是，作者的所有感受、经验、记忆和想象并不是都能够或是有必要真诚赤裸地展示在世人面前。作家们悉

---

① 陶东风：《私人化写作：意义与误区》，《花城》1997年第1期。
② 林白：《林白文集》，江苏文艺出版社，1997，第293页。

心经营的只是一个故事，这毕竟不是作者自己的写实性自传，它需要艺术的加工和情绪的渲染，更不能完全脱离根深蒂固的传统文化的熏陶和洗礼。于是原本流畅的故事，因为作者的顾虑、游离而显得琐碎和混杂起来。林白的小说在这方面做得相当出色，她从自己的感觉、经验、意识和想象出发，打破传统的整体化叙述方式，用一种琐碎凌乱、变化不定的方式来叙事。如在《致命的飞翔》中就没有明晰的线索和引人入胜的情节，作者用一些凌乱的、琐碎的女性生活经验和想象片段来结构全文，在层层圈套和断裂式的叙事里呈现琐碎、混乱的效果，这既符合日常生活中的叙事习惯（易受干扰，想到哪，说到哪），又是对自我隐私和真实想法的保护。如在叙述"我"与登陆的情爱关系发展一线中，不时跃出对北诺的想象、兴趣、爱好及她与秃头男人的权色交易等零碎事件。作者的叙述听凭感觉、经验、记忆和想象自由流淌、不加束缚，现时叙述与过去回忆相交织，叙述时间与故事时间互相纠结。

在女作家的私密空间里，她们极为注意时刻保持对自己的心灵净化，文字和作品是女性作家审视自己是否纯粹的一面镜子。镜像的自恋是排除了他者眼光的自我欣赏。在自己空荡荡的房间里，没有了他人的存在，女性作家以人的眼光打量自己奇妙的身体，自我欣赏、自我观照和对话。陈染似乎已经习惯了一个人的生活，她纵使《无处告别》也要《站在无人的风口》《与往事干杯》逃离男人的世界，在《私人生活》里即使一直过着《在禁中守望》《独语人》的日子，也要独善其身。异性的世界里到处都被虚假和谎言充斥着，想要极力靠拢的女性友谊也会随时失去，最终女人唯有退回自己的壳，那里才是一片净土。《与往事十杯》乱伦式的命运和悲剧性的结局强化了这种情感，明显的女性独立意识和自我迷恋，表现女性唯有自己可以给予凭借依靠的未来。这种极限的安全感使女性的压抑得到释放，心理得到平衡。陈染的小说里女主人公的焦虑难以掩饰，她神经脆弱、情感异常敏感，直到找到真正的自己后方才心安，"所有的人都已安睡，世界已经安息了，我感到格外地安全"。

女性私语化写作在运用独特的女性经验挑战传统女性定位，解构男性话语霸权的同时，也存在着僵化和自我局限的危机，这主要体现在幽闭症、厌男症和自恋症上。她们将女性置于狭小空间内，与外界完全隔绝，沉浸在自我的世界里不可自拔；把男女两性搁置在完全对立的境地，表现出极端的弑父倾向和贬低男性的激烈态度；过度宣扬女性自我欲望和身体的重要性，将女性主体的发展囿于欲望化叙事中，试图用苍白的肉身来抵抗生活的穷途末路。戴锦华对陈染有着精辟到位的评价："她始终只是某一个人，经由她个人的心路与身路，经由她绵长而纤柔的作品序列走向我们又远离着我们。以一种并不激烈但又执拗的拒绝的姿态，陈染固守着她的'城堡'，一处空荡、迷乱、梦魇萦绕、回声碰撞的城堡，一幢富足且荒芜、密闭且开敞的玻璃屋。那与其说是一处精神家园，不如说只是一处对社会无从认同、无从加入的孤岛。"①

值得注意的是，擅长"私语化"写作的女作家们虽然紧握住文字的匕首，毫不留情地向"男性"这一对立的群体进攻，却在字里行间不经意地流露出对男性缺席自己生活的不满和缺憾。"我迷恋父亲般地拥有足够的思想和能力来'覆盖'我的男人，这几乎是到目前为止我生命中一个最为致命的残缺。"陈染《私人生活》中的女主人公倪拗拗虽然自小就仇视自己的父亲，有着典型的"弑父情结"，但是她依然无法摆脱弗洛伊德式的预言——"对于父亲的无比渴望"，而且将此视为一种致命的残缺。可见对于男性的排斥在陈染的文本中是不坚决的，她随时都在准备为弥补这一缺憾而放弃"偏见"。女性在试图借助同性之爱和自我恋爱逃离男性控制的同时，根本无法排遣对早已习惯的男权社会的留恋，并不能够与饱受传统熏染的思想根基彻底断开，这种潜意识的两难处境和选择上的徘徊不定，充分证实了女性根本无法彻底逃离男

---

① 戴锦华：《陈染：个人和女性的书写》，《当代作家评论》1996 年第 3 期。

性世界的羁绊而且也无须逃离，与其内心忍受着煎熬，倒不如坦然面对男女之间正常自然、合乎人性的感情流露。

私语化并不等于隐私化，它仅仅是一种观察生活、理解生活的角度，是一条通往个人心灵的悠长小道，抓住她抛下的枝蔓顺势而上，可能就会获得一片专属于女性的私语天地。它应该是一种自我与生活、身体与思想的对话方式，它以独立的人格为屏障，求得顺应个性的自然发展，不囿于书写自身、一味对抗和躲避，开阔、豁达地面对自己和自己所处的世界，与生活和解才是生存之道。

四 闲聊体：日常生活的还原

20 世纪 90 年代末流行开来的女性写作，无论是在写作姿态、主题形态，还是在叙事方式上，都与之前存在着明显的变化，从精神层面流向物质层面、从价值的存在到虚无、从潜意识场景到现世场景、从内在的思索到外在的表露、从诗性的书写到浅白的叙说，正是这种变化，使得女性的私人化写作由深刻走向了媚俗，渐渐流于表层，逐渐失去了初始的意义，并在不经意间迎合了男性文化。

私人化的姿态与意义渐渐流失，叙述成了自我经历的循环复制，身体叙事日益走向"肉身化"的展示，女性所要达到的反抗、颠覆、逃离反倒变成一种大众视阈中的"表演"，由此，女性和私人化写作自身存在的尴尬的两难境地随之凸显：一方面希望实现文化意义上的女性突围，但由于自身创作过程中在处理个人经验与自我审美距离时，过度沉迷于自我感性的宣泄而无法超脱出来，成为一种自我经验的循环复制；另一方面希望摆脱女性被书写的命运，但同时却又在无形中强化了女性被书写的现实，在一定程度上陷入了对当下和现实媚俗的陷阱而丧失了文化品格的提升。

商品经济还会继续发展，文化品格的放弃和转向，结果肯定是离文学越来越远，最终演变成一种浅俗的写作。文本的可读性与存在的长远性大大降低，只是一种即时的写作，这必然会造成其天生的脆弱性。90年代女性私语化写作游离了主流话语去展现自己的生活、心境，以一种边缘的眼光看待既有的社会准则，拓展女性个人生活的表现空间，使人们体悟到被社会群体经验所压抑与遮蔽的某些心理隐秘，具有不可否弃的独特价值。但是，90年代末流行于文坛的女性写作如卫慧、棉棉等的文本中所表现的自身另类经历，诸如吸毒、性等经验的直观书写，并未体现出任何正面的价值，反而成了一己欲望的宣泄。与此同时，当她们沉醉于自身有限的私人经验时，必然会造成这种经验的自我复制，在她们的文本中，经常会看到相同或相似的书写，而没有体现出"私人"的独一无二性，使得"私人"变成了商业社会中可以复制的商品，这必然会使"私人化"的姿态与意义流失。

90年代女性私人化写作的嬗变，也可以看作西方女性主义话语在中国本土语境中实践的溃败，由此也看出这种没有牢固的理论根基的书写，必然会产生种种变化，最终失去其企图想要达到的颠覆与反叛，只能湮没于主流叙事之中。90年代女性私语写作的先锋们，面对光怪陆离的女性文坛，势必是要有所作为了。

当女性沉浸在个人私密的狭小空间，面对镜子自我观照的时候，如潮水般的回忆和成长经历，终会在一个人的房间里渐渐干涸和枯竭。女性作家如果只钟情于自身而丧失对外部世界和他人的兴趣，如果只专注于网罗个人经验而游离在公共话语和题材之外，如果只沉迷于身体、性欲、成长的叙事角度和内容而忽略了道德和精神的层面，如果只是无关痛痒地谈论形而上的生死爱恨，却对门外和身边切实的社会问题视而不见，那么即使在她们的文本中"男性"被无数次地杀死，"男权"被千万次地诅咒，在现实社会和文化环境中依然起不到任何实质性的作用。如果女性写作不能摆脱私人化写作倾向的狭窄出路，只是沉溺于个人欲望的言说而忽略了对人类心灵和社会的普遍关注，那么，即便这样的隐退可以暂时逃避男权的压制，即便作者本人有着再多的想象力和独特的感受力，狭隘封闭的写作终会被自我独尊的意识渐渐封死，而作家和文本也终将面临被整个社会遗忘的危险，对于根深蒂固的男性中心社会和体制而言，自然构不成任何实际的影响。

当下女性文学是否能发展，就要看它究竟会以何种面目来面对我们这种充满焦虑混乱的现实和实实在在的日常生活，作家会如何从普通生活中提取诗情和灵感，如何在读者对文学日益淡漠的情况下坚持女性写作的探索。对于现存的诸多社会问题和对自我之外的"他者"的关注，以及对于人类共同命运的承担，应该成为具有女性独立意识的女性写作的真正内容，进而充实女性文本的主题并深化其内涵，波伏娃也曾经指出："真正伟大的作品是那些和整个世界抗辩的作品，但要和整个世界抗辩就需要对世界有一种深切的责任感。"这似乎也是女性私人化写作的出路之一，作家林白目前的创作历程可以算作一个最具有说服力的佐证。

带着女性主义作家标签的林白并不想满足"一间房子"的写作空间，她一直试图从自己建造的房子里突围出去，"我愿意多向民间语言学习，更愿意多向生活学习"。2000 年，林白沿着黄河流域旅行了一万多公里，根据亲身经历的风土人情完成了"跨文体作品"《枕黄记》。林白说自己希望通过这次艰难的行动，焕发对生活的热情，进而爱人们、爱世界，这是林白写作转变的开端。不过她似乎并不满意自己写完之后的精神状态，"这真像我生活之外的一次长征，一次肤浅的、没有胜利可言的长征，具有一种面向民间姿态，却停留在个人的困顿和疲惫之中，双脚虽然在行走，内心却远远没有打开"。2003 年，林白在《万物花开》后记中交代："我多想成为一个别人啊！一个人的一生是有限的，多一种人生是对我们的安慰，成为万物则是我们的妄想。"所以，她来到王榨村，变成大头脑袋里的 5 个瘤子，厮混于南瓜和牛群之中，冷眼旁观乡村生活。2005 年的《妇女闲聊录》，林白作为一个忠实的记录者，一字一句，原封不动地听到和写下一个有关木珍的世界，这里都是真人的声音，是口语，它粗糙、拖沓、重复、单调，同时也生动朴素，眉飞色舞，是人的声音和神的声音交织在一起，没有受到文人更多的伤害的一个活生生的世界。林白谈及并记录的木珍的世界，"最早是一种颠覆的冲动，无论生活，还是艺术。想要给自己的生命以某种冲击，在人生的中途，带给自己另一种震荡"。"我对自己说，《妇女闲聊录》是我所有作品中最朴素、最具现实感、最口语、与人世的痛痒最有关联，并且也最有趣味的一部作品，它有着另一种文学伦理和另一种小说观。这样想着，心里是妥帖的，只是觉得好。如果它没有达到我所认为的那样，我仍觉得是好的。它使我温暖。多年来，我把自己隔绝在世界之外，内心黑暗阴冷，充满焦虑和不安，对他人强烈不信任。我和世界之间的通道就这样被我关闭了。许多年来，我只热爱纸上的生活，对许多东西视而不见。对我而言，写作就是一切，世界是不存在的。我不知道，忽然有一天我会听见别人的声音，人世的一切会从这个声音中汹涌而来，带着世俗生活的全部声色与热闹，它把我席卷而去，把我带到一个辽阔光明的世界，使我重新感到山河日月，千湖浩荡。所有的耳语和呼唤就是这样来到的。"

林白的《妇女闲聊录》不同于一般现实主义对典型塑造的刻意追求，这部作品诉诸这个时代的人性的生存情境，这里是最为普通的所谓下层人群的声区。小说里的叙述者是一位操湖北（一个叫作王榨的地方）方言的女性，她的名字叫木珍。小说讲述普通农村妇女的闲时谈资，简单到些微低俗，完全的民间语言，登了大雅之堂。语言质朴到亲切，透着乡土味，那是泥土味混杂憨厚的笑呵呵声。话题涉及日常生活的方方面面，包括很多隐秘，真实地呈现在读者眼前。闲聊而且是妇女闲聊，东家长西家短，陈芝麻烂谷子，柴米油盐酱醋茶，养猪贩牛生孩子，说出来本是上不得台面的东西，林白却把它们整理成文字，而且要让这样"粗俗"的东西登上文学的大雅之堂。木珍所说的回家过年都在一个"钱"字上热闹，那些赌博、离婚、二奶、失学、生育、假货等话题，其实是对现实生活的一种锐利的说穿。

社会转型期给中国带来的是传统乡土中国农耕文明的衰败，这些巨变的社会性问题下掩藏的是人心的惶惑不安、手足的不知所措，它造成越来越多随波逐流的人潮和不得不放弃操守的人心。林白，一个一直活在自己的世界中的女子，双脚踩在泥土里敞开心扉倾听她们的声音。于是，从《枕黄记》开始，到《万物花开》《妇女闲聊录》，林白给当代文坛带来了惊喜，一个独立的且具有标志性的女性主义作家、一个长时间沉浸在自我虚无缥缈房间中的女作家，正在推开自己房间的窗子，与真实的生活对话，并且精确地对准乱世中人不安、惶惑、迷茫的穴位。一直被评论界认为是"文字脱离现实、自娱自乐无甚作为"的女性作家群体，开始努力寻找与现实对话的途径，并且投入真实的世界中去，林白了解焦虑的我们，也了解这个价值混乱的世界。

五　对话体：主体间性的互动

谈及对话体小说，不能忽略的就是当代作家王朔的小说。王朔擅长写对话，在他的小说中，对话占据主导地位，其小说中的对话可以代替一般的文字叙述来交代小说的人物、故事情节等，王朔更是因为幽默风趣且有鲜明北京地域特色的语言，最终塑造出王朔风格，其小说中的叙述人往往由小说中的某个人物来担当，其功能由对话来完成。作者把人物对话原原本本地记录下来，读者仿佛身临其境，出色的对话运用使人物形象丰满、立体、栩栩如生，王朔并不特意描写人物的穿着打扮、行为习惯，而是将对话摆在读者面前，让读者在蛛丝马迹里探寻真正的人物，从而走进人物的内心世界，朴实无华、直指人心。人们在发现的同时自然而然地触摸、完善和补充作者已经交代和想要交代的信息，实现最大意义的阅读快感。本文谈论的对话体小说并不局限于形式的对话性，隐藏于字里行间的因为对话而产生的主体间性的互动才是讨论的重点。

对话理论是巴赫金毕生研究的核心问题，在巴赫金看来，对话性不仅是一种艺术思维方式，更是一种哲学理念乃至一种人文精神。对话原则与独白原则相对，对话性为人的生存特性，他性和差异性是对话的前提和基础。巴赫金对差异性的确认，不仅仅是确认在一个社会、一个群体中，必定存在着两种或两种以上的不同乃至对立的思想观点和价值立场，更重要的是，承认不同的思想观点和价值立场都有其存在的合理性。对话体，它与复调理论密切相关。复调理论是巴赫金在研究俄国作家陀思妥耶夫斯基小说的基础上提出来的，"有着众多各自独立而不相融合的声音和意识，由具有充分价值的不同声音"① 的组合和相互作用，确切地说，就是不同声音彼此之间形成一种互相参照的对话关系。这种对话有两种基本形式：一种是人物之间的对话，另一种是人物自身内心的对话。这后一种对话又有两种表现形式，即自己内心矛盾的冲突和把他人意识作为内心的一个对立的话语进行对话。这些对话形式，尤其是后两种，被巴赫金称为是"双声语对话"，是复调小说的主要艺术手段。

铁凝的长篇小说《大浴女》就是一部典型的对话体小说，它以对话和辩难关系共存的对话见长，表现出不同声音和意识的对话关系，在文体形式上形成一种所谓的"对话体"。在此所说的"对话"，并不是泛指所有类型的对话，因为小说作品里的对话比比皆是，如果据此都称之为"对话体"，就从事实上取消了这种文体的独特性，也就失去了研究这种文体的价值和意义。因此，这里的对话体是一种复调性的对话体。复调性是小说对话体的内在特征，而对话体则是小说复调性的一种外在表现形式。王一川在《探访人的隐秘心灵——读铁凝的长篇小说

① 巴赫金：《陀思妥耶夫斯基诗学问题》，刘虎译，生活·读书·新知三联书店，1998，第29页。

〈大浴女〉》中就提出过"对话体"这一概念，并把它的应用追溯到《玫瑰门》。只是相较于《玫瑰门》，对话体在《大浴女》中的应用更为隐秘也更为多样化，更有力地表现出作者对人性的反思。对话体不仅是使作品思想得以传达的有效方式，更以作家的自审意识为依托。文体、作家意识、作品思想三者的完美契合使对话体不再仅仅是一个艺术形式，更成为一个文化事件。《大浴女》通过人物自身内心的对话、人物之间的对话以及人物自语式的对话结构全文，揭露出小说主人公不为人所知的隐秘世界，成功地运用了这种复调性对话体。

一是人物自身内心的对话。

在《大浴女》里，人物自身内心的对话主要表现在主人公尹小跳身上。妹妹尹小荃幼年的意外死亡在尹小跳心中造成的心理郁结是其内心对话的关节点。作者由一个三人沙发讲起，打开了尹小跳记忆的闸门。尹小荃的意外死亡一直是尹小跳无法摆脱的心理阴影，看到尹小荃经常待的沙发，尹小跳就想迫不及待地为自己开脱，"尹小荃就是在那天离开人世的，就在我们假寐之后一眨眼的功夫，梦一样。我们没有碰过她，我们没出房间，屁股底下的枕头能够证明。那之后又发生了什么呢？什么都没有发生，没有设计，没有预谋，没有行动"。即使理由这样充足，尹小跳仍然无法彻底说服自己，"啊，我是多么懦弱无助，多么毒如蛇蝎"。即使表面再风轻云淡，尹小跳心底还是过不去尹小荃的坎。她内心对话产生的基础是自己的矛盾，其中不仅有自己对自己的审判，而且潜意识里还不自觉地加入社会公众对她的审判，表现在她的内心对话中，就既有辩白也有忏悔，既有自我欺骗的幻影也有真实揭露的痛楚。后一句话将前一事实彻底推翻，从前后的矛盾中可以看出，前边的话是心理狡辩和自我欺骗的"我"，而后一句话是存在于真相中的"我"。两种思想，两个自我，于是就产生了人物的内心对话。实际上，即使在前一句虚弱的自我开脱里，主人公依然矛盾重重。"我们没有碰过她，我们没出房间，屁股底下的枕头能够证明。"尹小跳给自己准备了一个充足的不在场证明，但接下来她控制不住自己的思绪，"那之后又发生了什么呢？"即使发现苗头不对，紧急刹车，仍然留下蛛丝马迹，"什么都没有发生，没有设计，没有预谋，没有行动"。这欲盖弥彰的自我对话里隐藏着尹小跳内心激烈的矛盾冲突：实在忍不住了，说出来吧？不行，这一切与"我"无关，"我"承担不了这么大的责任！两个声音在尹小跳的身体里吵得不可开交，最后却不得不服从尹小跳的指挥，闭口不谈、息事宁人。而后一句"懦弱无肋、毒如蛇蝎"的自我评价，即使没有前一句交代事件的缘由，也必然是现在的尹小跳重新审视过去那个不敢承认事实和真相的"我"而挑起的反抗。"我"是被叙事者主观化了的，过去的人物"我"打上了现在的"我"的烙印，真实与主观之间必然出现裂隙，表现在尹小跳身上就是现在的尹小跳对过去事实的否定，也即对历史真相中的自我的否定。

二是人物之间的对话。

尹亦寻、章妩夫妇之间的对话在《大浴女》的对话描写里颇具特色。这对夫妇的对话表面上看来平平淡淡、一派和气，实则绵里藏针、针锋相对，内涵丰厚、用心良苦。两人本是恩爱夫妻，因为20世纪60、70年代的社会大环境，两人聚少离多，女方因为想要求得庇护委身他人。所以章妩曾经出轨这一事实就成为这对夫妻矛盾冲突的根源，而两人之间的对话也就始终围绕"揭开秘密"与"遮盖事实"展开。夫妻二人并不以离婚为目的，他们的出发点在于争取言论的主动权，争夺家庭的主导权，所以各自在维护这一关系的平衡中忙得不亦乐乎。两人将揭破与遮掩都做得并不彻底，留给对方攻击的把柄，你来我往，唇枪舌剑，游移于是否完全揭破或交代之时，就产生了话语本身与真实心理之间的裂隙。因此两人之间的对话不仅仅是两人冲突的显现，同时也成为彼此自我内心冲突的外在表现。可见，事实上他们也处在一种自我的对话之中，只是这种人物的内心对话不是用第二人称这一对话性较强的人称形式，也不像《玫瑰门》中的苏眉一样将内心独白对话化，而是以全知叙事深入彼此的心里。同时，两人冲突的先在性，决定了每次对话时两人的话语之中都蕴涵了与话语本身相反的潜台词，由此，对话进一步将彼此的矛盾心理揭示得淋漓尽致。比如，丈夫尹亦寻通过女儿尹小跳的信知道了妻子章妩出轨的行为，也知道了尹小荃的来历，他的心里自然是充满了愤怒和屈辱，但他直到尹小荃死之前一直坚持着不问，为的是以折磨章妩的神经来惩罚她；如果问了，妻子说出了自己的罪过，那么就意味着将自己的屈辱公开化，而置自我于尴尬难堪的境地。尹亦寻的这些心理是在猜度了章妩应有的心理之后产生的，章妩的心理在某种程度上也得到了揭露：她既渴望丈夫的讨伐以尽快使自己解脱，又害怕这个时刻的到来，自己无力承担道德的谴责。因此只要不被逼到走投无路，她就选择缄口不言。于是，二人在这样的心理前提下有了下面的对话，尹亦寻从询问小跳而一步步把对象转移到章妩身上。

> "你经常把孩子拽给她们然后自己在家里蹬缝纫机？"
> "也不是经常，我有时候要给她们做衣服。"
> "谁们？"
> "她们，她们姐儿仨。"
> "你说你做衣服不经常，那么你经常做什么你能不能告诉我？"
> "我经常做什么？小跳每次给你写信不是都说了吗？"
> "别把孩子扯进来。"
>
> "这我实在就搞不明白了，你有病，所以你有比所有人都富余的时间，这几年你到底用这些时间干了些什么？"

章妩和尹亦寻两人间的对话，不仅是两人心智的较量，同时也是自我内心的较量，是一种双重的复调性。只是前者是有形的，而后者是无形的，是隐藏在人物各自话语背后欲言又止的矛盾。通过对话体这一文体形式，小说有效地将人物在反思途中所经历的自我内心和彼此之间的交锋与对抗展现出来。

三是人物自语式的对话。

《大浴女》中尹小跳与唐菲、万美辰的对话基本上是后者的自言自语，尹小跳在这里扮演的仅仅是一个了解内幕的听众，她只在必要的时候给对方以回应，给对方安全感。从这种意义上讲，尹小跳的存在只不过起到了把唐菲和万美辰的独白串联起来的作用，这样就不自觉地形成人物自语式的对话。尹小跳和唐菲虽然是朋友，但彼此对对方的生活状态和生活态度又充满羡慕和嫉妒；对于万美辰来说，尹小跳既是她的情敌，又是她青睐和模仿的对象。因此，唐菲和万美辰选择尹小跳作为对话者本身就别有意味，而从她们的对话中流露出的话意，对理解她们之间的关系具有更为重要的意义。

唐菲冷笑着说："我这副样子是不怎么好，我哪儿有你这副样子好啊。我知道你现在哪儿哪儿都好，从上到下，从里到外。你不过来？你怕什么？怕我不干净，怕我有病传染你？从前你怎么不怕我呢？那时候，你想进出版社，让我找那个王八蛋副市长卖身的时候你怎么不怕我呢？你看看你现在有多好吧！我呢，也就是八个字：不学无术，醉生梦死。"

尹小跳对唐菲的态度通过唐菲的话间接地表现出来：不学无术、醉生梦死。唐菲在光鲜靓丽的尹小跳面前感到了自己的颓废和深深的挫败感，所以话语中未免有一种辩难的成分：她对尹小跳有羡慕，但羡慕中又掩饰不了浓重的讽刺和指责；她痛恨自己以往的生活，知道什么是灵魂的罪恶，但又自甘堕落；她会被真诚所感动，但又对伤害过她的男人充满仇恨，要寻求报复。可见，唐菲的自我对话中，其实包含了他人与自我、真实自我与浮华生活中的自我的冲突，这些话语一直处在被压抑、被遮蔽的状态，现在通过尹小跳与唐菲的对话，毫无顾忌地撕扯开来，从而获得宣泄和解放。唐菲面对着尹小跳说出心里的不甘和长久的压抑，只是逢着一个了解内幕的突破口，她可以毫无顾忌地喷涌而出，而不用去考虑后果，所以尹小跳是否回应并不重要，唐菲只是选择在相对安全的环境里放弃痛苦的挣扎、寻求自我的解脱。尽管尹小跳只是充当了一个听者的角色，但在相互的对话关系中，她也从唐菲的发泄里照见了真实的自己，并在内心深处产生了逃避罪恶与接受惩罚的矛盾，这也从某种程度上促使了尹小跳的自我反思和主体性的重建。对此，或许她是不自知的，但唐菲临死前在她左脸留下的那个亲吻，使尹小跳觉出了灼热这一细节，却反映出尹小跳潜意识中的不安。唐菲的肉体虽然永远地消失了，但她留在尹小跳脸上的嘴唇却似乎随时会开口说话，控诉出尹小跳的原罪，那个无形的嘴唇成为尹小跳罪恶的见证。

作家运用对话的思维方式不同于"是否"二元对立的思维方式，在对话这一"把灵魂向对方敞开，使之在裸露之下加以凝视的行为"[1]方式中，人物隐秘的、真实的内心世界被层层剥开显露出来。作品思想归根到底是作家意识的一种自觉表现，铁凝对艺术一直抱有这样的立场："我们必须有能力不断重新表达对世界的看法和对生命新的追问；必须有勇气反省内心以获得灵魂的提升。"[2] 如此，在小说《大浴女》中，对话体成为融合和承载作家意识和作品思想的有效媒介，三者实现了完美的契合。"文体不是寄生在作品上的附生物，不是为了造成一种外在的装饰效果，不是对现存秩序的外在反抗，它应该是与作品内在的气质同构在一起，从作家的心态中派生出来的，是自然而然出现的，它的推动力是作家为了更好地到达他眼中真实的世界图景。"[3] 对话体蕴涵着作家深刻的思想和文化追求，小说的意义正是在对话主体之间不断深入的对话中逐渐实现的，它从过去到现在被不断地补充和丰富，在长远的时间里，文本与人类的对话都不会终止，它将以不可知的面貌和形态，重新面对人们的检测，实现更加贴近真实的对话。

（本章谭贝撰写）

---

[1]　池田大作：《我的人学》，铭九、庞春兰等译，北京大学出版社，1992，第155页。

[2]　铁凝：《铁凝散文》，浙江文艺出版社，2001，第267页。

[3]　谢有顺：《文体的边界》，《当代作家评论》2001年第5期。

第六章

历史转型与人物形象塑造的主体性

当代文学人物形象塑造问题的研究按时间顺序分为三个阶段：第一阶段，1949~1965年，这一时期创作主体、形象主体与接受主体均处于被压抑的状态，作品中人物形象塑造类型被严格规范为工农兵的主体地位，后来又逐步发展为提倡写正面的英雄人物，直至最后发展为只能写正面英雄人物。尽管这一时期也出现过对于规范的质疑，如以胡风为代表的主观现实主义、邵荃麟的"中间人物"论等，但最终都在政治的权力话语中失语，成为工农兵文艺主旋律的插曲，质疑者也为此遭受批判，付出沉重代价。第二阶段，1966~1976年，这是所谓的"文化大革命"十年，这一时期文学艺术在无止境的"革命"中走向极端，文学完全沦为政治的工具，大规模的批判运动使得创作主体本就被挤压的主体性几乎完全丧失，人物形象塑造更是被囿于严格的样板枷锁之中，这一时期小说中的人物形象也呈现出单一化、模式化态势。第三阶段，1977年至今，这一时期文学逐渐从意识形态中脱离，文学创作由一体化走向多元化，作为创作主体的作家也重新获得"自由"，开始回归文学本身，在这种开放宽容的审美大潮下，人物形象塑造理论也走向了深化与多元化之路。本阶段还可细分为两个阶段：1978~1989年，这一时期的中国作家仿佛劫后重生，在经历了"伤痕""反思"之后，开始了新的文学创作体验，作家主体性的回归也意味着形象主体的回归，众多的人物塑造理论如潮涌般显现，作家沉浸在文学的审美想象之中；然而 1990 年至今，随着市场开放程度的加深，文学也逐渐成为被消费的对象，接受主体的地位不断上升，创作主体与形象主体在很大程度上受制于接受主体，此外这一时期由于文学获得了更大程度上的自由，多元共生的文本狂欢便成为必然。

由于整个当代文学中关于人物形象塑造的研究非常多且庞杂散乱，我们选取主体性的视角，以主体性理论为支撑及主线来对人物形象塑造问题进行论述。"主体性"是西方哲学中的概念，在中国最早提出这一命题的是著名哲学家、美学家李泽厚先生，他从历史唯物主义的社会实践与人类心理结构的角度来对主体性加以界定，而后刘再复在这一理论影响下发表了《论文学的主体性》，将"主体性"理论引入文学领域，引发学界讨论热潮。刘再复指出："文学中的主体性原则，就是要求在文学活动中不能仅仅把人（包括作家、描写对象和读者）看作客体，而更要尊重人的主体价值，发挥人的主体力量，在文学活动的各个环节中，恢复人的主体地位，以人为中心，为目的。"① 并详尽地对文学主体的三个构成部分——创作主体、对象主体与接受主体进行了论述。我们以当代重要的作家、理论家、批评家谈论的关于文学作品中应该塑造什么样的人物、如何塑造人物的问题，并以刘再复的文学主体性理论为理论支撑与研究视角，对这些问题加以归纳、分析、阐释。

一 人物形象主体性的历史演进

人物是小说创作的核心，因此文学作品写什么人，如何写人，一直是文学理论家们讨论的焦点，同时也是作家在创作实践中探索的方向。纵观中国当代文学的发展历程，可以发现在每一个历史阶段，均有属于

---

① 刘再复：《论文学的主体性》，《文学评论》1985 年第 6 期。

那个特定时代、特定社会文化背景下的或单一或多样的人物形象塑造理论，来影响或干预文学创作。下面本文将以主体性理论为主线，对中国当代文学中人物形象塑造的演进过程加以阐释。

1. 主体性的被压抑：人物类型的严格规范化

1942 年毛泽东同志的《讲话》规定了文学的性质和方向，文学成为革命的一部分，具有了明确的政治任务。新中国成立后，文学的政治功能也丝毫没有减弱，因此，"十七年"文学也总是被加上政治化、概念化、公式化的前缀，尽管进入新时期后许多学者为其正名，指出其重要文学史意义与存在价值，但是在这一特殊历史阶段，政治对文学的压抑与管制确实是不争的事实。研究这一历史时期的人物形象塑造问题，必须正视其特殊的社会语境、文化语境，以客观、公正的视角对其进行梳理、阐释。

"工农兵"的主体地位。

1942 年毛泽东同志在《讲话》中明确指出，文艺工作的对象是工农兵及其干部，文艺工作者要到群众中去，以工农兵为书写的主体。自此，工农兵作为文学创作的形象主体与预设的接受主体的地位确立，并持续了三十余年。

自文艺的"工农兵方向"确立，便在解放区得到有力贯彻，在国统区的影响也逐渐扩大，在《讲话》的指引下，解放区涌现出众多以工农兵为形象主体的文学作品。比较具有代表性的有赵树理的《小二黑结婚》《李有才板话》《李家庄的变迁》，周立波的《暴风骤雨》，丁玲的《太阳照在桑干河上》，还有柳青的《种谷记》、欧阳山的《高干大》、王希坚的《地覆天翻记》等。这些作品从不同角度反映了解放区生活的方方面面，作品的主人公或正面人物也均为工农兵大众，赵树理的《小二黑结婚》塑造了小二黑和小芹这两个争取婚姻自由的新型农民形象，批判了农村的封建落后思想，揭露了地主恶霸的丑陋嘴脸。《暴风骤雨》塑造了赵玉林、郭全海等典型农民形象，其中郭全海更是一个包含了政治审美想象的理想的农民形象，他有理想、有追求，且品质高尚，从他的身上似乎可以看到后来社会主义文学中典型人物的全部品质。可以说，解放区的作家此时都在主动或被动地进行着人生观、价值观的重构，在《讲话》的影响下，文学创作的"工农兵"化日益深入，甚至最后达到了极端的程度。一些作家由于作品中透露出所谓的小资产阶级情绪，最终遭到批判甚至政治迫害，作家作为被压抑着主体性的创作主体来进行文学叙事，完成身份及创作观念的转变。

1949年7月第一次全国文代会召开，此次会议得到党中央及文艺界的高度重视，毛泽东亲自参加并祝词鼓励，周恩来同志发表讲话《在中华全国文学艺术工作者代表大会上的政治报告》（7月6日），其中阐释了如何正确认识工农兵文艺方向，指出文艺虽然不是只可以写工农兵，但是主要的力量还是要放到"创造这个伟大时代的伟大的劳动人民"身上，否则文艺将不可能表现出这个伟大的时代。应该说，周恩来同志对工农兵文艺的阐释是对毛泽东"工农兵方向"的比较恰当的说明。另外，此次会议上周恩来同志也对文艺工作者的地位做了说明，他指出"文艺工作者是精神劳动者，广义地说来也是工人阶级的一员"[1]。这对于当时从启蒙者变为被改造者的知识分子来说，是莫大的鼓舞。

此外，郭沫若在《为建设新中国的人民文艺而奋斗》（7月3日）中两次提到要"注意开展工厂、农村、部队中的群众文艺活动"，"培养群众中新的文艺力量"[2]，发挥文艺的教育功能，并强调作家要深入现实，熟悉群众。茅盾作为来自国统区的代表发言，在《在反动派压迫下斗争和发展的革命文艺》（7月4日）的报告中，在总结国统区过去十年的文艺状况的基础上，指出作家只有摆脱小资产阶级立场，

---

[1] 中华全国文学艺术工作者代表大会宣传处编《中华全国文学艺术工作者代表大会纪念文集》，新华书店，1950，第25页。

[2] 洪子诚主编《中国当代文学史·史料选》，长江文艺出版社，2002，第176页。

走向工农兵、大众立场，文艺大众化的问题、文艺的艺术性和政治性问题才能被彻底解决。周扬也在《新的人民的文艺》（7月5日）中总结了解放区的文艺发展状况，指出在解放区"工农兵群众在作品中如在社会中一样取得了真正主人公的地位"①，他们在党的教育下，在群众的帮助下，克服缺点，克服错误思想，成为新的英雄人物。郭沫若、茅盾、周扬在报告中均论证了文艺为工农兵服务，文艺工作者必须与人民大众结合的必要性，并以此作为新的文艺方向的核心。在第一次文代会这个极受关注与重视且众多文艺工作者参加的大会上，毛泽东同志的文艺首先为工农兵服务的方针得到了更加全面、彻底的贯彻，以至于在新中国成立后的十七年及"文化大革命"十年中逐渐走向极端，演变为文学只能为工农兵服务，只能表现正面的英雄人物的教条主义原则。

第一次文代会后，在文艺主要为工农兵服务的方针指引下，产生了大量以工农兵为形象主体的文学作品，如《创业史》（柳青）、《红旗谱》（梁斌）、《红日》（吴强）、《红岩》（罗广斌、杨益言）、《山乡巨变》（周立波）等，这些作品构成了"十七年"文学的主流，也代表着这一时期重要的创作实绩。然而，即使是像《青春之歌》这样努力遵循政治方针，为图解政治需要而一再修改的文学作品，也难逃被批判的命运，《青春之歌》在出版一年后就因有人指出其没有努力与工农大众结合，歪曲党员形象而饱受争议，"文化大革命"时甚至被视为应除掉的"毒草"。同样受到严重批判的还有萧也牧的《我们夫妇之间》，批评者认为其"穿着工农兵衣服，而实际是歪曲了嘲弄了工农兵"，"迎合了一群小市民的低级趣味"②。萧也牧为此做文章深刻反省并公开检讨，希望洗刷污点，但却终未能如愿，未能逃脱悲

---

① 洪子诚主编《中国当代文学史·史料选》，长江文艺出版社，2002，第151页。

② 丁玲：《作为一种倾向来看——给萧也牧同志的一封信》，《文艺报》1951年8月25日。

剧的命运。

可以说，"十七年"时期的文学批评已经超越了对文学作品品读、鉴赏、论争的范畴，而是作为政治裁决的手段存在，作家于主体受压的状态下，在文学与政治的夹缝中艰难地寻找平衡，构造着规范内的形象主体。

新的英雄人物的创作原则。

1942 年《讲话》确立了文学创作中工农兵的主体地位，但这并不意味着只要是以工农兵为形象主体的作品都是被认可的，《讲话》中还提及了重要的一点，那就是文艺工作者要致力于书写"新的人物"，这里"新的人物"即主要指工农兵的正面形象。因此，可以说自《讲话》开始，正面工农兵形象的塑造就成为作家们努力的方向，虽然此时这一问题并没有被明确提出。

新中国成立后，一些部队文艺工作者提出文艺创作应该突出表现新的英雄人物，改变文艺创作落后于现实的状况。时任中南军区文化部长的陈荒煤同志连发《为创造新的英雄典型而努力》《创造伟大的人民解放军的英雄典型》《丰富我们的创作内容》等数文来阐明创造新的英雄人物的必要性及如何创造等问题。随后程千帆、舒芜等发文对这一问题进行讨论，但是此次讨论只产生了地区性的影响，并没有引起全国文艺界的重视。直至 1952 年《文艺报》开辟"关于创造新英雄人物问题的讨论"专栏，这一问题才算被正式提出，引起全国文艺界的注意。

1953 年，第二次全国文代会上，周扬在题为《为创造更多的优秀的文学艺术作品而奋斗》的报告中指出，"文艺创作的最崇高的任务，恰恰是要表现完全新型的人物"，"文艺作品所以需要创造正面的英雄人物，是为了以这种人物去做人民的榜样"，并且指出文艺创作"不应将表现正面人物和揭露反面现象两者割裂开来。但是必须表现任何落后现象都要为不可战胜的新的力量所克服"。"决不可把在作品中表现反面人物和表现正面人物两者放在同等的地位。"① 至此，文艺创作中关于创造新的英雄人物的问题被提升到理论高度，引起文艺界的广泛讨论。周扬在报告中不但提出要把创造新的英雄人物作为文艺创作的中心任务，并且指出"许多英雄的不重要的缺点在作品中是完全可以忽略或应当省略的"这一创作原则。此后，众多作家、文艺理论家参加了关于创造新的英雄人物问题的讨论。邵荃麟在《沿着社会主义现实主义的方向前进》中表达了与周扬类似的观点，指出为了达到教育人民的目的，创造积极正面的英雄人物应该成为文学创作的主要任务，"有意识地舍弃实际英雄人物身上某一些非本质的缺点，是完全允许和必要的"②。此外萧三、胡乔木等众多同志也表达了同样的关于新的人物形象塑造的观点。

这里需要特别提到的是冯雪峰在《英雄和群众及其他》中所阐释的关于人物形象塑造的理论，他首先肯定了创造新的正面的人物形象的重要性与紧迫性，紧接着深入阐释了英雄形象的塑造不应该从群众中脱离，应该采取典型化的创作方法而不是脱离现实的"理想化"，他还指出否定人物与正面人物一样具有教育作用，因此创造否定人物形象与创造正面人物形象一样具有重要意义，并且提及了中间人物形象问题，可以说是在邵荃麟之前弥补了人物塑造理论上的这个空白。冯雪峰的观点显然比周扬、邵荃麟、胡乔木等所强调的文学作品中反面人物决不可与正面人物地位同等的观点更加全面、客观，更加符合文学创作的规律，但是当时却没有引起人们的重视。此后直至 1966 年之间，文艺界也多次出现关于创造新的英雄人物的讨论，但都与政治运动密切相连，随着后来反右斗争的愈演愈烈，是否塑造革命英雄人物竟与是否热爱社会主

---

① 洪子诚主编《二十世纪中国小说理论资料》（第五卷），北京大学出版社，1997，第 87 页。

② 洪子诚主编《二十世纪中国小说理论资料》（第五卷），北京大学出版社，1997，第 92 页。

义，与党性、阶级性联系在一起，直至"四人帮"制定"三突出"的创作原则，人物形象彻底符号化、样板化，如何塑造人物形象已经没有了讨论的余地。

规范下的质疑与超越。

"十七年"时期，文学虽然受到政治的制约与压抑，但作家的主体性并没有完全丧失，在持续的批判运动中也有短暂的、相对的自由，因此也有一些作家、理论家坚守着自己的文学理想与底线，对主流话语提出质疑，围绕着文学方向、路线以及具体的写作、批评等方面展开争论，其中三个影响较大且涉及人物形象塑造发展的关键词为：胡风、"双百方针"和"中间人物论"。

胡风是中国当代重要的文艺理论家、文学评论家，其较早形成了自己的系统的创作理论，并在主流话语控制下坚持自己的创作原则，扶持了一大批文学新人。在文学创作方面，其坚持"主观战斗精神"与"相生相克"的创作论，反映在人物塑造方面，即强调作家主体与对象主体的结合，作家要主动突入人物内心，通过自我精神的扩张达到对创作对象的真实的把握。他认为文学作品描写的对象是活的人，是活人的心理状态与精神斗争，因此，作家只有突入人物内心，揭示出人物的多重心理，才能实现现实主义文学的真实性与人物形象塑造的丰富性。胡风的这一创作理论对于"十七年"人物形象塑造单一化、公式化、人物形象政治身份重于形象本身的倾向是一个极大的突破。但是在文学沦为政治工具的年代，胡风这种主流外的文学观念注定是悲剧的结局，其文艺思想在50年代中期受到全面批判，并且批判性质发生重大改变，其众多理论追随者也随之受到牵连，其中包括路翎、鲁藜、阿垅、牛汉、贾植芳、王元化、梅林等，此次批判规模之大、范围之广可谓空前。对胡风的批判与错划是时代的必然，却也是文坛的恒久难愈的伤痛。

第二个关键词是"双百方针"，1956年5月毛泽东提出"百花齐放、百家争鸣"的方针，指出艺术与科学中的问题应该通过自由讨论来解决，而不应该利用行政力量，以简单、粗暴的方式处理。文艺界在这一方针的指引下，出现了短暂的春天，众多文艺理论问题得到深入全面的讨论，其中就包括关于人物塑造的典型问题。典型问题一直是文艺理论界讨论的一个中心问题，但是《讲话》后，特别是几次文艺界的思想批判运动之后，关于人物典型的评论就趋于公式化、概念化，仅仅从人物的阶级身份即社会本质出发，作家塑造典型人物也是按照阶级属性划分。"双百方针"期间，典型的问题得到深入讨论，较有代表性的有巴人提出的典型性即代表性，典型形象就是代表人物的观点；还有何其芳在《论阿Q》中从典型的社会功能角度出发所阐释的被人们称为"共名说"的典型观等，这一时期关于典型问题的讨论，出现了一些更加符合文学自身发展规律的见解，对于突破"十七年"人物形象塑造的简单阶级决定论、教条主义倾向有着重大意义。

"十七年"时期涉及人物形象塑造理论的另一个重要事件是1962年邵荃麟在"农村题材短篇小说创作座谈会"（也称"大连会议"）上提出的"中间人物"言论所引发的论争。邵荃麟作为"大连会议"的主持者，在会议讲话中提到文学创作中"反映中间状态的人物比较少"的状况，指出"英雄人物与落后人物是两头，中间状态的人物是大多数，文艺主要教育的对象是中间人物，写英雄是树立典范，但也应该注意写中间状态的人物"①。应该说邵荃麟的提法是很客观的，也没有出格的地方，对于极"左"思潮影响下单一化的人物塑造理论来讲是一个重要突破与深化，促进了人物形象的多样化发展，但是在随后的反右斗争扩大化中却为此受到严厉批判，被认为是对创作英雄人物的主要任务的对抗，由此"中间人物"理论早早夭折。

---

① 洪子诚主编《二十世纪中国小说理论资料》（第五卷），北京大学出版社，1997，第437页。

应该说，自《讲话》提出工农兵的文艺方向开始，文学创作的对象主体就已经确立，作为创作主体的作家，在作品的思想性大于艺术性，作家对政治的图解程度代表着艺术水平高低的氛围中，不得不主动或被动地放弃对形象主体的自由追求。特别是在"十七年"这种文学批评与政治批判粘连在一起，形成特殊合力的文化语境下，作家更难以实现作为文学创作者本应有的主体性追求，他们在主体受压的状态下进行着依附于政治的文学生产。就像有学者所说的："人们都说，有一千个观众，就有一千个哈姆雷特；而即使有一万个读者，也读不出几个梁生宝。"① 足见"十七年"文学时期人物形象塑造的模式化与人物内涵的贫瘠。

2. 主体性的丧失：人物形象的极致样板化

从《讲话》提出文艺创作中工农兵的主体地位，到"正面人物""英雄人物"概念的出现，直至发展为"文化大革命"时期的"主要英雄人物"论，可以说人物形象塑造的理论逐渐窄化，由此产生的人物形象也渐趋概念化、"扁形"化。从《讲话》到"文化大革命"前，虽然强调文学创作中工农兵的主体地位，但众多文艺领导者也允许写其他类型的人物，只是不能作为主要对象。然而从"文化大革命"开始，塑造工农兵的英雄形象上升为文学的"根本任务"，"四人帮"明确指出，只有写工农兵才是坚持无产阶级革命路线，才是保护无产阶级革命成果。至此，主流政治话语全面控制了文学的形象表现，复杂人物形象被逐出文学舞台，样板化的英雄塑造理论及"三突出"的创作原则以政治为依托，将文学的主体性完全剥夺。

"神化"的英雄样板。

1966 年，江青和林彪配合密谋的《部队文艺工作座谈会纪要》的

① 刘纳：《写得怎样：关于作品的文学评价——重读〈创业史〉并以其为例》，《文学评论》2005 年第 4 期。

出炉可以说是文艺界深重灾难的开始，《纪要》指出，"要努力塑造工农兵的英雄人物，这是社会主义文艺的根本任务"，把塑造工农兵英雄人物上升到"根本任务"的高度，并以此为依据对文艺作品甚至是文艺理论家、作家进行评判。文艺不但要塑造工农兵英雄人物，而且要"满腔热情地、千方百计地去塑造"，"不要受真人真事的局限"①。"十七年"时期虽然强调写正面的英雄人物，但是仍然有主流声音指出写英雄不应脱离现实，典型化不等于理想化等原则。然而到"文化大革命"时，英雄人物形象的塑造不仅理想化，甚至神圣化了。正如谢冕先生概括的那样，"文化大革命"的创作模式"保证如何使活生生的人离开人的自由的本性，而变为僵死的、没有活人气味的神"②。

"根本任务论"贯穿整个"文化大革命"时期的文艺创作，成为这一时期文学创作与批评的核心标准。自"根本任务论"提出后，众多理论家、作家发文支持，并在文学创作活动中大力践行，可以说，当时众多文艺作品中英雄形象的塑造都是对此理论的图解。《金光大道》中的高大泉、《山川呼啸》中的柳春旺、《东风浩荡》中的刘志刚、《牛田洋》中的赵志海、《虹南作战史》中的洪雷生、《特别观众》中的季长春等，都是高大、英勇、完全没有人性弱点与私心杂念的无产阶级英雄形象，这些形象得到主流话语的充分肯定，并作为人物形象塑造的样板被大力宣扬，导致"文化大革命"时期这种被神化的"英雄"几乎存在于每一部文学作品之中。人物形象的塑造在"根本任务论"的操控下有了成熟的模式，英雄人物被"尽量拔高，尽量理想化，最终将人物身上的'人性'置换为'神性'，使人物变成通体透亮的人造的'神'"③。他们不再是具有单纯的人的属性的英雄，而是成为被寄予着政治理想的符号。

---

① 洪子诚主编《中国当代文学史·史料选》，长江文艺出版社，2002，第 523～526 页。
② 谢冕：《文学的绿色革命》，贵州人民出版社，1988，第 22 页。
③ 杨鼎川：《1967：狂乱的文学年代》，山东教育出版社，1998，第 111 页。

当然，为了突出英雄人物的高大完美，反面人物也是必不可少的，因此"文革"文学中对人物形象的塑造基本采用了二元对立的模式，即英雄人物的神化与反面人物的妖魔化。英雄打败恶霸，正义战胜邪恶的结局才能满足工农兵大众的期待视野，达到文学作为政治的工具来团结人民、教育人民的目的。

"三突出"的创作原则。

为了完成塑造工农兵英雄形象的根本任务，"四人帮"及其党羽炮制了一个几乎适用于所有文艺创作的准则"三突出"，这个准则最早是由江青的亲信于会泳在 1968 年 5 月 23 日的《文汇报》上发文提出的，原是对样板戏创作经验的总结，后经姚文元修改定为"在所有人物中突出正面人物；在正面人物中突出英雄人物；在英雄人物中突出中心人物"①。后来由于阐述"三突出"创作原则的这篇文章被《人民日报》转载，才使得这一文艺准则在全国得到推广，并控制了整个"文化大革命"时期的文艺创作。

在"三突出"创作原则的控制指导下，文艺作品中产生了众多面目一致的"高大全"式的中心人物形象，他们出身好，没有缺点；他们热爱人民，忠于党；他们英勇斗争，从不失败。最典型的莫过于浩然《金光大道》中的英雄人物高大泉，虽然浩然自己声明此高大泉非彼"高大全"，但是读过作品的读者都会发现，高大泉这一带着神化色彩的形象就是对"三突出"的最好诠释。

伴随着"三突出"出现的还有"三陪衬"，即"在正面人物与反面人物之间，反面人物要反衬正面人物；在所有正面人物之中，一般人物要烘托、陪衬英雄人物；在所有英雄人物之中，非主要人物要烘托、陪衬主要英雄人物"②。此外还有"多侧面""多回合""起点高"等众多

---

① 上海京剧团《智取威虎山》剧组文章《努力塑造无产阶级英雄人物的光辉形象》，《红旗》1969 年第 11 期。

② 江天：《努力塑造无产阶级英雄典型》，《人民日报》1974 年 7 月 13 日。

创作模式。总而言之一句话，文艺作品中的所有人物都要为了主要英雄人物服务，受主要英雄人物支配。

"三突出"的创作原则导致"文化大革命"时期人物形象塑造的彻底公式化，文学创作成了单调的不断复制的机械生产线。这一时期文学作品中塑造的人物可以说均是概念化的"扁形人物"，他们都是"按照一个简单的意念或特性而被创造出来"，"容易辨认"，"容易为读者所记忆"[1]。他们的性格特征甚至都可以用一个词概括，那就是"高大完美"。这些高大完美的英雄形象带着神的色彩，在政治语境下，满足了主流话语教育人民、打击敌人的政治需求，在文化语境下使人民对于理想主义、完美人性的追求得到想象性满足。但是作为艺术生产的文学创作，被规禁在政治的藩篱下，文学自身的规律被完全无视，人的丰富性、人与人之间关系的复杂性均被简单公式化，文学的独特魅力完全丧失。

"文化大革命"通过政治手段对文学进行控制，对文艺工作者进行批判和打压，在一个生存都无法保证，尊严都可以放弃的社会环境、文化语境中，文学的主体性必然无从谈起。在主体性完全丧失的状态下，人物形象塑造的极致样板化也就成为必然。

3. 主体性的回归：对象主体的审美多元化

1976年"四人帮"的倒台宣告着"文化大革命"噩梦的终结，随着政治上的拨乱反正，文学也迎来新的时期，大批文艺工作者如获新生，禁锢后的自由对他们来说显得尤为可贵。一直以来作为意识形态与社会生活的反映的人物形象在理论与实践方面均发生了巨大变化，这种变化首先表现为对英雄塑造理想的解构。

"英雄"塑造理想的解构。

文学进入新时期，文艺界对以"三突出"为原则塑造"高大全"

---

① 爱·摩·福斯特：《小说面面观》，花城出版社，1984，第59页。

式的英雄形象的创作方法进行了严厉批判与深刻反思。1979 年，王春元在《文学评论》上发表文章，对当代文学中写英雄人物问题进行了回顾与梳理，指出文学不应该被要求塑造那些完美抽象的英雄，应该"把人的内容还给人，把文学的内容还给文学"①。1980 年，老作家王愿坚在《解放军文艺》上发文指出写英雄人物不应该要求把具体的人变成完美无缺的神，把活人写成假人，在这一年，散文家刘白羽先生也指出文学创作不可以把英雄神化。

伴随着英雄塑造问题的讨论的是对塑造社会主义新人的讨论。1979 年，邓小平同志在第四次文代会《祝词》中指出社会主义文艺要塑造"有血有肉、生动感人"的人物形象，"应当在描写和培养社会主义新人方面付出更大的努力"②，并强调了塑造社会主义新人的重要意义。随后文艺界涌现大量讨论如何塑造社会主义新人的文章，陆贵山先生在《塑造新人形象和反映社会矛盾》中强调把塑造社会主义新人形象与反映社会矛盾结合起来，以达到鼓励人们争取光明前途的作用。李士文《略论塑造社会主义的新人形象》指出世界上并没有完美的人，新人也是人民大众中的普通一员，"文学应该描写各种各样的新人"③，但是一定不能把新人写成"神"。众多文章均指出塑造社会主义新人的必要性，但也同时提出不应该将新人神化的问题。当然，这一时期由于刚刚粉碎"四人帮"不久，极"左"思潮的影响还在，因此还有一些人对人物塑造的丰富性提出质疑与诘难，尽管理论界对塑造英雄人物问题的争论尚在，但是在文学实践方面，却已经打破了文艺理论、文学批评对创作的束缚，众多作家已经开始把注意力放到关注人的心理活动，揭示心灵的创伤上来。

对人的心灵创伤的关注始于刘心武的《班主任》，这也是后来受

---

① 王春元：《关于写英雄人物理论问题的探讨》，《文学评论》1979 年第 5 期。
② 邓小平：《邓小平文选》（第 2 卷），人民出版社，1994，第 209 页。
③ 李士文：《略论塑造社会主义的新人形象》，《社会科学研究》1981 年第 4 期。

到争议的"伤痕文学"的先声之作，小说塑造了谢慧敏、宋宝琦两个表面上有着好坏之分，但实际上都是受到极"左"思想伤害的中学生形象，揭示了"文化大革命"对青少年造成的心灵创伤。还有以后出现的众多"伤痕文学"代表作均表达了对作为个体的人的关切。随后出现的"反思文学"更是超越了"伤痕文学"倾向于揭示时代的错误在个人心里留下的创伤的局限，开始从个人、人性的角度对"文化大革命"灾难进行反思，塑造了众多具有不同性格特征的人物，如高晓声笔下的农民代表陈奂生、李顺大，谌容笔下处境艰难的中年知识分子陆文婷、姜亚芬等，这一时期出现的王蒙的意识流小说更是通过主人公的心理活动来塑造人物及表现主题。到莫言的《红高粱家族》中"我爷爷"余占鳌形象的出现，彻底颠覆了传统的英雄观，实现了对英雄神化的消解。

虽然说"伤痕文学""反思文学""改革文学"等文学创作仍然笼罩着浓厚的意识形态色彩，但是其对人物形象的塑造，却逐渐打破了理论界长期存在的企图通过塑造英雄人物达到图解政治目的的幻想。自《讲话》以来便存在的对"英雄"塑造的理想随着"文化大革命"的结束也逐渐幻灭。英雄被拉下神坛，还原为人的属性。文学作品中的人物形象逐渐走向多样化，也逐渐有了更大的自由发展空间。

多重性格的理论深化。

新时期开始，文学逐渐走出政治的牢笼，呈现出劫后重生的繁荣。文学作品中的人物形象也摆脱了公式化的束缚，进入多样化阶段，尤其是到了1980年代中期，关于人物形象塑造理论的讨论研究有了质的飞跃。最具代表性的莫过于刘再复的《论人物性格的二重组合原理》，此篇论文一出，便在学术界引起广泛关注，关于人物性格塑造理论的讨论也逐步深入，并得到很大程度的提升。此篇论文后，刘再复先生又出版专著《性格组合论》，对人物性格的复杂性进行系统说明。刘先生的"性格组合论"可以说是中国当代文学中人物形象塑造由单一化向复杂化过渡的一个里程碑，尽管对于这一理论学界一直褒贬不一，但是其在人物形象塑造理论的发展史上却具有不容忽视的意义。

刘再复着重从性格结构与性格组合的角度来研究性格塑造问题。首先，他认为人的性格是一个很复杂的系统，但是"任何一个人，不管性格多么复杂，都是相反两极所构成的"①。而所谓性格的二重组合就是"性格两极的排列组合"，然而"由于性格元素具有无数种组合的可能性，因此，性格的二重组合，实际上又是性格的多重组合"②。其次，性格的二重组合表现为两种最常见的状态：一种是"美恶并举"，指正反两重对立的成分并存于同一性格中，是一种矛盾的状态；另一种是"美丑泯绝"，指正反两重性格因素互相渗透，互相交织，达到彼此消融的统一状态。再次，刘文还指出性格的二重组合是一个动态过程，包括空间的差异性与时间的变异性。空间的差异性指主体性格在不同的环境中会有不同的表现；时间的变异性指主体性格随着时间的推移而不断变化。刘再复看到了人物性格发展对人物塑造的重要性，"文化大革命"时期人物形象之所以单一化、抽象化，就是因为不允许人物性格有发展的过程，塑造的英雄人物必须从一出场就保持完美的形象。最后，刘再复指出"性格的二重组合，是一元化的二重组合"，"就是使性格成为复杂与单纯的统一物"，③ 作家创作时要把握好代表性格复杂性的量与代表性格稳定性、统一性的质的关系。

刘再复的《论人物性格的二重组合原理》发表后，引起了学术界的广泛讨论，对于学术界主要存在的疑问，其在《读书》第11期中做了回答。刘再复提出性格二重组合原理之时，我国小说创作正处于"人物性格的展示阶段"，而没有进入"描写人物的内心图景为重点"的多元化阶段，因此，可以说他的这一系统阐释人物性格塑造原理的理

① 刘再复：《论人物性格的二重组合原理》，《文学评论》1984年第3期。
② 刘再复：《论人物性格的二重组合原理》，《文学评论》1984年第3期。
③ 刘再复：《论人物性格的二重组合原理》，《文学评论》1984年第3期。

论是走在学术界前沿的。并且刘先生在回答学术界的疑问时也指出，人"不必反被自己所创造的已有的形式束缚死"①，加之其在21世纪初对文学主体间性的探讨，都展现了其不断发展的学术思想与务实的学术态度。可以说，他提出的人物性格的二重组合原理对于治疗中国当代文学中人物形象的"贫血症"具有重要意义，从这一中国当代文学人物形象的性格塑造正式进入复杂期。

多元共生的文本狂欢。

经历"文化大革命"浩劫，文学终于重回自身的运行轨道，痛定思痛后的文学对于自身的认识不断深化，呈现出强烈的"向内转"的趋势。文学的这种"向内转"对于发挥作家的主体性，打破"左"倾思潮对于表现人的丰富性、复杂性的束缚具有重要意义。加之进入新时期，受大量涌入的西方文艺思潮的影响，文学创作领域也有了新的突破，进入了多元共生的文本实验的狂欢阶段。因而，作为对象主体的人物形象也随之进入多元期、复杂期。

80年代人物形象的塑造与云涌的文学思潮密切相关，首先要提到的就是在"寻根文学"大旗下出现的一批多具象征意义的人物形象。具有代表性的如韩少功在《爸爸爸》中塑造的丙崽这样一个相貌丑陋、语言不清、永远长不大的白痴形象，作者通过这个形象来象征愚昧、丑陋、无理性的生命本性，达到批判传统文化，引起疗救的注意的目的。阿城《棋王》中的王一生随遇而安、超脱旷达，面对世事的艰难与生活的苦难平和自若，他寄情于棋，以得到心灵的自由，作者通过对王一生形象的塑造，肯定了道家淡泊宁静、顺乎自然的人生态度。还有王安忆《小鲍庄》中捞渣的形象几乎汇集了中华民族的全部传统美德，成为"仁义"的化身，捞渣的死亡也象征着"仁义"文化的消亡。此外，韩少功《女女女》中的幺姑、张炜《古船》中的隋抱朴、贾平凹《腊

---

① 刘再复：《关于"人物性格二重组合原理"答问》，《读书》1984年第11期。

月·正月》中的韩玄子、李杭育《最后一个渔姥儿》中的老渔民福奎等，也都具有某种文化象征意义。寻根文学作家企图立足于民族传统文化，来寻求中国文学的发展之"根"，他们将人物作为传统文化的载体进行塑造，将人物性格融入哲学思考之中，形象便成了象征。但是这种群体效应并没有使人物塑造陷入类型化的怪圈，也没有抹杀个人化的艺术风格，反而由于注入传统历史文化的思考而更显深刻厚重。

随之出现的"先锋文学"主要注重文本形式的实验，强调叙事的技巧，人物在文本中不再具有象征功能，甚至失去独立的意义，"人物几乎与文本中的语言、结构、叙述方式相等同，发挥着'符号功能'的作用"[①]。可以说，先锋文学对于叙事的强调从某种意义上消解了传统小说中人物应该具有的意义与价值，使得人物符号化，缺乏性格深度。但是先锋文学的这一尝试并非没有意义，其对于人物意义的消解开当代文学之先河，打破了以往文学作品中人物塑造的某些禁忌，为后来者争取了更大程度的创作自由，留下了更大的发挥空间。并且在经历了"叙事革命"后，一些先锋派作家也从"形式的先锋"转向"精神的先锋"，向传统文学复归，开始注重人物形象的塑造，如苏童的《妻妾成群》《米》，格非的《敌人》《人面桃花》，余华的《活着》《许三观卖血记》等作品中，人物都不再仅仅是作为叙事符号而存在的。

到了80年代末，随着社会经济的转型，文学创作领域也呈现出散乱的局面，摆脱意识形态束缚与宏大叙事的主导，文学开始从关注大写的人转向小写的人，转向表现生活中的个人琐事以及个人的情感、心理、欲望等，人物被按照生活中原始的样子进行描写。最具代表性的便是王朔的出现，他的小说以"调侃"为基调，塑造了一批生活在社会边缘的小人物形象，如《一半是火焰，一半是海水》中的张明，《橡皮人》中的"橡皮人"，《玩的就是心跳》中的方言等，这些人物没有固定的社会工

---

① 张学昕：《当代文学人物形象的精神深度》，《光明日报》2003年7月16日。

作，没有远大理想，他们游走在社会边缘，不受旧有体制的束缚，不遵从传统的道德理想，完全按照个人的想法去生活。王朔塑造的小人物消解了政治与道德的崇高感，很好地迎合了经济转型时期大众的消费心态，虽然有媚俗的倾向，但也是文学发展过程中不可忽视的一页。

90 年代的女性写作中一种私人化的写作方式吸引了人们的眼球，以陈染、林白为代表，她们在作品中向人们展示了一个个独特神秘的女性世界，这个世界带有明显的经验色彩，作品中的人物也明显带有作家的自我特征。在这类作品中，人物形象已经不再是决定作品成功与否的关键，心理、情感的体验和阅读的快感才是至关重要的，这也是 90 年代以来文学作品普遍存在的现象。可以说文学到了 90 年代，出现了人物形象整体弱化的趋势，"鲜明深刻、具有巨大社会生活含量和独特审美价值的人物形象普遍缺失"① 是一个不容否认的事实。那么文学到底要不要塑造具有深刻意义的人物形象，要不要反映时代精神？作家到底需不需要社会责任感与历史使命感？这些都是急需反思的问题。

人物形象是文学研究的一个重要切入点，从人物形象塑造的嬗变入手，对当代文学的发展进行观照也许是一个不错的选择。纵观中国当代小说人物形象的发展历史，可以发现在文学主体性受压的状态下，人物形象多呈现类型化、模式化倾向；在文学主体性丧失的状态下，人物形象塑造也进入完全的样板化时期；而只有文学主体性回归之时，人物形象塑造才呈现出丰富多元的发展趋势。因此可以说，文学主体性的强弱得失深深地影响着人物形象的塑造的发展。

二 创造主体、接受主体对对象主体的影响与生成

刘再复在《论文学的主体性》中提出文学的主体性包括创造主体、

---

① 张恒学：《文学人物形象：世纪之初的文学关怀——来自"世纪之交中国文学人物形象研讨会"的理论思考》，《文艺理论与批评》2001 年第 4 期。

对象主体、接受主体三个重要部分，并具体阐释了其概念内涵，所谓"创造主体"，主要是指"作家的创作应当充分发挥自己的主体力量，实现主体价值，而不是从某种外加的概念出发"；所谓"对象主体"，是指"文学作品要以人为中心，赋予人物以主体形象，而不是把人写成玩物与偶像"；所谓"接受主体"，是指"文学创作要尊重读者的审美个性和创造性，把人（读者）还原为充分的人，而不是简单地把人降低为消极受训的被动物"①。这三者之间是相互联系、相互制约的，也就是说，创造主体与接受主体的状态均会给对象主体的生成带来重要影响。本章将分两个部分对作为创造主体的作家与作为接受主体的读者对对象主体的影响与生成进行论述。

1. 创造主体对对象主体的内部生成

作家主体性的强弱直接关系着其作品中人物形象塑造的特点，作家在主体性受压的情况下，其笔下的人物形象多呈现出思想性大于形象性的特质，而主体性扩张之时，人物形象则会出现"形象"本身大于其思想内涵的状况，只有当创造主体与对象主体达到一种和谐状态，作品中人物形象的艺术价值才能得到最大显现。下面我们将对作家在主体受压、主体扩张与主体间性的不同状态下所创造出的对象主体的不同特征进行详细分析。

主体受压：思想大于形象。

"任何文学创作首先必须取决于创造主体的精神向度"②，创造主体只有在独立自由的精神世界中，才能更好地发挥主体力量，实现主体追求，创造出极具审美价值的文学形象。如果作家的主体性受到压制甚至是失落，被迫或主动从外加的概念出发进行文学创作，那么其笔下的人物形象的主体性也必然得不到充分发挥，由此而来的人物形象也必然成

---

① 刘再复：《论文学的主体性》，《文学评论》1985 年第 6 期。
② 洪治纲：《先锋文学的发展与作家主体性的重塑》，《当代作家评论》2008 年第 3 期。

为阐释概念或满足欲望的符号，其身上被附加的意义内涵也将远远大于艺术形象本身的价值。导致主体受压的因素多种多样，主要包括政治的劫持、物质的诱惑与自我的欲望三个方面。

政治对文学的管制，文学对政治的依附自古以来就有，但是在当代却发展到极致，尤其是"十七年"与"文化大革命"时期。1949 年新的社会制度确立，作家也开始在新的社会洪流中寻求新的信仰与自我认同，这种"寻找认同的过程就不只是一个心理的过程，而是一个直接参与政治、法律、道德、审美和其他社会实践的过程。这是一个主动与被动相交织的过程，一种无可奈何而又充满了试探的兴奋的过程"[1]。在这一过程中，众多作家或者被迫放弃个人的艺术追求，为寻求新社会的认可而按照主流思想的要求进行创作，把作品当作立世的护身符和社会通行证；或者主动向政治妥协，成为摇旗呐喊的先锋；或者是无意识受压，即以狂热的姿态投身于政治之中，把文学当作实现政治理想的工具。无论是被动放弃文学的个性化追求，还是主动迎合政治需求的行为，其实质均是作为一个作家主体性的失落。如周立波的《暴风骤雨》就是《讲话》精神的产物，作者通过塑造主人公郭全海这一出身贫寒，但品德高尚、英勇无私的英雄形象，完成了向主流话语的靠拢。郭全海这一形象的塑造并不是根据文学创作与发展的客观规律，而是将表现内容的需要放到绝对重要的位置，像郭全海这样根据真实人物原型加以虚构美化而成的人物形象，在"十七年"及"文化大革命"时期大量存在，他们身上被赋予的思想内涵远远大于其作为艺术形象本身的价值。

物质对作家的诱惑在 80 年代开始显现，并随着市场经济的发展不断演化，到了 90 年代，作家的收入随着出版、发行量的变动而起伏，更使得大批作家为了追求经济利益，曲意迎合受众口味，造成作家主体性弥散。到了 21 世纪，作家的创作彻底与经济效益捆绑，甚

---

① 汪晖：《汪晖自选集》，广西师范大学出版社，1997，自序。

至作家的创作不仅仅关系到自身利益，可能还关系到整个集团利益，作家更不得不为满足受众需求而违背意愿对作品屡次修改，2006 年，中国作家富豪榜出现，经济利益与作家创作的关系有了更加直观的显现。在这种经济利益的诱惑下，作家很容易陷入物质的泥潭，丧失文学创作应有的自由与原则。如 1990 年代王朔塑造的痞子形象迎合了社会转型期人们的躁动心理，使其名利双收；近年来畅销书作家六六小说也是抓住了当下社会人们最关注的热点话题，人物形象作为社会一类人的代表，如《蜗居》中塑造的海藻、小贝、海萍等人物形象，展示了高房价压迫下小人物的生活，霍思邈、美小护等人物形象是为了揭示目前紧张的医患关系。这些人物形象总是给读者熟悉、亲切之感，仿佛从中能看到自己或者身边人的影子，满足了其阅读期待并引起情感共鸣。但是这些作品中的人物形象并不具备丰富的性格特征，只是为了表现主题的需要而存在。

　　除了政治、经济等客观因素造成了作家的主体受压，作家的自我欲望也会导致其创作受到束缚，影响主体性的发挥，这里所说的"欲望"包括上文提到的物质诱惑下的金钱欲，也包括保持或提升社会地位与名誉的渴望，就像刘再复提出的作家的尊重需求所带来的不良后果，"把声誉变成沉重的精神负担，变成内心自由的心理障碍"[1]，这种声誉束缚所造成的不自由，会将作家圈囿于自己设下的条框之中，影响其想象力、创造力的发挥。特别是新时期以来各种官方与民间文学奖项的设立，更不可能不对作家的创作心态造成影响，因此，作家主体性的发挥必须抑制对于名利的欲望，还文学一片精神净土，谨防主体性的退化。

　　无论是哪种情况造成的作家主体受压，都会对作为对象主体的人物形象产生影响，他们或被赋予社会教化的功能，如杨沫的《青春之歌》因主人公林道静及其他人物身上存在的"问题"而被多次修改，她曾

---

　　① 刘再复：《论文学的主体性》，《文学评论》1985 年第 6 期。

在《青春之歌》再版后记中表示，"作家创造出来的形象不仅可以教育和感动读者，同样也可以教育和感动作者本人"①。可见其对人物形象教育功能的重视，其实杨沫的这一说法代表了"十七年"时期绝大部分作家的想法，这一时期一直到80年代初，文学作品中的人物形象所代表的主流思想及社会意义均大于形象本身的审美价值。或为满足作家自身的某种目的需要，人物形象也可能承载着特殊的思想内涵。总之，在作家主体受压的情况下，其独立思考空间会受到限制，作为对象主体的人物的主体性也会受到限制，作家不再从人物性格自身的发展逻辑出发，而是从现实需要出发来塑造人物，这样塑造出的人物形象多是为表达思想服务，思想性远远大于形象本身的文学审美价值。

主体扩张："形象"大于思想。

从毛泽东同志延安《讲话》到1980年代以前，文学被绑架在政治的马车上，成为政治运动的工具，作家的主体性严重失落，创造了众多重思想轻性格的人物形象，但是80年代以后，随着改革开放的深入，中国的思想文化领域也发生了重大变革，文学的主体性回归，审美的多元化格局形成，作为创造主体的作家也有了相对独立的创作空间。随着社会开放程度的加深，文化的包容程度也逐渐增强，加之由于经受过"文化大革命"这一灾难，很多人对于这得来不易的自由有一种"挥霍"不够的心理，很多作家也是如此。因此，随着社会对自由、对个性的强调，一些作家的主体性不断扩张，他们对文学的社会教育功能、历史责任感进行了彻底的消解与反叛，导致对于作家主体性的过分夸大与极端强调，他们随意安排笔下人物，不遵循人物自身性格发展逻辑，甚至会通过描绘一些极端隐私的行为与心理来表现人物，使人物塑造陷入极端个人主义的怪圈，造成对象主体受压，人物形象本身远远大于其所蕴涵的思想深度。这种主体扩张所导致的人物形象大于思想的情况，

---

① 杨沫：《〈青春之歌〉再版后记》，《读书》1960年第1期。

从私人化写作的流行与商业化写作的繁荣中均可见到。

　　私人化写作是指兴起于 90 年代初的具有私语化倾向的女性写作，以陈染的《私人生活》、林白的《一个人的战争》为代表，开启了女性对私人生活与隐秘经验的书写，强调表现个人的情感、欲望与生活状态。私人化写作文本中的主人公都倾向于追求绝对自由，拒绝与社会群体的接触，无视传统道德与社会责任感，她们在封闭的私人空间中孤独地体验自我。这种私人化写作在强调对于人的个体性、自然属性的追求的同时，却忽视了更重要的人的社会性、集体性，导致人物塑造停留在对个体自我隐私与身体的书写上，而放弃了本应有的从个人走向社会、历史的追求。到 90 年代末期卫慧、棉棉的身体写作出现，人物在作品中的社会价值更是消失殆尽，身体被物化为欲望的符号，这些人物作为现代时尚生活的体验者，言说着物质生活所带来的另类快感，却不具备任何深刻的社会内涵。卫慧的成名作《上海宝贝》以第一人称的视角，讲述了主人公 Coco 与天天、马克的三角爱情故事以及隐秘的私人生活，作品最夺人眼球的不是故事情节与人物形象，而是到处充斥着的性爱描写与吸毒、同性恋等敏感话题，在这里，人物形象不再具有任何象征意义与社会历史责任内涵，他们只是作为都市生活的体验符号，为作者的叙事服务。除了身体写作之外，还有一些打着私人化写作的旗号，以暴露隐私与纯粹的肉体展示来博取眼球与赢得利益的女性写作，在这里不被纳入私人化写作的范畴，它们是商业化写作的产物，有些甚至不能视为文学创作。

　　私人化写作虽然也与市场经济密切相连，但是仍被纳入纯文学的体系，仍然得到主流作家、评论家的关注与重视，然而随着市场经济迅猛发展的商业化写作虽然拥有着庞大的读者群，却很难得到主流文学的认可。虽然以韩寒、郭敬明、春树、张悦然、李傻傻等为代表的所谓"青春文学"创作在近年来也受到文坛的关注，但也仅是作为一种文学现象的关注，而不是对其作品的认可。玄幻文学、盗墓文学等更是难登纯文学的大雅之堂，被视为快餐文学的消费品。这些与商业包装及宣传密切相关的文学创作，消解了文学的严肃性，使文学的娱乐功能大大超过了教育功能。在这些作品中，人物形象不再具有深刻的社会生活含量，甚至很多作品中根本没有能"真正立得起来"的人物，"从艺术的角度看，小说，不管是什么题材的小说，总是要塑造人物形象的，人物形象的生动和深刻程度决定其艺术水平"①。如果从人物形象塑造这个艺术角度评价这些商业化语境下的创作产物，其艺术水平确实难登纯文学殿堂。

1980 年代以前，文学是社会的焦点，一部小说可以引起整个社会的关注甚至是引起政治上的变动，但是到了 1980 年代以后，随着艺术形式的多样化与读者审美价值的多元化，作家虽然得到了越来越大的创作自由，但是文学的社会影响力却大不如前。文学的这种失落是多种因素共同作用的结果，其中也包括作家的创作心态。随着"80 后"作家的迅速崛起并快速占领文学市场，他们的创作却没有达到应有的深度，正如陶东风教授所说的："在 80 后作品中，我们会发现一种青春自由的过度发挥，就是过分注重人物的率性而为，而缺少了反思和批判，甚至没有了价值判断。"如果这些新生作家再不进行反思与沉淀，从肤浅与从俗的物质束缚中解脱，注重作品中人物塑造的深刻性与丰富性，注重作品的社会价值，那么他们很快便会被淘汰出文学的历史舞台。

作家追求文学的自由，强调在创作中坚持主体性是合情合理的，但是如果过分强调创造主体的主体性，而忽视作为对象主体的人物形象的主体性，便违背了文学创作的客观规律，容易走向个人主义的极端。文学创作也应该遵循否定之否定规律，重新承担起应有的社会责任与历史使命。

---

① 陶东风：《青春文学、玄幻文学与盗墓文学——"80 后写作"举要》，《中国政法大学学报》2008 年第 5 期。

主体间性：创造主体与形象主体的和谐。

1980 年代刘再复提出"对象主体"的概念，并指出其双重性"对于作家来说，是被感知的客体存在物，对于环境来说，他又是能够感知环境的主体存在物"[①]。作家应该给予人物以主体地位，充分尊重人物形象的自身发展规律，把人当成人来写。这种对于对象主体性的强调在当时具有重大意义，对于反拨反映论的文学观念也起到了重要作用，但是随着历史语境的改变，其弊端也不断暴露出来，在主体性框架中，以主客体对立为基础来讨论对象主体，那么其在面对创造主体时，只能是作为被描写的客体而存在，对对象主体性的强调可能导致作家主体性的削弱与丧失，而对作家主体性的强调又有可能导致对象主体性的失落。针对这一问题，刘再复与杨春时在 2002 年进行了《关于文学的主体间性的对话》，试图通过建立"主体间性"理论来对主体性理论的不足进行修正、补充和发展。

"主体间性"也可译为主体际性、交互主体性等，"它是当代哲学消解一元主体，用对话、交往理性取代中心理性的基础性论题"[②]，由德国哲学家胡塞尔首先提出，但是胡塞尔只是从认识论的框架中引进主体间性的概念，并没有从根本上克服唯我论倾向，后来的海德格尔从本体论的视角建立了主体间性的理论，以伽达默尔为代表的当代哲学阐释学也以独有的方式诠释了主体间性。2002 年，刘再复与杨春时先生也就文学的主体间性问题进行了讨论，刘再复指出"处于人类社会中的主体都是不完整的，常常是分裂和破碎的"，"这种非完整的主体之间形成一种关系特性，即主体之间互相限制、互相作用的特性，我们就给它命名为'主体间性'"[③]。也就是说，主体间性就是主体与他者（others）的关系特性，刘再复还将主体间性分为外在主体间性与内在主体

[①] 刘再复：《论文学的主体性》，《文学评论》1985 年第 6 期。

[②] 高秉江：《胡塞尔与西方主体主义哲学》，武汉大学出版社，2000，第 161 页。

[③] 刘再复、杨春时：《关于文学的主体间性的对话》，《南方文坛》2002 年第 6 期。

间性，并强调了内在主体间性的重要性，即"自我内部多重主体的关系"，如巴赫金的灵魂的对话，陀思妥耶夫斯基对自我的审视与灵魂的辩难，鲁迅小说的复调叙事等都是对内部主体间性的强调。主体间性的提出对于化解主体性理论框架中对象主体与创造主体、接受主体的矛盾具有重要作用，从主体间性的角度看，文学形象不再是被观看的客体，而是作为主体存在，作家和读者不再是站在主体视角随意审视文学对象，而是与文学形象成为一种平等的主体关系。

纵观中国当代文学人物画廊，凡是塑造成功、具有极大审美价值的人物形象，作家都是尊重人物自身发展规律，与人物达到一种和谐状态，而不是片面强调作家主体性或对象主体性。莫言就曾经说过："我想大家都是人，于是我试着站在超越阶级利益的高度上，把所有人都当人来写"，"作家应该爱他小说里的所有人物，即便是那些读者不喜欢的人物。"① 他注意到作品中人物形象的主体地位，真正把人当作人来写，而不是当作被动的客体，因此创造了众多深入人心、回归人性本真的人物形象，其中包括集善恶美丑于一体的平民英雄余占鳌、叛逆大胆的女性形象戴凤莲、老练机警的特级侦察员丁钩儿、阴险狠毒的刽子手赵甲等。余华也曾在访谈中表示从《在细雨中呼喊》开始，他意识到"人物有自己的声音，我应该尊重他们自己的声音"②，作家应该尊重人物的选择，而不是按照自己的心意安排其命运的发展。此后余华写下了一个个"活生生的中国人"，如《活着》中不断反抗绝望的福贵、《许三观卖血记》中靠卖血走过苦难的许三观等，奠定了其在当代文学史上的地位。

"文学活动是自我主体与文学形象间的对话、交流"③，作家只有尊

① 莫言：《莫言对话新录》，文化艺术出版社，2009，第379页。
② 叶立文、余华：《访谈：叙述的力量——余华访谈录》，《小说评论》2002年第4期。
③ 杨春时：《文学理论：从主体性到主体间性》，《厦门大学学报》（哲学社会科学版）2002年第1期。

重人物性格的自身发展逻辑，把人当作真正平等的人来写，才能创造出不朽的人物形象，达到创造主体与对象主体的和谐状态。并且作家只有重视文学的主体间性，才能有效解决创造主体与对象主体的矛盾，从主体间性的角度进行创作，作家主体性的张扬不但不会造成对象主体性受压，反而会使对象主体性随着作家主体性的张扬而得到彰显。

2. 接受主体与对象主体的外部生成

不仅作为创造主体的作家会对对象主体的生成产生影响，作为接受主体的读者主体性的强弱也同样影响着对象主体的生成，并且人物形象的审美价值与认知价值的不同也吸引着不同的接受主体，在中国当代文学史不同的历史阶段，接受主体与对象主体的相互作用模式也不尽相同。"十七年"及"文化大革命"时期，接受主体被政治力量强制限定为工农兵大众，这种预设的接受主体使得作为对象主体的人物形象陷入概念化、模式化框架，新时期以来随着接受对象主体性的回归及层次的多元化，人物形象也呈现出多元化趋势，而 90 年代以后特别是进入新世纪，接受主体的主体性不断扩张，人物形象的主体性则出现了弱化的趋势。

预设的接受主体与模式化的对象主体。

在文学创作活动中，接受主体对对象主体的生成具有重要影响，在文学批评活动中，接受主体的反应也是文学批评的重要组成部分，在中国 50 至 70 年代的文学活动中，接受主体与对象主体的关系比较复杂，"读者的反应对文学方向自然产生巨大影响；而文学方向的设计者和掌舵人也将文学规范普及到读者，改造他们的标准、趣味，作为一项重要工作"①。可以说"文化大革命"与"十七年"时期，接受主体虽然也对文学创作产生影响，但其欣赏标准与趣味却受到文学领导者的左右，因此接受主体也是在按照文学领导者的设计发挥作用。本部分我们将预

---

① 洪子诚：《中国当代文学史》，北京大学出版社，2007，第 25 页。

设的接受主体分为想象的接受主体与被构造出来的接受主体两部分进行论述。

想象的接受主体。自 1942 年延安《讲话》明确提出文学服务的对象为工农兵大众之后，中国当代文学前三十年的接受主体就已经被预设为工农兵阶级，但是文艺领导者所提出的文学为工农兵服务的目的，却不是艺术情操的陶冶，而是用文艺教育人民，改造人民的思想，因此这一时期工农兵是作为文学领导阶层想象的主体而存在的，而不是具有主体性的真正意义上的接受主体。按照刘再复所阐释的接受主体的概念内涵应该是"文学创作要尊重读者的审美个性和创造性，把人（读者）还原为充分的人，而不是简单地把人降低为消极受训的被动物"①。而这一时期文艺界从根本上忽视了接受主体的主体性，把工农兵大众当作被动的反映者与受训物，在艺术接受过程中，他们非但没有从不自由的、不全面的、不自觉的人还原为自由的、全面的、自由的人，反而变得更加简单、狭隘。文学作品被当作思想教育的教材，而人物形象则被视为代表正反阶级的典型，没有复杂的性格，更不可能有中间立场。就拿当时倡导的新的英雄人物来说，其塑造要求完全超越小说艺术层面，作为革命事业与社会生活中的榜样而存在，如这一时期小说中具有代表性的英雄人物杨子荣、江姐、梁生宝、朱老忠、许云峰、李双双等，他们作为想象的接受主体的榜样而存在，被寄予达到教育人民的目的。

被构造出来的接受主体。被构造出来的接受主体主要指两个方面，一是文学领导者利用文学的教育功能，将人民群众改造为他们理想中的接受主体。他们无视接受主体的接受水平与审美趣味差异，不承认不同文学趣味的存在，取消艺术的多样性与特殊性，用对政治的一体化标准要求文学创作与读者的欣赏品味，达到思想教化的目的。二是为加强文学批评的说服力与权威性，一些由文艺工作者所撰写的文学评论被冠以

---

① 刘再复：《论文学的主体性》，《文学评论》1985 年第 6 期。

"读者"的名头，从而使文学按照领导者所设计的方向发展。这种情况在文学批判运动中经常见到，最具代表性的就是在对萧也牧的批判中，当时担任人民文学出版社社长的冯雪峰以"读者李定中"的名义进行了激烈批判。

从以上分析可以看出在"十七年"及"文化大革命"期间，中国当代文学中的接受主体的主体性是被削弱甚至是失落的，他们是作为文艺领导者想象的主体而存在，并且按照文艺领导者所设计的方向发展，形成了单一化的艺术审美趣味。这种单一的审美标准也决定了文学形象的模式化，那就是只有政治立场鲜明、道德品质好坏分明的人物形象，才能得到他们的认可，因此这一时期的人物形象塑造也呈现出单一的模式。

开放的接受主体与多样化的对象主体。

按照刘再复在《论文学的主体性》中的阐释，接受主体可以分为两个层次：一般的艺术接受者与高级艺术接受者即文学批评家。这两个层次的接受主体的主体性在"文化大革命"结束后才得到显现。在延安《讲话》到"文化大革命"结束之前的长达三十多年的时间里，我国文学接受主体的主体性都处于失落状态，"这是因为主体本身的审美心理结构受到严重的破坏，变得畸形化、简单化和粗暴化"①。

"文化大革命"结束后，随着思想文化领域的不断开放，文学创作与欣赏活动有了越来越大的自由空间，作为文艺鉴赏者的批评家也逐渐摆脱政治审美标准的束缚，回到艺术审美的轨道。而作为一般接受主体的普通读者，也随着社会的开放与价值观念的多元化，呈现出多样化的审美趣味。另外，义务教育的普及与教育水平的提高，使得中国社会的整体文化水平有了极大的飞跃，因此很多读者的文学鉴赏水平也不断提高，文学审美趣味从狭隘单一走向丰富多元。接受主体思想的开放与接

---

① 刘再复：《论文学的主体性》，《文学评论》1986 年第 6 期。

受水平的多层次化必然导致人物形象塑造的多元化，"十七年"及"文化大革命"时期简单概念化的人物形象塑造理念指导下所产生的"扁形"人物形象，已经不能满足读者的审美需求，因此强调人物性格深度与人物自身发展逻辑的人物形象塑造理论不断出现，文学创作领域也产生了众多极具审美价值的人物形象，如莫言《红高粱家族》中的余占鳌，他十六岁杀死与母亲有染的和尚，一个人混迹江湖，为了与戴凤莲结合设法杀死单家父子，与戴凤莲结合几年后却又与恋儿有染。他的种种行为都与英雄无关，甚至可以用卑鄙低俗来形容。然而，他在面对外敌入侵时表现出的英勇大义，面对方七的临终之托时表现出来的豪爽仗义，面对自己的叔叔余大牙时表现出来的爱憎分明，又让人不得不承认他与生俱来的英雄气概，这样的人物形象在"十七年"及"文化大革命"时期是不可能存在也不可能被读者认可的，但是随着接受主体审美心理的发展，像余占鳌这样人性复杂的形象却得到了越来越多的读者的喜爱。

当然为了迎合不同接受主体的审美趣味，也产生了很多浅薄的人物形象，这是文学发展过程中不可避免的现象，也说明了不同的群体有不同的文学需求，不同的人物形象会吸引不同的读者群体。如王朔笔下的小人物曾激起多少人的感情共鸣，郭敬明青春小说中的校园男女又陪伴多少青年人走过青春岁月，还有网络文学、玄幻文学、盗墓文学等众多文学样式中的众多人物形象又打发了多少人的时间。随着接受主体思想的日益开放，审美趣味的日益多元化，只有多样化、多层次的人物形象，才能满足不同层次接受主体的审美需求与消费需求。

扩张的接受主体与弱化的对象主体。

接受主体的主体性强弱对对象主体主体性的发挥有着重要影响，中国当代文学前三十年由于文学批评与政治运动密切相关，很多文学批评家兼具政治领导者的身份，因此这一时期虽然作为一般接受者的大众读者的主体性明显失落，但是作为高级接受者的文学批评家的主体性却大肆扩张。批评家的这种主体性的扩张并不是表现在艺术审美领域，而是政治权力驱使下的权力主体性的扩张，他们不再尊重文学自身发展的规律，而是"用既定的观念和机械性的尺度来评价作品，硬把作品纳入自己先验的某种观念之中，人为地用外在的'理'去扭曲作家创作过程中的情感方式和作品中的情感特点，把违背作家情感方式和文学情感特点的'理'看成至高无上的东西"①。这一时期的文学批评家就是将作品中的阶级情感、社会主义革命精神看作高于文学情感的至高无上的"理"，以批判运动的方式保证这种"理"的实现，在这种教条的文学观念指导下，文学作品中的人物形象也被限定在塑造社会主义新人、"三突出"创作原则的模式化的样板之下。人物失去了自己的声音与个性特征，完全成为社会主义文学工厂批量生产的形象模型。

批评家主体性的扩张随着"文化大革命"结束，随着文学回归自身发展轨道而收敛，文学批评领域也慢慢地向遵循艺术自身的发展规律回归。但是随着市场经济的发展、文学商品化的加剧，作为一般接受者的大众读者的地位不断上升，主体性不断扩张，甚至开始左右文学生产活动。网络文学与影视文学的发展导致文学生产方式及接受途径的多样化，传统文学遭遇多重挑战，为了吸引读者、抢夺读者，很多作家的创作出现了曲意迎合读者的现象。如近年来大热的青春文学，其读者多是80年代后出生的独生子女，他们有着巨大的消费能力，为了吸引这些青年读者，青春文学作家在创作中更加注重书写成长的忧伤、烦恼与青春期的反叛以引起读者的共鸣，他们的作品所讲述的无非是"白马王子和灰姑娘的反复成长故事"，主人公多是在"个人的自由愿望和社会的约束及义务的冲突中突兀的死去"②，故事情节雷同，人物缺乏性格深度，这样的人物形象往往如过眼云烟，随着阅读过程的结束迅速被淡

① 刘再复：《论文学的主体性》，《文学评论》1986年第6期。
② 王春荣主编《中国新时期文学三十年（1978～2008）》，文化艺术出版社，2012，第284页。

忘。如郭敬明的小说《幻城》《梦里花落知多少》，包括最近被炒得沸沸扬扬、充斥着时尚元素以吸引读者眼球的《小时代》，有多少人能记得故事里的主人公是谁，有着怎样的性格特征呢？这样的作品多是被当作消遣的读物，看看故事情节罢了。因此，像青春文学这种被功利与现实诱惑所束缚，过分迎合读者喜好的文学创作，必然导致文学作为精神产品艺术性的削弱与人物形象的弱化。

20 世纪 90 年代以来文学创作中人物形象的弱化已经成为一个不争的事实，"我们很难看到鲜活深刻、既具有丰富社会内涵又具有高度审美价值的文学形象，尤其是时代英雄人物的形象"①，文学进入无典型、无英雄时代，这不能不引起学术界的重视与深思。在商品经济快速发展、物欲纵横的社会语境下，文学更要发挥自律功能，创造出具有时代特征与深刻社会内涵的不朽的艺术典型。

三　人物形象主体性嬗变的外部制约与内在动因

文学的一个重要特点就是用形象反映时代特征与社会生活，可以说每一个人物形象都或多或少的带有那个特定时代社会生活的烙印，因此，人物形象塑造也不可避免地要受到时代特征、社会生活、文化语境的影响。除了上述外部因素，作家理论家的成长、文学审美的发展、文学功能的改变等内部因素也会促使人物形象塑造观念的改变。中国当代文学中人物形象塑造的嬗变便是时代社会等外因与文学自身发展的内因共同作用的结果。

1. 人物形象塑造嬗变的外部制约

影响人物形象塑造的因素众多，不同的时代会有不同的人物形象塑

---

① 张恒学：《文学人物形象：世纪之初的文学关怀——来自"世纪之交中国文学人物形象研讨会"的理论思考》，《文艺理论与批评》2001 年第 4 期。

造理论及其指导下典型的文学形象，不同的社会生活关注点也会使文学关注的群体发生改变，不同的文化语境更会产生不同的文学追求。因此，本部分就将从时代特征的差异、社会生活关注点的转移、文化语境的变迁三个方面来分析人物形象塑造嬗变的外部制约因素。

时代特征的差异。

1949 年新中国成立，百废待兴，巩固和建设社会主义国家的任务迫在眉睫，要完成这个任务，必须依靠占当时中国人口百分之九十以上的工人和农民，作为时任政治与文艺界最高领导的毛泽东同志敏锐地觉察到这一问题，因此在其文艺为工农兵服务的政策规范下，工农兵从社会底层一跃成为时代的主体。而早已将自身的发展让位于政治的文学，也理所当然地发挥了政治工具的作用，积极表现这一新的社会中的"新的人物"。在以阶级斗争为纲、社会主义革命如火如荼的时代，人物形象塑造必然围绕着革命建设的主题，作家、理论家的文艺领导者与政治领导者的双重身份，也决定了文学作为政治献媚的牺牲品的地位，为了表现自己的忠心与坚定的政治立场，作家笔下的人物形象无疑被控制在了工农兵的框架中。

到了"文化大革命"时期，文学完全沦为政治运动与思想清洗的工具，中国基本上处于文化专制的状态，文学作品必须按照两条路线的斗争模式来塑造人物，正面人物被神化、反面人物被妖魔化是"文化大革命"时期人物塑造的主要特点。这一时期的文学作品只有进步与反动之分，作品中的人物形象的政治立场态度被曲解为作家的立场态度，甚至与作家的性命密切相关。在毫无自由可言的社会中，还谈什么文学创作！为达到思想与政治专制来塑造人物形象，"根本任务论""三突出"创作原则的出现也就不足为奇了。

1976 年"文化大革命"结束，随着政治上的拨乱反正，中国的经济、文化也进入了改革开放的新时期。思想上的解放为文艺界送来了自由的春风，对文学主体性的呼唤，人性、人道主义的复归，人物复杂性格的论争及众多文学思潮的涌现与文本实验等都促进了人物形象塑造的多元发展，可以说，80 年代产生了众多深刻复杂、意义重大的人物形象，这对于"十七年"与"文化大革命"十年人物形象的贫瘠是极大的改善。90 年代以来，随着经济的快速转型，文学也随之进入众声喧哗、无主流、无秩序的狂欢阶段。这一阶段人物形象整体呈现出弱化趋势，市场经济所导致的文学商品化已经成为文学创作的时代背景，作家对社会生活的感悟、人性欲望的描写都无法摆脱时代的痕迹。

社会生活关注点的转移。

文学创作除了受到大的时代氛围的制约与影响之外，也与社会生活的关注点密切相关，而作为文学中心的人物形象的塑造也随着社会生活关注点的转移而发生改变。从中国当代文学的发展事实来看，在文学依附于意识形态而存在的时代，社会生活的关注点必然是主流意识形态所弘扬的时代热点；而在文学摆脱意识形态束缚，回归自身发展规律的时代，文学创作仍然没有摆脱对于社会生活的依赖，仍然与社会生活的关注热点密切相关。

从"十七年"文学开始到 80 年代初期，中国文学一直处于意识形态的笼罩之下。"十七年"和"文化大革命"时期，政治无疑是社会生活的中心，阶级斗争便成为文学写作的核心主题，文学作品中的人物形象也均围绕这一主题进行塑造。那么围绕此主题而来的人物形象当然是工农兵占绝对地位，知识分子此时已经被排挤于社会边缘，因此文学作品中的知识分子的生存空间也是微乎其微，即使是与"工农兵"结合的知识分子（萧也牧《我们夫妇之间》），或"工农兵化"了的知识分子形象（杨沫《青春之歌》）也难逃被批判的命运。

文学对政治的依附与反映并没有随着"文化大革命"的结束而终止，70 年代末 80 年代初的伤痕文学、反思文学、改革文学等文学思潮也没有摆脱政治的束缚。这一时期"人们对思想的渴望压倒了对艺术的兴趣与追求，最轰动的作品往往是那些最尖锐地针砭时弊的作品"①。"文化大革命"结束后整个社会都沉浸在对这场十年浩劫的批判与伤痛的揭露之中，因此伤痕文学应时而生，并产生了一批遭受"文化大革命"坑害的人物形象。1978年十一届三中全会召开，党的工作重点转移到现代化建设上来，此时社会的关注点也从政治向经济转移，文学作品中便出现了以乔厂长为代表的"开拓者家族"形象系列。由此可见，只有与社会生活关注点密切相关的群体，才有可能成为文学创作中人物塑造的重点，这种说法在文学摆脱意识形态束缚，进入多样化发展的时代同样适用。

从80年代中期开始，文学回归自身发展轨道，受大量涌入的西方文化思潮的影响，产生了寻根文学、现代派文学、先锋文学等文学思潮，这些文学作品中的人物形象塑造也都紧贴其自身派别主张，为其派别自身宣扬的宗旨服务。90年代以来，社会呈现出多元发展趋势，社会生活的关注点也从宏观的政治、经济领域走向日常生活的具体范畴，文学主题的发展也很难再做具体的概括与分类，但是却始终与社会生活的关注点密切相连，如反映高房价背景下小人物生活艰辛的《蜗居》，医患关系紧张的社会现实下产生的《心术》，还有余华的新作《第七天》，不厚的一本书里却罗列了众多社会热点问题：高官情妇、暴力强拆、豪华墓地、隐瞒火灾人数、卖肾买手机等，简直是新闻热点大串烧，可见社会生活的关注点对文学创作的影响。可以说，庸常的社会生活已经成为文学叙事的主要内容，人物形象塑造也出现了解构崇高的倾向，越来越多的小人物登上文学的舞台。从王朔的社会转型期的小人物到近年来兴起的底层写作、打工文学中的打工者形象，文学作品中关于人物形象的塑造也越来越贴近生活真实。

---

① 季红真：《论新时期小说的基本主题》，甘阳：《八十年代文化意识》，上海人民出版社，2006，第123页。

文化语境的变迁。

研究文学不能不研究其存在的文化语境，而人物形象塑造研究是文学研究的一个重要视角，因此也要将其放在特定的文化语境中进行考察。所谓"'文化语境'（Culture Context）指的是在特定的时空中由特定的文化积累与文化现状构成的'文化场'（The Field of Culture）"①。一个文学现象的出现、一部作品的产生、一个理论的生成都是一定文化语境中的精神产物。文化语境的变迁对作家创作有着深刻的影响，对于文学理论的发展也是如此，因此研究中国当代文学中人物形象塑造的嬗变，必须将其放在对应的文化语境中进行考察。在此我们将中国当代文学存在的文化语境依次概括为："十七年"时期以及"文化大革命"时期的战争文化，80年代的变革文化及90年代以来的商业文化。

"'战争'导致了中国现代文学的重要'转向'，改变了人物形象的原有谱系，工农兵作为文学创作的主体形象，在根据地成为一种普遍的创作实践，由此也确定了当代中国文学发生、发展的重要基础。"② 此后到1978年的中国文学都是以战争文化为基础，在政治诉求中进行着一体化的文学生产。在这种战争文化的笼罩下，作品中人物形象的塑造也从工农兵的主体地位发展为工农兵英雄的绝对地位，从规范化走向极端。这一理论的倡导者没有意识到战争文化不会是中国文学发展的永恒语境，随着时代的发展、社会的进步、人们意识的觉醒，这一文化终将被其他文化所取代，反而变本加厉地控制文学的发展，最终导致一体化文学的全面崩盘。1976年"文化大革命"结束，战争文化存在的政治基础逐渐瓦解，改革开放的到来则标志着战争文化的彻底终结。

随着改革开放的深入，中国开始看到与世界的差距，一直被政治狂

---

① 房福贤：《新时期文学生成的时代文化语境》，《山东师范大学学报》（人文社会科学版）2006年第5期。

② 程光炜：《当代中国文学中主体形象的变迁》，《中国当代文学研究》，2004，第40页。

热所笼罩的中国人蓦然发现自己其实处于贫困落后的境地，加之对"文化大革命"时期极端专制控制的不满，一场大的社会变革势在必行。这种变革在文化上表现得尤为明显，如果说 80 年代政治上的变革是相对保守的、经济上的变革是循序渐进的，那么文化上的变革则可以说是激进彻底的。从对"文化大革命"伤痕的揭露、反思，对民族文化之根的找寻，到西方文化思潮大量涌入所带来的文本实验的狂欢，都显示出中国文化变革的决心与急切。在这种大的变革文化语境下，文学中的人物形象塑造理论也呈现出多元、实验的姿态，英雄人物走下神坛，工农兵不再具有地位优势，知识分子、商人、中间人物重新回到人物形象的画廊，关于人物形象复杂性的讨论得到热烈响应，文学作品中的人物形象也逐渐走向多元化。

社会一旦开放，其发展变革的速度往往就会超出人们的想象，曾经几十年不变的文化语境在 80 至 90 年代，却接连发生了改变。与 80 年代的变革文化相比，90 年代在市场经济的促使下，商业文化语境迅速生成，左右着文学生产。在商业文化语境下，历史的宏大叙事被消解，对庸常生活与个人情绪的絮语充斥着文本空间，作家对人物的塑造也从对人性的挖掘走向对个人欲望冲动的展示，削弱了人物所内含的时代精神与社会意义。

文学作品中主体形象的变迁史其实就是一部文化发展史，从五四启蒙文化语境中知识分子形象的主体地位，到"十七年"及"文化大革命"战争文化语境中工农兵形象的主体地位，到 80 年代变革文化语境中人物形象的多样化，再到 90 年代以来商业文化占主导的人物形象的弱化，可以说，中国人物形象塑造在进行着一个精英文化——大众文化——精英文化——大众文化的循环。反观这一循环过程，可以发现在精英文化占主导，相对自由开放的文化语境下，文艺界、理论界对人物形象塑造问题的思考讨论也相对深入、深刻，作家塑造的人物形象也趋于复杂化、多元化，更具审美价值。

2. 人物形象塑造嬗变的内在动因

人物形象塑造的嬗变除了受到上述外部因素的制约之外，更受到文学内部因素的影响，其中作家、理论家的成长，文学审美的发展与文学功能的改变是促进人物形象塑造嬗变的三个重要内在动因。

作家、理论家的成长。

研究人物形象塑造理论嬗变的内在动因，作家与理论家的成长是首先要关注的一个因素。每一个作家、理论家的文学观念都有可能随着社会语境的改变、生活阅历的增加、文学素养的提高而发生改变，这种改变可能是为了迎合某种势力的需要或突然地自我觉醒而主动为之，也有可能是被迫而为。被迫而为的情况我们将其纳入外因的范围，这里主要讨论作家或理论家主动做出改变的行为。

《讲话》以后文学观念的改变是一个普遍现象，也是个人力量无法逆转的事实，我们这里以丁玲文学观念的改变为代表进行阐释。丁玲最早凭借《莎菲女士的日记》享誉文坛，塑造了莎菲这样一个孤独、苦闷、性格矛盾复杂的小资产阶级女性形象。1932 年丁玲加入中国共产党，成为一个无产阶级革命作家，从此便致力于革命文学的创作，创作风格发生了重大改变，其作品中的人物不再具有复杂的性格与丰富的内心世界，阶级斗争关系成为人物性格发展的依据。像丁玲这样因主动投身政治革命，文学观念发生改变的作家还有很多，丁玲只是革命年代作家群体的一个缩影。如果说以丁玲为代表的这批作家人物形象塑造观念的改变主要是因为政治的影响，他们还处于无意识状态的话，那么以余华、苏童为代表的先锋文学作家与理论家刘再复的关于人物形象塑造观念的改变，就真正是在文学实践中艰辛探索的结果，是其艺术成长的表现。

80 年代中期先锋文学以激进的叙事实验引起文坛关注，其放弃了以往小说关注"写什么"的传统，转向关注"怎么写"的文本实验。在先锋小说的创作实践中，人物趋于符号化，没有现实意义与性格深度，它们同语言、结构一样，发挥着符号的功能。但是到了 90 年代，先锋作家的创作却发生了转向，这种转向以余华和苏童为代表，他们"恢复小说中人物的独立性，让他们自己说话"[①]。余华素以冷漠叙事著称，有评论者称其血液里流着的都是冰碴子，用余华自己的话说，80 年代他在创作先锋文学作品时，是一个"暴君似的叙述者"，他认为"小说中的人物不应该有自己的声音，他们都是叙述中的符号，都是我的奴隶，他们的命运掌握在我的手里"[②]，但是到了 90 年代，在创作《在细雨中呼喊》时，余华发现其笔下的人物开始反抗他的压迫，强烈要求发出自己的声音，于是他屈服了，成为一个"民主的叙述者"，他"不再去安排叙述中的人物，而是去理解"，让笔下的人物走自己的人生道路，从此才出现了福贵、许三观等一个个活生生的中国人。与余华一样在创作方面发生转向的还有苏童，80 年代末期苏童也从狂热的形式实验转移到对人的关注，其在访谈中谈道："我理解的小说好坏第一是'人'写得好不好的问题。人写好了，一切大的问题都解决了。"并指出其创作目标是"无限利用'人'和人性的分量，无限夸大人和人性的力量，打开人生与心灵世界的皱折，轻轻拂去皱折上的灰尘，看清人性自身的面目，来营造一个小说世界"[③]，从而塑造了颂莲（《妻妾成群》）、秋仪（《红粉》）、五龙、织云（《米》）、宋克渊（《蛇为什么会飞》）等一个个包蕴复杂人性的人物形象。

在文学理论领域，对人物形象塑造理论的发展做出重大贡献的当属刘再复，其不断创新、与时俱进的学术精神更是得到学界好评。80 年代中期其提出的"文学主体性"理论使得作为被描写对象的人物形象获得主体地位，其提出的"人物性格的二重组合原理"更是将人物形

---

① 陶东风、和磊：《中国新时期文学 30 年（1978～2008）》，中国社会科学出版社，2008，第 220 页。

② 叶立文、余华：《访谈：叙述的力量——余华访谈录》，《小说评论》2002 年第 4 期。

③ 周新民、苏童：《打开人性的皱折——苏童访谈录》，《小说评论》2004 年第 2 期。

象塑造理论的讨论引向深入。21 世纪初，在接触了国外主体间性理论的基础上，他对主体性理论进行了深刻反思，并以主体间性理论对主体性理论的弊端做了有效补充。

从先锋文学的创作实践中人物从符号化到人性飞扬，及刘再复从主体性到主体间性理论的发展，可见作家、理论家的成长对文学理论发展的重要意义。

文学审美的发展。

不同的时代、不同的社会文化语境，会孕育出不同的文化产物，而在这不同的时代文化语境中，也总是会出现与之相适应的文学审美格调与追求，因此作家在创造人物形象之时，也不能不受到所处时代的审美追求的影响。纵观中国当代文学史发展的几个重要阶段，会发现每个阶段都有属于那个特定时期的文学审美追求，也会有代表那个阶段审美特征的人物形象范例。

延安《讲话》以后，毛泽东文艺思想便成为文艺创作的指导思想，文艺为工农兵服务的观念深入人心。从此决定一个作家社会地位、创作好坏的标准不再是其文学才华与作品的文学性，而是其是否站在与工农兵一致的立场上，是否取得了与工农兵一致的思想情感，是否写出了工农兵群众可以接受并喜爱的作品。而要想得到工农兵群众的认可，作家必须放低姿态，融入工农兵的生活，努力塑造他们熟悉的人物形象。由于工农兵文化水平与审美水平的限制，这些人物形象又必须具有明确的政治、道德立场，好人就是具有所有优秀品质的英雄，坏人就是要被打倒消灭的恶魔。因此，可以说"十七年"与"文化大革命"时期，文学的审美处于美丑两极对立状态，美就是绝对的善，没有任何瑕疵，丑就是极端的恶，没有任何优点。在这样的审美格调下，文学作品中的人物形象多有明确的好坏之分，读者一眼就能辨别出正面人物与反面人物，而为了达到文学的教育功能，作品中的反面人物又是为了衬托正面人物而存在，因而中国当代文学自《讲话》到"文化大革命"结束，可以说就是一个展示工农兵英雄形象的画册。符合这一时期审美特征的人物形象范例有很多：《创业史》中的梁生宝、《红旗谱》中的朱老忠、《红岩》中的江姐、赵树理笔下的新的农民形象、《金光大道》中的高大泉、《山川呼啸》中的柳春旺等。

"文化大革命"结束后，文学逐渐摆脱意识形态的束缚，作家也从专注于政治生活逐渐走向文学自身。伤痕文学、反思文学、改革文学等文学思潮对人的关注虽然还是停留在政治层面，但是其所塑造的人物形象却已经开始有了人的深度与复杂性。作者不再通过塑造善恶分明的人物形象来达到教育人民的目的，而是力图通过对人的心灵与复杂性的描写，达到反思历史与人性的深度。到80年代中期寻根文学出现，文学审美已经开始向"纯文学"回归，寻根派作家所塑造的人物形象多具有象征意味，并且人物开始有了自己的声音与权利。由于文学审美的回归与作家、读者审美能力的提升，单薄、浅显或图解概念的人物形象已经不能再得到学界的认可，也不能吸引读者的注意，因此从80年代开始，中国当代文学中的人物形象塑造进入"圆形人物"的高产期，丙崽、王一生、余占鳌、戴凤莲、捞渣、福贵等都是典型代表，然而90年代以后人物形象又出现精神弱化的趋势。

90年代随着市场经济的发展与影视产业的日渐发达，文学的审美风格也发生了重大变化。市场经济的发展带来了文学消费的热潮，文学与市场的结合导致了作家启蒙精神与对文学性追求的弱化。"随着中国社会的精神生态更趋物质化和实利化……以致人文精神出现大幅度滑坡，文学的精神缺钙现象普遍化和严重化。"① 很多作家曲意迎合读者口味，注重作品的故事性、娱乐性，而忽视了对人物形象的塑造。影视文学的发展更是对人们的生活进行了近距离或零距离观照，日常生活审美化，小人物的庸常人生成为影视文学表现的重点，因此很多作家放弃

---

① 雷达：《新世纪十年中国文学的走势》，《文艺争鸣》2010年第3期。

了人物形象的深刻社会内涵与高度审美价值，文学的功利性成为其创作的主要动力。

文学功能的改变。

在不同的社会时代背景下，文学被赋予不同的功能，从中国古代社会所强调的"文以载道"到新文化运动所强调的社会改良，五四以后的疗救、启蒙功能，到当代文学的前三十年强调政治宣传、教育功能，新时期强调的审美功能，再到新世纪以来对文学娱乐功能的追求，可以说在每一个时代，文学都有其所要发挥的主要功能，尽管我们不能忽视文学的多种功能并存的事实，但是对一种功能的强调，必然导致其他功能的弱化，"但综其旨归，民族国家想象共同体的意识形态要求是其主导风向标"①。文学被赋予的不同功能期望，也决定了作为文学创作中心的人物形象的功能，因此在不同的文学功能驱使下，作家、理论家对人物形象塑造的理解也不尽相同。

从延安《讲话》到 70 年代末，文学的主要功能就是以社会主义精神教育人民，而"艺术的政治教育力量必须是通过艺术形象的感染力量而取得"，因此"作家在创造人物时，注入他自己对于其人物的爱或憎。他以这种爱或憎去感染读者，去教育读者拥护什么，反对什么"②。人物形象已经不仅仅是文学作品的构成要素，而是要成为人民模仿和学习的对象，因此作家塑造人物形象必须考虑到其教育功能，塑造具有高尚的思想品质与坚定的共产主义信仰的典型正面的人物形象。《红岩》中的江姐就是这样一个意志坚定的共产主义战士形象，在看到丈夫被示众的头颅时，她忍住悲痛，继续战斗完成丈夫遗愿，被捕后面对非人的折磨，她表现出了共产党人钢铁般的意志。像江姐这样的英勇不屈的典型形象还有很多，榜样的力量是无穷的，这些人物虽然是作为艺术形象

---

① 刘巍：《图像时代的文学功能》，《当代作家评论》2012 年第 3 期。
② 邵荃麟：《沿着社会主义现实主义的方向前进》，《人民文学》1953 年第 11 期。

的精神存在，但是却深入人心，产生了巨大的影响，支撑着亿万中国人民走过那物质贫乏的艰苦岁月。

进入新时期，政治对文学的管控逐渐放松，文学的社会教育功能也随之减弱，呈现出向文学审美的回归。这一时期知识分子的地位回升，文学创作也从迎合工农兵的大众文学走向精英文学，文学的精英化首先表现为文学的启蒙精神，伤痕文学、反思文学对人性、人道主义的呼唤，与五四时期的"人的文学"遥相呼应；其次表现为文学的实验性质，先锋文学的文本实验从关注文学"写什么"转向关注"怎样写"。对文学审美功能的追求，直接导致文学作品中的人物形象塑造由肤浅变得深刻，由单一变得多元。特别是80年代中期刘再复关于审美世界中的人即文学作品中人物形象复杂性格的深入论述所引发的广泛讨论，更体现了文学审美的回归。

随着社会及科技的高速发展，人们的生活节奏也在不断加快，工作压力日益增加，越来越少的人有时间或者能够静下心来进行文本阅读与深入思考，文学的严肃性、崇高性逐渐被娱乐性所取代，阅读开始成为一种消遣的方式。作品中的人物形象不再具有深刻的社会内涵及象征意义，而是以通俗的姿态博取读者的关注。首先将文学从崇高的精神殿堂拉下庸常的物质地面的就是"痞子文人"王朔，他曾说过："我觉得文学应当有两种功能，纯艺术的功能和流行的功能。而我总试图找一个中间的点。你能看出更深的东西你就看（当然有没有更深的东西是另一码事），你不能看出更深的东西，起码也让你看一乐儿。我觉得这两者之间并没有一条鸿沟。如果非舍去一个的话，我也宁可舍去上面的，取下面的。"[①] 在这种追求文学的流行功能的观念指导下，他创作了众多生活于社会边缘的小人物形象。

对文学的娱乐性的追求还导致了众多影视文学作品的产生，如近

---

① 王朔：《我的小说》，《人民文学》1989年第4期。

年来大卖的六六、海岩、严歌苓、郭敬明等人的作品都有着明显的影视化倾向，其作品更加重视通过语言、动作、细节来刻画人物，而缺少对人物的心理、性格复杂性的描写，更不用说灵魂的深入剖析。这种轻松浅显带有娱乐性质的作品所带来的巨大的经济效益，对传统文学作家造成了巨大的心理冲击，在文学商品化大潮中的认同危机与精神焦虑日益增加，其中一些传统作家也出现了明显的向消费文学转型的趋势，余华的《兄弟》《第七天》就是代表。在消费与影视、网络的多重夹击中，文学若不发挥自律功能，那么中国纯文学的发展在未来实在令人担忧。

四　主体性与人物形象塑造的反思

综观中国当代文学人物形象塑造理论的发展，可以发现其与文学的主体性强弱密切相关。主体性受压或失落，那么人物形象塑造也将陷入模式化的框囿之中，导致圆形人物的缺席；而文学回到自身发展轨道，主体性回归，那么人物形象塑造也将呈现出复杂多元的发展态势，文学创作领域具有极大审美价值的圆形人物也由此大量产生。

1. 主体性的阙如与圆形人物的"缺席"

中国当代文学中人物形象的发展轨迹可以用马振方先生在福斯特基础上提出的小说人物形态的三种划分来概括："十七年"时期的"尖形人物"、"文化大革命"时期的"扁形人物"、新时期以来的"圆形人物"。

"十七年"文学中的人物形象多属于"尖形人物"，即"虽有突出的尖端特征，但还融合着其他特征，构成独特、完整的性格；虽有不同程度的漫画化、类型化特点，却又有常人的心性、情态、生活血肉，是个活生生的人"[①]。这一时期文学创作领域着力塑造的以工农兵为主体

---

① 马振方：《小说艺术论》，北京大学出版社，1999，第37页。

的新的英雄人物形象基本上都符合这一标准，他们身上有英雄的突出特征，但是也有人性的挣扎和成长的过程，如梁生宝、朱老忠、林道静、杨子荣、李双双等便是突出代表。

"文革"文学中的人物形象基本上属于"扁形人物"，即"按照一个简单的意念或特性而被创造出来"①的形象，可以用一个词或一句话来概括其特征，极易辨认。"文化大革命"时期几乎存在于每一部小说中的主要英雄形象都是按照"三突出"的创作原则来塑造的，都可以用高大完美来概括其主要特征，这样的人物一眼就可以被读者认出，如《金光大道》中的高大泉、《山川呼啸》中的柳春旺、《东风浩荡》中的刘志刚、《牛田洋》中的赵志海、《虹南作战史》中的洪雷生、《特别观众》中的季长春等。

而新时期以来文学作品中的人物多属于"圆形人物"，"没有超常的性格特征，更逼似生活中的真人、常人"②，如莫言笔下集善恶美丑于一体的人性复杂的人物余占鳌、戴凤莲、余大牙，余华笔下平凡深刻逼似真人的福贵、许三观等。在《小说艺术论》中，马振方先生将意识流小说、新感觉派小说等多种流派中的主人公都归为圆形人物，认为他们有一个共同特点：没有超常的性格特征。这种不注重性格刻画，注重"意绪的传写和感情的抒发"的作品中的人物都趋于圆形，因此被归入圆形人物的行列。

从以上当代文学中人物形象的嬗变轨迹可以发现，当代文学前三十年由于政治对文学的管制，作为创造主体的作家与对象主体的形象都失去了艺术创造应有的自主性，大量人物形象均作为政治符号而存在，成为政治的传声筒，因此这一时期的文学作品中几乎没有圆形人物出现，有的只是扁形人物及少量尖形人物。并且这种为图解政治而

---

① 爱·摩·福斯特：《小说面面观》，花城出版社，1984，第59页。
② 马振方：《小说艺术论》，北京大学出版社，1999，第39页。

塑造的扁形人物，就像马振方先生说的那样，是"扁形人物中最不惹人喜爱的"，"以写实形式出现的概念化人物"①，缺少文学审美价值。"文化大革命"结束后，文学逐渐摆脱意识形态的束缚，随着文学主体性的回归，人物形象也由扁形人物、尖形人物为主走向以圆形人物为主，这些圆形人物的塑造，更好地揭示了人的复杂性、丰富性，揭示了人生的深邃奥秘，审美价值大大提升，即使像前期先锋文学中作为叙事符号存在的人物形象，也不像"文革"文学中图解政治的符号一样使人生厌。可见，只要文学回到自身的发展轨道，遵循艺术的创造规律，即使是扁形人物也并非千篇一律，也同样具有艺术的审美价值，反之，如果剥夺了文学的主体性，即使创造出再高大完美的形象，也不会在艺术的人物画廊上占有一席之地。

2. 主体性的膨胀与人物精神的弱化

"十七年"及"文化大革命"时期文学主体性的受压甚至失落导致了人物形象的单一化与圆形人物的缺席，而90年代以来特别是新世纪以后，虽然人物形象呈多样化发展趋势，各个行业、各种面貌的人物相继被写入文学作品，但是随着文学主体性的过度张扬，却导致了文学形象精神的弱化。所谓主体性的过度张扬，是指作家的创作行为与读者的接受行为强调无制约的绝对自由，作品的客观价值与社会意义被悬置，文学在缺少外部制约与自律的环境下，出现了前所未有的浅薄与典型形象的缺席。

文学在经过80年代狂飙突进式的发展之后，到了90年代则进入无主潮、无模式的众声喧哗阶段，社会开放程度的加深，私人化写作的盛行，使得文学对自由、自我的追求也空前强烈，尤其是新生代作家与读者，他们沉浸在自我的世界中，以自由的名义拒绝外部世界的影响与介入。他们不知道自由并不代表着无拘无束，有制约才有相对的自由，

---

① 马振方：《小说艺术论》，北京大学出版社，1999，第39页。

"文学自由的充分展开要以认识和遵守文学的规律并自觉地受其规约为前提"①。如果文学创作过度追求对个人欲望与主观情绪的表露，文学接受一味地顺应读者猎奇与寻求刺激的心理需要，无视文学的人文关怀与社会理性精神，无视人物形象的重要意义，那么文学就真的将成为"旷野上的废墟"。

文学本应是"传统文化传承的高级载体和人类精神的寓所"②，而人物形象作为文学创作的中心，也应具有深刻的社会与精神内涵，但是90 年代以来的普遍现状却是"文学人物形象严重弱化，英雄形象匮乏，艺术审美力大大退化"③，这种现象已经引起学界的重视，但是要想得到解决，则必须加强文学的自律与他律，坚持文学的主体性原则，"在文学活动的各个环节中，恢复人的主体地位，以人为中心，为目的"④，使创造主体、对象主体与接受主体处于和谐状态。特别是作为创造主体的作家更应该唤起自己的历史使命感与社会责任感，创造出具有丰富时代内涵与高度审美价值的人物形象，帮助人们更好地认识自我、实现自我，就像福克纳在诺贝尔文学奖领奖台上说的那样："作家的天职在于使人的心灵变得高尚，使他的勇气、荣誉感、希望、自尊心、同情心、怜悯心和自我牺牲精神——这些情操正是昔日人类的光荣——复活起来，帮助他挺立起来。"⑤

人物形象是研究文学的一个重要切入点，我们对中国当代文学人物形象塑造的嬗变进行了梳理，由此探寻了中国当代文学的发展历程及文学的发展与时代特征、社会生活、文化语境、文学审美、文学功能等众

---

① 裴玉成：《网络文学：自律和他律》，《湖北民族学院学报》（哲学社会科学版）2001 年第
3 期。
② 邢凌、付立峰：《文学的品格——谈文学的自律与启蒙》，《玉溪师范学院学报》2005 年
第 11 期。
③ 张恒学：《文学人物形象：世纪之初的文学关怀——来自"世纪之交中国文学人物形象研
讨会"的理论思考》，《文艺理论与批评》2001 年第 4 期。
④ 刘再复：《论文学的主体性》，《文学评论》1985 年第 6 期。
⑤ 刘保瑞等译：《美国作家论文学》，生活·读书·新知三联书店，1984，第 368 页。

多因素的密切关系，希望以此为基点，对 21 世纪以后的文学创作做出些许贡献。

人物形象塑造是小说创作的核心，也是文学研究的一个重要切入点。我们按照纵向的时间发展顺序，以主体性理论为研究视角，对当代小说人物形象塑造问题进行了系统梳理与阐释，通过研究发现不同时代主体性的存在状态不同，人物形象塑造也随之呈现出不同特征。

"十七年"时期，由于政治对文学的管制，文学主体性处于严重的被压抑状态，作家必须在文学与政治的夹缝中艰难地寻找平衡，其对人物形象的塑造也必须坚持工农兵的主体地位，必须遵循主要塑造新的英雄人物的创作原则，因此，这一时期的小说人物形象呈现出类型化、模式化倾向；"文化大革命"时期，文学完全沦为政治的工具，"根本任务论"成为文学创作的绝对准则，文学主体性被完全剥夺，人物形象的塑造也必须严格遵照"三突出"的创作原则，塑造高大完美的英雄形象，这一时期小说中的人物形象呈现出极致样板化模式，它们仿佛是工业生产线上的复制品，单一呆板；进入新时期，文学逐渐走出政治的牢笼，迎来了主体性的回归，人物形象塑造理论与文本实践均呈现出多元化发展态势，众多具有人的丰富性、复杂性的人物形象登上文学舞台，关于人物形象塑造理论的研究也逐渐深入；然而80 年代末期特别是 90 年代以来，随着社会开放程度的不断加深，文化包容程度的逐渐增强，文学对自由、自我的追求也变得空前强烈，这就导致了一些作家主体性的膨胀与扩张，他们以自由的名义拒绝赋予人物形象社会意义与文化内涵，人物形象呈现出严重的精神弱化趋势，审美价值大大减弱。

可以说，中国当代小说人物形象塑造的发展历程与文学主体性的强弱得失密切相关。主体性受压或失落，人物形象塑造也会陷入类型化、模式化的框囿之中；而主体性膨胀或扩张，便会导致人物形象精神的弱化与审美价值的减弱。只有当文学回归其自身发展轨道，主体性回归，创造主体、接受主体与对象主体处于平等的地位，相互制约与作用达到一种和谐状态，人物形象塑造才会呈现出多元、丰富的发展态势，文学作品中的人物形象才能具有极高的审美价值。因此，为了中国文学的健康发展，为了能够塑造出代表我们中华民族精神气质与人性力量的人物形象，必须遵守文学自身的发展规律，注重文学的主体间性。

（本章崔琳撰写）

参考书目

1. S. N. 艾森斯塔德:《现代化:抗拒与变迁》,张旅平等译,中国人民大学出版社,1988。

2. 阿伦特:《极权主义》,联经出版事业公司,1993。

3. 巴林顿·摩尔:《民主和专制的社会起源》,拓夫等译,华夏出版社,1987。

4. 白烨主编《中国文情报告》,社会科学文献出版社,2003~2014。

5. 包亚明主编《权力的眼睛:福柯访谈录》,严锋译,上海人民出版社,1997。

6. 鲍德里亚:《消费社会》,南京大学出版社,2000。

7. 本雅明:《机械复制时代的艺术作品》,浙江摄影出版社,1993。

8. 布尔迪厄:《文化资本与社会炼金术》,包亚明译,上海人民出版社,1997。

9. 陈传才:《当代审美实践文学论》,暨南大学出版社,2002。

10. 陈霖:《文学空间的裂变与转型——大众传播与20世纪90年代中国大陆文学》,安徽大学出版社,2004。

11. 陈平原、山口守编《大众传媒与现代文学》,新世界出版社,2003。

12. 戴锦华:《犹在镜中》,知识出版社,1999。

13. 丹尼尔·贝尔:《资本主义文化矛盾》,生活·读书·新知三联书店,1992。

14. 道格拉斯·凯尔纳：《媒介文化——介于现代与后现代之间的文化研究、认同性与政治》，丁宁译，商务印书馆，2004。

15. 冯光廉主编《中国近百年文学体式流变史》，人民文学出版社，1999。

16. 佛克马、蚁布思：《二十世纪文学理论》，袁鹤翔译，生活·读书·新知三联书店，1988。

17. 弗兰西斯·福山：《历史的终结》，黄胜强等，远方出版社，1998。

18. 韩少功：《文学的根》，山东文艺出版社，2001。

19. 洪子诚：《问题与方法——中国当代文学史研究讲稿》，生活·读书·新知三联书店，2002。

20. 洪子诚：《中国当代文学史》，北京大学出版社，1999。

21. 花建、于沛：《文艺消费学》，安徽文艺出版社，1989。

22. 黄发有：《准个体时代的写作——20世纪90年代中国小说研究》，上海三联书店，2002。

23. 黄会林主编《当代中国大众文化研究》，北京师范大学出版社，1998。

24. 江蓝生主编《2001~2002年：中国文化产业发展报告》，社会科学文献出版社，2002。

25. 蒋荣昌：《消费社会的文学文本》，四川大学出版社，2004。

26. 蒋述卓等编著《文化视野中的文艺存在》，中国社会科学出版社，2003。

27. 蒋原伦：《媒体文化与消费时代》，中央编译出版社，2004。

28. 卡尔维诺：《未来千年文学备忘录》，杨德友译，辽宁教育出版社，2000。

29. 拉曼·塞尔登编《文学批评理论：从柏拉图到现在》，刘象愚等译，北京大学出版社，2000。

30. 鲁迅：《看书琐记》，《鲁迅全集》（第5卷），人民文学出版社，1959。

31. 陆学艺、李培林主编《中国社会发展报告》，辽宁人民出版社，1991。

32. 陆学艺主编《当代中国社会阶层研究报告》，社会科学文献出版社，2002。

33. 陆学艺主编《社会学》，知识出版社，1991。

34. 罗贝尔·埃斯卡皮：《文学社会学》，王美华等译，浙江人民出版社，1987。

35. 罗钢、刘象愚：《文化研究读本》，中国社会科学出版社，2000。

36. 《马克思恩格斯全集》第 42 卷，人民出版社，1979。

37. 《马克思恩格斯选集》第 2 卷，人民出版社，1957。

38. 《马克思恩格斯选集》第 47 卷，中央编译局，2002。

39. 迈克·费瑟斯通：《消费文化与后现代主义》，刘精明译，译林出版社，2000。

40. 麦克卢汉：《理解媒介》，何道宽译，商务印书馆，2000。

41. 孟繁华、程光炜：《中国当代文学发展史》，人民文学出版社，2004。

42. 米·巴赫金：《巴赫金文论选》，佟景韩译，中国社会科学出版社，1996。

43. 米兰·昆德拉：《生活在别处》，景凯旋等译，作家出版社，1989。

44. 米兰·昆德拉：《小说的艺术》，董强译，上海译文出版社，2004。

45. 南帆：《理论的紧张》，上海三联书店，2003。

46. 南帆：《双重视域》，江苏人民出版社，2001。

47. 尼采：《查拉斯图拉如是说》，尹溟译，文化艺术出版社，1987。

48. 尼克·史蒂文森：《认识媒介文化：社会理论与大众传播》，黄耱译，商务印书馆，2001。

49. 宁亦文编《多元语境中的精神图景》，人民文学出版社，2001。

50. 皮埃尔·布厄迪尔、汉斯·哈克：《自由交流》，桂裕芳译，生活·读书·新知三联书店，1996。

51. 祁述裕：《市场经济下的中国文学艺术》，北京大学出版社，1998。

52. 钱中文：《文学理论：走向交往对话的时代》，北京大学出版社，1999。

53. 孙立平：《断裂：20 世纪 90 年代以来的中国社会》，社会科学文献出版社，2003。

54. 陶东风：《社会转型期审美文化研究》，北京出版社，2002。

55. 童庆炳主编《文学理论教程》，高等教育出版社，1992。

56. 王干：《南方的文体》，云南人民出版社，1994。

57. 王宁：《消费社会学》，社会科学文献出版社，2001。

58. 王庆生主编《中国当代文学史》，华中师范大学出版社，1999。

59. 王万森主编《新时期文学》，高等教育出版社，2001。

60. 王岳川：《中国镜像：90 年代文化研究》，中央编译出版社，2001。

61. 温儒敏：《中国现代文学批评史》，北京大学出版社，1997。

62. 吴伯凡：《孤独的狂欢》，中国人民大学出版社，1998。

63. 吴秀明：《转型时期的中国当代文学思潮》，浙江大学出版社，2001。

64. 谢有顺：《先锋就是自由》，山东文艺出版社，2004。

65. 亚斯贝尔斯：《当代的精神处境》，王文斌译，生活·读书·新知三联书店，1992。

66. 叶南客：《边际人：大过渡时代的转型人格》，上海人民出版社，1996。

67. 伊格尔顿：《二十世纪西方文学理论》，伍晓明译，陕西师范大学出版社，1987。

68. 余华：《我能否相信自己》，人民日报出版社，1998。

69. 约翰·菲斯克：《理解大众文化》，王晓珏等译，中央编译出版社，2001。

70. 约翰·奈比斯特：《大趋势》，梅艳译，中国社会科学出版社，1984。

71. 张器友：《近五十年中国文学思潮通论》，安徽教育出版社，2000。

72. 张永清主编《新时期文学思潮》，中国人民大学出版社，2003。

73. 郑杭生等：《当代中国社会结构和社会关系研究》，首都师范大学出版社，1997。

74. 支庭荣：《大众传播生态学》，浙江大学出版社，2004。

75. 周宪：《审美现代性批判》，商务印书馆，2005。

后 记

本书是 2012 年辽宁省教育厅重大人文社科专项项目"历史转型与中国当代文学思想理论研究"的成果，感谢辽宁省教育厅给予立项、并有经费支持！

本课题在开题过程中，得到辽宁社会科学院文学研究所所长白长青研究员、《社会科学辑刊》主编高翔编审以及《艺术广角》执行主编、国家一级作家张颖女士的悉心指导，在此特别感谢！

课题组成员在写作过程中，多次请教王春荣教授、赵凌河教授、高楠教授、王纯菲教授、谢纳教授、张立群教授、刘巍教授、谢中山副教授，在此真诚感谢！

课题组成员齐心协力，共同攻关，其显示的团队意识令人感动！

本书各章撰写分工如下（以章节先后为序）：吴玉杰撰写前言、第一章；宋拓瑞撰写第二章；吴玉杰、张枫撰写第三章第一节；历达撰写第三章第二节、第三节；滕腾撰写第四章；谭贝撰写第五章；崔琳撰写第六章。

虽然我们已经尽力，但书中存在疏漏之处在所难免，我们诚恳地期待有关专家学者的批评指正。

最后，本书撰写者没有忘记社会科学文献出版社的领导为本书提供了宝贵的出版机会，责任编辑高雁女士为本书的顺利出版倾注了大量心血。在此，我们谨向社会科学文献出版社表示衷心的感谢！

吴玉杰

2016 年 1 月 16 日

图书在版编目（CIP）数据

历史转型与中国当代文学思想理论研究／吴玉杰等著．
—北京：社会科学文献出版社，2016.4
ISBN 978 - 7 - 5097 - 9016 - 8

Ⅰ.①历…　Ⅱ.①吴…　Ⅲ.①中国文学 - 当代文学 - 文学
思想 - 研究　Ⅳ.①I206.7

中国版本图书馆 CIP 数据核字（2016）第 075324 号

历史转型与中国当代文学思想理论研究

著　　者／吴玉杰 等

出 版 人／谢寿光
项目统筹／高　雁
责任编辑／高　雁　黄　利

出　　版／社会科学文献出版社·经济与管理出版分社　（010）59367226
　　　　　　地址：北京市北三环中路甲 29 号院华龙大厦　邮编：100029
　　　　　　网址：www. ssap. com. cn
发　　行／市场营销中心（010）59367081　　59367018
印　　装／三河市东方印刷有限公司

规　　格／开　本：787mm × 1092mm　1/16
　　　　　　印　张：17.25　字　数：236 千字
版　　次／2016 年 4 月第 1 版　2016 年 4 月第 1 次印刷
书　　号／ISBN 978 - 7 - 5097 - 9016 - 8
定　　价／69.00 元

本书如有印装质量问题，请与读者服务中心（010 - 59367028）联系